Zomermeisjes

Bezoek onze internetsite www.awbruna.nl voor informatie over onze boeken, volg @AWBruna op Twitter of bezoek onze Facebook-pagina Facebook.com/AWBrunaUitgevers.

Jobien Berkouwer

Zomermeisjes

A.W. Bruna Uitgevers

Omslagbeeld
Mark Owen/Trevillion Images
Omslagontwerp
Studio 100%

ISBN 978 94 005 0773 9
NUR 330

www.blackswanprofiling.nl

Dit boek is gedrukt op papier dat het keurmerk van de Forest Stewardship Council (FSC®) mag dragen. Bij dit papier is het zeker dat de productie niet tot bosvernietiging heeft geleid. Een flink deel van de grondstof is afkomstig uit bossen en plantages die worden beheerd volgens de regels van FSC. Van het andere deel van de grondstof is vastgesteld dat hiervoor geen houtkap in de laatste resten waardevol bos heeft plaatsgevonden. Daarom mag dit papier het FSC Mixed Sources label dragen. Voor dit boek is het FSC-gecertificeerde Munkenprint gebruikt. Dit papier is 100% chloor- en zwavelvrij gebleekt en wordt geleverd door Arctic Paper Munkedals AB, Zweden.

1

Als een samoeraizwaard striemt de tak langs haar wang. Rats. Een scherpe pijn volgt. Ze besteedt er geen aandacht aan. Ze moet rennen, alsmaar blijven rennen. Haar blote voeten blijven soms steken in de modderige bosgrond. Haar kuitspieren verzuren. Haar tenen raken bladeren, takken, stenen, hard en zacht. Rennen, als ze maar blijft rennen dan komt het goed.

Ze is naakt. En ze heeft geen idee waarom.

Ze had niet moeten afstappen, dat weet ze wel. Ze had nooit van haar fiets moeten stappen.

Rennen, rennen. Blijven rennen.

Door het donker ziet ze schimmen van bomen, die vervagen in het mistige niets. Voor haar ogen flikkeren vurige schichten, als een duivels teken van onheil. Het donderen volgt snel.

Ze kan hem horen, in hijgende klanken, niet ver achter zich. Hijg, stap, hijg, stap. Hij is niet ver. Helemaal niet ver. Door het suizen van de regenstroom hoort ze zijn zwoegen, zijn voeten, zijn volgen. Praten heeft geen zin, het gaat hier om haar leven. Dat is voorbij als het aan hem ligt. Ze zag het in zijn ogen, in die merkwaardig kalme ogen. Hij ziet het al, hoe ze dood zal zijn. Het maakt niet uit waarom, of hoe, of wanneer precies. Voor hem is het een uitgemaakte zaak.

Ze moet dood. Ze gáát dood.

De storm danst om haar blote lijf, in straffe banen en genadeloze cirkels. Een naakte kou, die ze nog niet kende, dringt door tot diep in haar botten. Ze rent en voelt zich het hert uit de kinderfilm die ze altijd met haar moeder keek. Hij de jager, zij het dier.

Rennen, gewoon door blijven rennen. Recht vooruit, zonder aarzelen.

Een boomwortel tackelt haar. Met een smak komt ze ten val. Tand door haar lip, modder op haar tong. Knie geschaafd. Dit kan niet waar zijn, dit kan niet het einde zijn. Ze mag niet opgeven. Pijn, overal pijn. En duizelig, ze is zo verschrikkelijk duizelig. Haar hoofd bonst om aandacht. Stroperig bloed kietelt haar oor. Ze krabbelt weer op, vindt houvast aan een omgevallen boom en rent door. Hij heeft meters gewonnen. Vlak achter haar nu.

Niet aan denken. Gewoon rennen. En gillen, moet ze gillen?

Ze gilt. Schreeuwt. Krijst. Tot ze geen lucht meer krijgt.

Beter maar blijven rennen, gewoon alleen maar rennen. Haar voeten graven een modderig spoor, dat hij moeiteloos volgt, als de dood op haar hielen.

Ze negeert de steken in haar huid, het verkrampen van haar spieren. Bagger in haar neusgaten, zand in haar ogen. Rennen tot ze erbij neervalt – nog eens.

Zijn vingertoppen schampen haar schouder. Hij grijpt, maar het is mis. Het was net mis. Meer kracht vanuit haar bovenbenen, meer power naar haar kuiten. Afzetten, afzetten, kracht, snelheid. Kom op nou, dit bos moet toch ergens eindigen? De weg, ze moet naar de weg, naar de mensen, naar het licht, naar iemand die er voor haar zal zijn.

Nog een keer gillen – wat anders?

Weer die vingers, al iets krachtiger. Hij zet ook een tandje bij. Waarom toch? Waarom zij?

Ze kan het hem niet vragen.

De bloederige strepen fikken op haar huid. De natte aarde is als zout in haar wonden. Ze verzwikt haar enkel en tuimelt opzij. Nu is het voorbij, nu is het voorbij. Ze ziet een bospad als hij haar grijpt. Ze is er bijna, misschien echt bijna, maar hij heeft haar al. Met beide handen drukt hij zijn vingers in haar hals. Ze gromt als een beest, krijst, draait zich op haar rug en maait haar voeten in zijn nek. Zijn hoofd klapt iets naar achteren, hij kermt, verliest zijn grip en zijn evenwicht.

Ze is los, ze kruipt, klautert, weg van hem, weg van daar. Ze hoort hem merkwaardig jammeren als hij naar haar voeten reikt. Net mis. Hij staat op, zij staat op, onvast, maar ze staat. Ze voelt geen pijn, adrenaline giert door haar lijf. Rennen, verder rennen. Nu makkelijker, over het smalle paadje, gebaand door fietsers die nu veilig in hun bed liggen. In een huis met muren en een deur met een slot. Zij is naakt en hier is niemand. Hulp is ver te zoeken.

Hij volgt haar, weer zo dichtbij. De lucht schuurt in haar keel, haar lijf is kapot. Gevild door het bossige monster, tranen tot aan haar kin. Haar benen zwabberen. Haar enkels voelen wankel. Het eind van het bos is in zicht, maar ze is zo moe. Ze is stuk.

Ze kan niet meer.

2

De modder spat tegen de pijpen van haar broek als Lot het beest probeert te grijpen. Wind uit alle hoeken blaast haar lichtblonde haar woest rond haar kruin. De regen van de afgelopen dagen is gestopt. De storm ook, goddank, maar nu begint het pas. Als de schade bovendrijft.

Het beest hinnikt als het er in een draf vandoor gaat. 'Verdomme,' vloekt ze. 'Kutbeest.'

'Hier!' roept Jaap. 'Nog een, help me even.'

Lot kijkt om en ziet haar collega in een onooglijke omhelzing met een van de losgebroken paarden staan. De half bejaarde boer komt aangehold om hem te hulp te schieten. Lot kan alleen maar zuchten. Ze haat die nachtdiensten. Vooral na een zomerstorm.

De Dinkel is een paar dagen geleden weer buiten zijn oevers getreden. Meldingen van wateroverlast stromen het bureau binnen. Omgewaaide bomen, verwoeste schuren. Wegen die onbegaanbaar zijn geworden door afgebroken takken.

Ook deze losgebroken paarden zijn een gevaar voor het verkeer dat verderop over de provinciale weg raast. Maar wat zou ze het graag aan de boer zelf willen overlaten om dit klusje te klaren. Zorg dat je hekken tegen een stootje kunnen, vent. Of in elk geval tegen weer en wind.

Ze doet nog een poging en loopt voorzichtig op een van de beesten af. Ze heeft veel geleerd de afgelopen jaren, maar dit zat daar niet bij. Ze grijpt de manen van het beest en voert hem mee terug naar de boer. Het hinnikt uit protest. 'Sorry, feestbeest,' fluistert ze. 'We gaan sluiten.'

De boer bedankt haar in een onverstaanbare mompeltaal. Ze heeft het inmiddels opgegeven te proberen het Twents dialect te volgen. Ze knikt en kijkt weg als ze het knerpen van autobanden hoort, op het weggetje naast het weiland. Een surveillancewagen. 'Eindelijk,' verzucht ze, in het niets. 'Dat werd tijd.'

Ze loopt op de auto af, maar haar voet blijft steken in de drek en ja, o nee, ja toch, daar gaat ze. Nat op haar heup, zo door haar broek heen. Gadverdamme. Ook dat nog.

Even zijn zelfs de paarden stil, maar dan hoort ze Jaap zachtjes lachen. Ze staat op, loopt verder en steekt haar middelvinger op, in de hoop dat het daglicht al zo ver is doorgebroken dat hij het goed kan zien.

Helaas horen dit soort meldingen ook bij haar werk. Door het weiland achter paarden aan draven. Precies waar ze bang voor was toen ze een paar maanden geleden vers uit haar training in Twente werd geplaatst.

In Amsterdam had ze dit dus niet.

Als ze dienst heeft, zit ze duizend keer liever achter een heterdaadje aan dan achter een godvergeten paard op avontuur. Of doe haar dan op zijn minst een verwarde junk – ook goed. Alles liever dan dit.

De surveillanten zijn jong, stukken jonger dan zij. Een van hen glimlacht als hij haar besmeurde broek in het schijnsel van de koplampen ziet. Hij knauwt met een grijns: 'Gaat ie lekker?'

Ze negeert hem, de snotneus met zijn accent. 'Kijk, daar loopt er nog ten minste één rond,' wijst ze. 'Ik zou maar opschieten als ik jullie was, straks lopen ze de N214 nog op.'

De twee schieten in de houding en zetten het op een lopen. Dat leidinggeven gaat me alvast goed af, denkt Lot. Tot ze weer een paard ziet ontsnappen. Met uitgestrekte vogelverschrikkerarmen en de brulimitatie van een beer jaagt ze het dier met een angstige huppel terug de wei in.

Ze lacht om zichzelf. Verborgen talenten te over.

De portofoon begint te kraken – alsof de zomerstorm ook bij de meldkamer huishoudt. Een krakerige stem, en dan weer niets. Lot buigt zich voorover en schuilt op haar hurken achter de auto voor de wind. Ze drukt haar oor dicht tegen de porto en luistert.

'Hier de meldkamer, welke wagen kan er onmiddellijk naar de Akkerweg? Er is een melding van een dode vrouw in het bos, ter hoogte van hectometerpaal 28,3.'

Lot staart een paar seconden voor zich uit. Dit is haar kans, haar grote kans om zichzelf uit de modder te trekken en te laten zien wat ze echt waard is.

Ze draait een kwartslag, tuurt voor zich uit en ziet toe hoe Jaap aan de verliezende hand is in de worsteling met zijn paard. Onvoorstelbaar. Die boer moest eens weten hoeveel jaren studie ze erop hebben zitten.

Ze houdt haar hand omhoog. 'Jaap!'

Dankbaarheid zou ongepast zijn, maar Jaap besluit in een halve seconde om zijn paard over te laten aan de boer en de jonge collega's. Zo snel als mogelijk, met die drassige aarde, komt hij op Lot afgestevend. Lichte grijns, zijn karakteristieke blauwe pretoogjes. Autosleutel al in zijn hand.

'Meldkamer,' schalt Lot door de portofoon. 'Hier de 3501. Wij zijn vlakbij en gaan er nu op af.'

De adrenaline jaagt door haar lijf. Deze is voor haar – hier had ze op gewacht.

'Begrepen, 3501,' klinkt door de porto. '3502, kunnen jullie ook die kant op komen?'

Jaap hurkt bij haar neer. Een mannenstem mengt zich in het geruis van de portofoon: 'Hier de 3502. Nee, wij redden het niet. We zijn daar ruim een halfuur vandaan.'

'Shit,' fluistert Jaap.

Lot schudt haar hoofd. De aanrijtijden in dit deel van het land zijn bespottelijk. Collega's verkeren schandalig vaak in levensbedreigende situaties. Het gaat nog eens een keer mis.

'3501, de chef van dienst komt ook ter plaatse.'

'Graag,' antwoordt Lot zakelijk. 'Als de 3502 te ver weg is, dan moeten Leo en Stefan komen.' En dan fluisterend tegen Jaap:

'Die Leo hijst zijn dikke pens maar eens uit die bureaustoel.' Weer luid in de porto: 'Wij stappen nu in de auto, meldkamer.'

'Mooi. De melder wacht op de bosweg, omdat hij daar pas bereik had met zijn mobiel. Zijn naam is Zacharias. Hij zal jullie naar de plaats delict wijzen.'

Zacharias, herhaalt Lot voor zichzelf in gedachten. Hoor je niet vaak, die naam.

Routineus stappen ze in, ploffen neer, klikken hun gordels vast. Lot voert de navigatie in, Jaap start de auto.

3

Jaap neemt de afslag en rijdt het bospad op. Het is een ravage, de storm heeft huisgehouden, als een aanval op de natuur. Kalm als hij is, stuurt hij de auto langs joekels van omgewaaide takken en volgelopen kuilen met regenwater.

'Kom op, een beetje sneller,' fluistert Lot. 'Die melder staat daar maar.'

Een lijk in een onbewaakt bos, het zint haar niet. De pd moet afgezet worden, ze wil de naakte waarheid zien, voordat iemand de boel komt verzieken.

Het verhaal van de dader ligt op de pd, zegt Magnus altijd. Lot heeft dat verhaal liefst puur en onbewerkt, zonder lompe figuren die dat niet op waarde weten te schatten en er uit nieuwsgierigheid overheen walsen.

'Rustig aan, dame,' zegt Jaap. 'Je ziet toch dat de hele weg versperd is.'

'Stop de auto.'

'Wat?'

'Stop,' herhaalt ze bits, 'de auto.'

Jaap remt met een zucht. 'Wat wil je doen dan? Toch niet...'

Ze knikt. 'Lopen.'

Nog altijd die pretoogjes – nu meer uit ongeloof dan uit plezier. Hij houdt zijn handen omhoog. 'Je denkt toch niet dat ik per ongeluk over dat lijk heen rij,' lacht hij.

'We zien geen zak vanuit die auto, lopen gaat beter.'

Ze stappen uit. Klap, deur dicht. Klap, nog een deur dicht. De koplampen laat Jaap aan, als herkenningspunt. Nu de storm is gaan liggen, hult het bos zich in een duister zwijgen. De ochtendschemer wekt wat vogeltjes, maar verder is er niks.

'Waar is die melder?' fluistert Lot – haar hand op haar wapen.

'De dader kan hier ook nog rondlopen.'

Lot kijkt even naar haar collega. 'Zeg, wil je de druk nog even opvoeren, of zo? Dat hoef je mij niet te vertellen, hoor.'

In het midden van het pad smakt de zompige bosgrond onder hun voetstappen, terwijl aan de rand afgestorven takken breken onder hun gewicht. Dan ziet Lot een gedaante tevoorschijn komen. Ze houdt haar adem in. Intuïtief legt ze haar hand op de holster aan haar riem.

Dader of melder?

Zijn postuur flink, gespierd, zijn pas zelfverzekerd. Hij heeft hen nog niet gezien.

Dader of melder?

Achter hem vandaan schiet ineens een beest op vier poten tevoorschijn. Luid geblaf galmt tussen de bomen door. De gedaante krijgt hen in het vizier en begint te zwaaien.

'Boris!' roept hij. 'Hierrr komen.'

Boris luistert niet en sprint Lot tegemoet. Ze is niet gek op honden, nooit geweest, en al helemaal niet op honden die haar blaffend tegemoet rennen. Ze hoopt vurig op gehoorzaamheid.

'Hier, jongens,' roept de gedaante vervolgens, terwijl hij wijst met zijn duim. 'Ik dacht dat jullie nooit zouden komen. Loop maar een stukje achter me aan.'

Melder, hij is de melder.

Vlak voordat de hond bij Lot aankomt, roept hij: 'Boris!' En met een ferme klap in zijn handen, maant hij de hond tot rust. Kwispelend blijft het beest staan.

De man blijft wachten tot ze bij hem zijn en steekt zijn hand uit. Zowel Jaap als Lot onderwerpt hem aan een routinescan. Wat is het voor type? Heeft hij een wapen? Hoe zien zijn kleren eruit? Hoe staan zijn ogen?

Lot ziet de modder op zijn kleding, op zijn schoenen. Melders zijn per definitie verdacht. Het zijn de overmoedigste daders die je tegenkomt, zo weet ze als geen ander. Die leven in de veronderstelling dat ze ongrijpbaar zijn. Een belediging voor haar vak en kunde.

Ze schudt zijn hand, een ferme, sterke hand. Jaap schudt ook zijn hand.

De man in militair uniform stelt zich inderdaad voor als Zacharias.

Lot knikt. Vooruit, hij lijkt oké, voor nu.

Hij draait zich om en ze beginnen achter hem aan te klauteren, door kluwen takken en omgewaaide boomstronken.

'Markeer jij de route?' fluistert Lot.

Jaap staat al met het afzetlint in zijn hand. 'Jep,' zegt hij.

Zacharias kucht. 'Mijn tent staat zo'n honderd meter verderop.'

Lot kijkt op en blijft even staan. 'Je tent?'

'Ja, een beetje raar misschien,' zegt hij terwijl hij even omkijkt, 'maar dat doe ik wel vaker in de zomer. Wildkamperen.'

'Wild...' stamelt Jaap die zijn vastgeklemde voet uit een berg takken trekt, '... kamperen?'

Lot duwt hem plagerig als ze verder lopen. 'Niet iedereen gaat voor een all-inclusive, collega.'

Zacharias haalt zijn schouders op, lacht wat ongelukkig. 'Ik vond het een beetje laf om mijn biezen te pakken voor het noodweer de afgelopen dagen, gezien mijn werk als militair en alles, maar als ik dit had geweten...'

'Waar ligt het lichaam?'

'Nou ja, ligt...' Hij wijst. 'Verderop, we zijn er bijna.'

'Hoe vond je het eigenlijk?' vraagt Lot. 'Niet bepaald weer om eropuit te trekken.'

'Dat beest van me...'

'Boris.'

'Ja, Boris. Ik hoorde ineens een enorm kabaal en dat beest ging compleet door het lint, joh, het is net een klein kind. Je zegt nog dat ie gewoon verder moet slapen, maar...'

'Wat voor kabaal?' vraagt Jaap.

'Een soort oergeluid, een aards gekraak. Wij dus die tent

uit, Boris en ik. Stukje lopen, natuurlijk. En ik was toch wel nieuwsgierig naar waar dat geluid vandaan kwam. Bleek het een boom te zijn die op een stokoud zouthuisje terecht was gekomen aan de rand van het bos.'

Lot ruikt ineens de kegel. Zacharias heeft flink gedronken gisteravond.

Ze kijkt naar Jaap. 'Wat is een zouthuisje?'

Jaap beweegt wat heen en weer met zijn arm. 'Die dingen staan hier overal, vroeger werd er veel zout gewonnen in de regio. De hutjes staan nu voornamelijk leeg, worden beschouwd als monument, of zo.'

'Dus uit nieuwsgierigheid liep ik eropaf,' gaat Zacharias verder. 'Vooral om te zien of er nog iemand in zat, begrijp je, of ik iemand te hulp kon schieten.'

'Wat heeft iemand te zoeken in een zouthuisje?' vraagt Lot.

'Weet ik veel, misschien was het beroepsdeformatie dat ik erop afging.'

Beroepsdeformatie. Of nieuwsgierigheid. Of daderinformatie.

'En wat zag je?'

'Eerst klopte ik op het deurtje, maar toen ik niets hoorde, keek ik door een spleet die was ontstaan door de klap van de boom. Ik scheen met mijn zaklamp naar binnen en toen zag ik het...'

Jaap kucht ongeduldig in zijn vuist. 'Toen zag je wat?'

'Het lichaam van een meisje aan een haak,' zegt hij, ineens snel en zakelijk. 'Net als in een slachterij, eigenlijk.'

Jaap zoekt oogcontact met Lot. Zijn blik vertaalt de woorden van de militair, ze krijgt het er ijskoud van en verbeeldt zich de aanblik van het meisje.

Dan kijkt ze naar de militair. Het hoort misschien bij zijn werk om zo koud en afstandelijk te zijn. Er hangt een lijk. En zo zag het eruit.

Ze vraagt zich af waar hij gediend heeft. Hoeveel lijken hij al heeft gezien.

Ze naderen het vervallen zouthuisje, aan de rand van het bos, met het oneindige vlakke landschap erachter. De weidsheid, het geeft normaal gesproken dat fijne gevoel van ruimte, waar Lot zo verliefd op is geworden toen ze hier kwam wonen. Nu doet het haar eenzaam aan. De dode vrouw is hier moederziel alleen, in een soort niemandsland.

Zacharias heeft geen woord gelogen: een immens hoge boom heeft zich tegen het dak gevleid. Het ziet er dreigend uit – nu is alleen nog maar een gedeelte van het dak ingedeukt, maar als de stam definitief breekt, zou het hutje weleens volledig geplet kunnen worden.

'Meldkamer, we zijn ter plaatse,' roept Lot in de porto.

Er klinkt een vagelijk geruis. Het antwoord kan ze niet verstaan, maar het leek op het standaard 'begrepen'. Lot legt haar hand weer veilig op haar wapen, net als Jaap. *Better safe than sorry*. De dader kan nog overal rondzwerven.

Met gespannen armen sluipt ze op het huisje af, de militair achter zich aan. Ze kijkt even om naar zijn grote, modderige schoeisel en voelt haar maag samentrekken als ze denkt aan het bewijsmateriaal dat hij met zijn schuiten kan vermorzelen. Of al hééft verwoest tijdens zijn ontdekking.

'Wacht jij maar hier,' zegt Jaap tegen hem.

Aan de deur van het huisje hangt een slot. Met toegeknepen ogen turen ze door de spleet naar binnen, net als de militair eerder deed. Dat ziet er niet goed uit. Jaap doet een stap naar achteren, kijkt vragend naar Lot. Zij knikt instemmend.

Met een flinke beuk trapt hij de houten deur in. Het slot springt open. Dan hoort ze het gezoem van de insecten, die altijd het eerst ter plekke zijn. Voorzichtig sluipen ze naar binnen. Allebei trekken ze hun zaklamp uit hun koppelriem en schijnen naar binnen.

'Politie, is hier iemand?' roept Jaap.

'Politie, is hier iemand?' herhaalt Lot.

Geen respons.

Het gezoem roept, de stank bevestigt. Met haar ene hand rustend op het wapen en in haar andere hand de zaklamp, betreedt Lot het hutje, pal achter Jaap. Het duurt even voordat het tot haar doordringt en dan nog weet ze niet wat ze ziet.

De strepen licht die het dak doorlaat, beschijnen een tafereel dat ze nog nooit in haar leven heeft gezien. In het midden een naakt lijf, aan een haak. Heel even is ze geneigd om de hals te voelen, maar dan ziet ze al dat het geen zin meer heeft. Om het lichaam heen zweven insecten in alle soorten en maten.

Het gezoem.

En die stank.

De penetrante geur is niet te harden. Het maakt haar het ademen haast onmogelijk.

Haar blik valt op een zaag die naast het lichaam op de grond ligt. Ernaast een soort vitrage, een soort gaas.

Er spoken onmiddellijk allerlei gedachten door haar hoofd. Haar zintuigen staan op scherp. Vanaf nu zal al haar energie gefocust zijn op vragen: wie heeft dit arme meisje vermoord? Wie is het meisje?

Wie is de dader? Nomen nescio, zindert door haar hoofd. Nomen nescio. Ik ken zijn naam nog niet. Nee, denkt Lot. Nu ken ik je naam nog niet. Ze kijkt even naar boven, naar het levenloze gezicht van het meisje. 'Ik kom er wel achter,' fluistert ze, zo zacht dat zelfs Jaap het niet horen kan. 'Ik kom er wel achter wie dit heeft gedaan.'

Ze scant elk detail in het huisje. Van de stoffige, zanderige vloer, tot het verwoeste dak. Ze kan niet wachten om rustig in haar eentje alles op zich in te laten werken. Om in het hoofd van de dader te kruipen.

Eén dader? Meerdere daders?

Is het slachtoffer hier vermoord? Of ergens anders?

Ze ziet geen sporen van moord. Geen bloed. Is ze ergens anders vermoord? Hoe heeft hij haar dan hier gekregen?

Waarom hier?

Loopt iemand gevaar? Heeft hij vaker iemand vermoord? Wat is zijn motief?

Ze knakt haar vingers. Zoveel vragen, er zijn zoveel vragen

die zich tegelijkertijd aan haar opdringen. Het overweldigt haar. In gedachten spreekt ze zichzelf toe om haar enthousiasme in goede banen te leiden. Professioneel zijn nu. Goed denken. Slim denken.

'Mijn hemel,' zegt Jaap. 'Dit is, dit is...'

Dan klinken er ineens voetstappen bij de ingang van het huisje.

Met een ruk draaien ze zich allebei om. Geroutineerd trekt en richt Lot haar wapen, precies volgens haar training. Maar dan ziet ze dat het Zacharias is, met zijn hand voor zijn mond.

Ze schudt haar hoofd. Nieuwsgierigheid wint het zo vaak van verstand. Neem alleen al die kijkersfiles na een ongeluk op de snelweg.

'Buiten wachten!' dirigeert ze, terwijl Zacharias haar nogal onbenullig aankijkt. 'Nú! Naar buiten.'

Jaap kijkt haar geïrriteerd aan. 'Ik zeg het nog zo tegen hem,' fluistert hij. 'Mafkees.'

Lot stopt haar wapen weer terug en duwt het knopje van haar portofoon in. 'Meldkamer, hier de 3501, dood meisje aangetroffen in een zouthuisje in het bos. Waar blijft de chef van dienst?'

Een reactie van de meldkamer blijft uit.

'Doet ie het nou?' fluistert Jaap.

'Nee, geen bereik, vrees ik.'

Hij vloekt binnensmonds. 'Rotdingen.'

Dan zet Lot zich schrap. Jaap ook. Hun blik op hetzelfde punt. Het is haast niet te horen, maar ze horen toch echt een zacht geritsel van achter het huisje.

4

De wagen rijdt over een hobbelig tapijt van mos en takken. Op de achtergrond klinkt zachtjes muziek. Altijd hetzelfde liedje, *New World in the Morning*. Hij fluit mee, want dat maakt hem rustig en het is nodig dat hij rustig is. Hij wil haar niet beschadigen, lomp als hij soms kan zijn.

Dit meisje. 'Hmm, hmm...' Hij schudt verlekkerd zijn hoofd. Ze is beeldschoon gebleven, beeldschoon. Ja, dit is zonder twijfel zijn mooiste. Ze is bijna net zo perfect als in zijn fantasie. 'Hmm.'

Bijna.

De koplampen heeft hij gedoofd, want hij mag niet gezien worden, door niemand. Dat zou vreselijk zijn, als hij gezien werd, als hij herkend werd. Dan is alles voorbij en meer dan dat. Dan is het leven op deze aardbol voorgoed ten einde.

Hij voelt een overweldigende angst opkomen, maar weet die te onderdrukken als hij verdergaat met fluiten.

De storm is flink tekeergegaan. Rijden is moeilijk geworden, nog moeilijker dan voorheen. Stapvoets hobbelt hij over bergen takken en manoeuvreert hij zijn busje door de hindernissen die de natuur voor hem heeft neergekwakt.

Het is stil om hem heen, de kalmerende rust van het donker is al sinds zijn vroege jeugd zijn beste vriend. De zwarte sluier waaronder hij zich kan verschuilen, waar geen oordeel is, en waar woorden niet tellen. 'Hmm...' De nacht is, zowel in kille als in zwoele verschijning, zijn trouwe maat, zijn toeverlaat. Een melodie die altijd vertrouwd klinkt en waarop hij zijn deuntje fluit, zachtjes, maar met heldere klanken.

Van het ene op het andere moment stokt zijn gefluit. Hij haalt zijn voet van het gaspedaal en doet de motor uit. Muziek uit.

Niks.

Stil.

Hij maakt zich klein en knijpt met zijn ogen om beter te zien wat hij ziet. Hij voelt het aankomen, het knipperen. Ongecontroleerd en heel vaak, alsof er een motje in zijn oog zit. Hij balt zijn vuisten en begint zwaar te ademen. Als door een samengeplet rietje trekt hij de zuurstof naar binnen, teug voor teug, tot zijn longen gevuld zijn. Steeds moeilijker, steeds zwaarder.

Hij knippert nog steeds. Maar tussen het knipperen door ziet hij het echt. Er staat een auto op het bospad, en daar, rood-wit lint, gespannen aan een boom.

Direct start hij de auto weer. Hij moet weg daar, heel snel. Samen met zijn meisje. Per ongeluk geeft hij iets te veel gas, de auto gromt als een beer.

Weg nu, heel gauw, wegrijden.

Hij geeft nog eens flink gas en stuift ervandoor, verder het bos in, dat hij op zijn duimpje kent. Pas als hij op de plek is die hij in gedachten had, brengt hij de auto tot stilstand, net onder een laaghangende tak. Hij stapt uit, schikt de bladeren over de auto en gaat te voet terug naar zijn andere meisje. Zachtjes lopen, niet zo hijgen.

Het is van groot belang dat hij geen geluid maakt. Het mag niet, het kan niet. Straks pakken ze hem. Hij is niet gek, hij weet ook wel dat het lint van de politie is. Die wil hij niet achter zich aan.

Plotseling stoppen zijn voeten met lopen, vlak nadat zijn ogen het onheil registreren. Een grote boze boom is op het dak van zijn huisje gevallen. Hard, harder, hardst knijpt hij in zijn handen. Zijn mooie meisje. 'Hmm.' Zijn mooie vriendin is daar.

Er lopen kleine poppetjes in de verte. Van de politie? Mensen van het rood-witte lint. Ze lopen er echt, ze lopen er echt op af. Ze naderen de deur, ze zijn nu echt dichtbij. Hij knijpt zijn handen nog wat strakker in elkaar – zijn mooie meisje. 'Hmm-mmm.' Zijn mooie vriendin.

Het ademen wordt nog moeilijker. Hij hijgt nu, krijgt geen zuurstof nu. Hapt naar lucht nu. Tussen het hijgen door probeert hij heel zachtjes te fluiten, want dat is het enige wat helpt. Maar er komt niks meer, er is geen geluid, niks.

En dan gebeurt het. Ze forceren de deur. Ze betreden zijn terrein. Ze zullen haar vinden. Nu is ze verloren. Nu is hij haar kwijt.

5

Ze durft niet te ademen. Ze hoort het bonzen van haar hart. Hij is nu heel dichtbij, zo dichtbij dat ze zijn ademhaling kan horen. Ze hoort het kraken van kleine takjes. Ze krimpt ineen en kijkt naar beneden, wachtend op wat komen gaat. Ze ziet een drup regen in een plasje in de aarde vallen. Ze hoort de wind en dan weer zijn ademhaling. Zo dichtbij. Zo eng dichtbij.

Haar ogen schieten alle kanten op. Het plasje water, en dan weer naar rechts, het plasje water en dan weer naar links. Waar is hij? Waar loopt hij? Oriënteren lukt haar niet, het is zo donker overal. Ziet hij haar? Hij zegt niets, maar zijn voetstappen spreken een dreigende taal.

Ze ruikt de verse zomerregen, het schors van de boom en nog iets. De weeïge geur van lavendel.

Ze voelt de modder tussen haar tenen, koud en nat. Ineens stopt het kraken. Hij staat stil. Ze maakt zich nog kleiner dan ze al was, knijpt haar ogen dicht, alsof dat helpt. Als zij niets ziet, dan hij ook niet. Ze klemt haar lippen op elkaar. Ze balt haar vuisten.

Een krakje, een heel klein krakje. Zo heel erg dichtbij.

Ze wil gillen, maar slikt. Ze wil rennen, maar verkrampt.

Dan klinkt een snuif, een inademing. Hij ruikt.

Ze spiekt. Haar rechteroog een stukje open, voor heel even. Zijn benen, vlakbij, echt vlak voor haar gezicht. Ze kijkt tegen de zijkant van zijn benen aan. Hij staat daar maar, stil. Geen idee of hij haar heeft gezien. Of hij haar alleen maar kwelt, als een zwak dier wachtend op de laatste klap.

Hij staat daar maar.

Stil.

Ze sluit haar oog weer; beter kijkt ze niet. Haar binnenste schreeuwt. Het schreeuwt dat haar laatste uur geslagen heeft. Ze denkt aan de tak die ze gewoon op het fietspad had moeten laten liggen. Ze had er gewoon omheen moeten fietsen. Dan denkt ze ineens aan haar moeder, aan het weekend dat ze samen in het verschiet hebben. Ze denkt aan een chocoladetaart, waarom nu? Ze denkt aan haar ex. O, zo zonde van haar tijd. Dan denkt ze aan haar dromen. Aan al die mooie dromen.

6

Zwijgend en met toegeknepen ogen volgt hij de indringers, die zomaar, alsof het niets is, zijn heiligdom betreden. Hij weet dat hij hier beter niet kan blijven, maar hij voelt zich verlamd.

Hij staat daar maar te kijken. Hij moet terug naar zijn auto, naar zijn andere meisje. Maar hij staat en beweegt zich niet.

Zijn meisje. Zijn vriendin is daar.

Takjes kraken, blaadjes ritselen, als hij zich op zijn plek verplaatst. Hij tuurt de verte in en schuilt achter de haag van bomen. Zachtjes fluit hij fluisterende tonen. Hij mag dan bang zijn, maar kalm blijven is het beste scenario. Zijn benen zijn ineens onrustig, zijn voeten stappen op zijn plek en laten de aarde zuchten en sidderen, alsof die zijn angst met hem deelt.

Zijn vingers vlechten zich krampachtig in elkaar. Ze is van hem. Ze is toch van hem? Knipperend kijkt hij toe. Zijn vingers duwt hij dieper en dieper in zijn eigen huid. Witte kringen op zijn vuisten, totdat het pijn doet en hij het niet meer uithoudt.

Hij had het kunnen weten. Tussen het onophoudelijke geknipper van zijn oogleden door kijkt hij naar de reusachtige boom die het dak van zijn huisje heeft doorboord. Hij had het kunnen weten met die storm, dat zijn vriendin ook daar niet veilig was. De boom, het gapende gat in het dak, de vrije toegang voor alles wat leeft en haar schade toebrengt. Hij heeft er niet goed genoeg over nagedacht. Hij heeft gefaald, precies zoals te verwachten viel.

Weer.

Hij is een falend schepsel dat niks goed kan doen. Een nietsnut. Een niemand.

Hij knippert met zijn ogen. En stopt even met marcheren om op adem te kopen. Weer dat hijgen. Wanneer houdt dat nou eens op? Ademen, ademhalen, één, twee, rustig in. Eén, twee, rustig uit. Eens moet hij het toch onder controle krijgen.

Hij heeft helemaal niks onder controle. Verdomme.

Het knipperen stopt niet. Met flikkerend beeld marcheert hij verder op zijn plek, om die onrustige voeten gehoorzaam te houden. Om te voorkomen dat ze het zomaar op een rennen zetten, die voeten van hem, en dat hij erachteraan moet. Dan zit hij in de shit. Want hij mag niet gezien worden. Het mag niet, dat in elk geval niet.

Ze is verloren. Verloren aan indringers, verloren aan verval.

Falend schepsel. Falend schepsel.

Hij kijkt naar boven en slaat zichzelf op zijn wang, dom joch.

Dan klinkt ineens luid geblaf van een hond.

7

Aan één blik hebben ze vaak al genoeg. Foute boel. Jaap wijst, Lot volgt zijn aanwijzing. Ze leest de spanning van zijn gezicht. Het geritsel kan van alles zijn: dader, melder, hond. Ze kunnen geen enkel risico nemen.

'Zacharias?' roept Lot voorzichtig.

Er komt geen reactie. 'Naar buiten,' fluistert Jaap. 'Nu, naar buiten.'

Hij loopt voorop, houdt zijn hand op zijn wapen. Lot laat haar hand veilig op de holster rusten. De situatie bevalt haar niets.

Als ze weer op het bureau is zal ze *first thing* stennis schoppen over het bereik van die portofoons. Het is levensgevaarlijk, niemand weet wat zich hier op dit moment afspeelt en zij moeten maar raden wanneer de collega's komen. Ze heeft geen benul of ze de juiste weg kunnen vinden. Ja, ze zijn uitstekend getraind, Jaap en zij, maar ze zijn wel maar met zijn tweetjes. Ze kunnen niet de hele wereld aan hier.

Ze stappen het huisje uit. 'Zacharias?' roept Jaap nu.

'Daar!' wijst Lot.

Verderop zit de militair op een boomstam, naast zich zijn hond. Hij draait zich om en kijkt met nerveuze blik hun kant op.

Ineens begint de hond te blaffen en hij rent naar het huisje. 'Boris!' roept Zacharias. 'Boris, hier blijven!'

Het beest stuift voorbij, verdwijnt om het huisje uit het zicht.

'Roep hem terug,' roept Jaap. 'Onmiddellijk. Er kan daar iemand zijn.'

Zacharias begint te rennen. Maar nog voordat Lot kan zeggen dat hij zich niet moet verroeren, komt er een man achter het hutje tevoorschijn. Een onverzorgde man, dat is direct duidelijk. Hij heeft een rossige baard, waar hier en daar lange pieken uit steken. Een onverzorgde bos haar op zijn hoofd die tot halverwege zijn schouders hangt. Kakigroene broek, vol zwarte vegen. Een donkerblauw fleecevest dat onder het stof en zand zit.

'Staan blijven en handen omhoog!' reageert Jaap direct.

De hond springt tegen de man op en blaft.

'Ik wil je handen zien,' roept Lot. 'Laat me je handen zien.'

De man steekt aarzelend zijn handen omhoog.

Naast Lot staat Zacharias, verstijfd. Hij weet duidelijk niet wat hij moet doen. Ze vindt hem nogal roestig overkomen voor een militair. In elk geval heeft hij lang geen training meer gehad.

'Wacht eens even,' zegt de man, ogenschijnlijk geschrokken. 'Zacharias, wat is dit?'

Lot kijkt weer opzij, naar de militair die een uitdaging in zo lang mogelijk stilstaan lijkt te hebben aangenomen. 'Zacharias?' vraagt ze. 'Ken jij deze man?'

Ze ziet net genoeg beweging in zijn hoofd om aan te durven nemen dat hij ja knikt. Ze kijkt kort naar Jaap, die haar vragend aankijkt. 'Wat is je naam?' vraagt hij de man.

'Bob,' zegt die. 'Bob Altena.' Hij wijst met bevende vingers naar Zacharias. 'Ik hoor bij hem.'

De militair geeft nog steeds geen sjoege.

'Blijf staan, ik loop nu naar je toe,' zegt Jaap. 'Ik ga je fouilleren.'

Dan kraakt de portofoon op Lots borst. Halleluja! Er is bereik. 'Hier de 3504 met chef van dienst, we zijn ter plaatse. We parkeren achter jullie dienstauto.'

'3501 hier voor de 3504,' zegt Lot kalm. 'Volg het pad een meter of dertig en sla dan rechts af, het bos in. Volg vanaf dat punt de afzettape. We staan bij een houten hutje. Een zouthuisje.'

'Helder, we zijn onderweg.'

Ze kijkt toe hoe Jaap de man fouilleert, zijn gegevens noteert en haar een kort knikje ter geruststelling geeft. De man is oké voor nu, vindt hij, maar Lot kan haar ogen niet van hem afhouden en volgt hem terwijl hij naar Zacharias wandelt. Hij maakt iets los bij de militair wat haar niet zint. Het beroepsmatige dat ze eerder bij hem analyseerde, lijkt door de aanwezigheid van die Bob niets meer waard. Hij lijkt nerveus. Ze kijkt naar hem, ze zou het haast als stress kunnen omschrijven. Een stress die hem overrompelt.

Dan schraapt Lot haar keel. 'Meldkamer, hier de 3501. Dood meisje aangetroffen. Op pd twee mannen aanwezig, van wie één melder en één bekende van melder. Situatie onder controle. Ik ga de pd nu bevriezen.'

'Hier de meldkamer, bedankt voor de update, 3501. Ik stuur meer versterking en een forensisch team. Blijf alert.'

De bebaarde jongeman blijft vlak voor Zacharias stilstaan en zegt merkwaardig genoeg geen woord. Onopvallend blijft Lot de twee een tijdje observeren. Ze probeert hun leeftijd in te schatten. Allebei halverwege de twintig?

Dan schrikt ze op, als haar aandacht wordt getrokken door onderzoeksleider Leo de Graaf, die samen met collega Stefan Koopmans op de pd verschijnt. Toe maar, het is Leo kennelijk gelukt om zich van zijn bureaustoel los te pulken. Zijn idee van leidinggeven vanaf het heilige hoofdbureau, in plaats van op straat, waar het gebeurt, kan hij in een mager bezette nachtdienst met dodelijk slachtoffer natuurlijk niet volhouden. Ze zucht als ze terugdenkt aan haar tijd in Amsterdam. Daar was het normaal dat de inspecteur van dienst ook het veld in ging. Op straat geef je namelijk pas echt leiding.

Ze spreekt zichzelf toe. Focus, Lot, focus.

Het is tijd om ervoor te zorgen dat ze zich deze zaak toe-eigent. En dat ze die meters studieboeken eens kan laten gelden.

Jaap sluit zich weer bij haar aan. 'Zo zeg,' zucht hij zachtjes. 'Het is me het nachtje wel.'

Ze kijkt naar zijn altijd goeiige gezicht. Hij is zichtbaar vermoeid en aangeslagen, misschien een tikkeltje geschokt door de lugubere ontdekking die ze hebben gedaan in het verlaten huisje. Toch overheerst bij hem doorgaans een onverstoorbare rust, waardoor ze in hem haar ideale partner heeft gevonden.

Lot is helemaal niet geschrokken, gek genoeg. Ze voelt juist de adrenaline volop door haar lijf pompen, terwijl tegelijkertijd een professionele kalmte haar hoofd koel houdt. Ze kan niet wachten om te beginnen met haar eerste analyse, en daarna met het interpreteren, het profiel opmaken. Meedenken, sturen, keuzes maken. De psyche van de dader doorgronden. Het verhaal erachter uitpluizen.

Ze werpt een korte blik op het huisje. Dit is de zaak waar ze op gewacht heeft.

Al. Die. Tijd.

Dan balt ze haar vuist. Want rust, kalmte en zorgvuldigheid zorgen er nu voor dat ze er ook echt mee aan de slag mag. *First things first* dus. Aan de slag. Ze pakt het lint van de grond en gooit het weer naar Jaap. 'Bevriezen de boel,' zegt ze. Dan wijst ze naar de militair en zijn zwerver. 'Jullie blijven hier. Onze collega's zullen jullie straks horen.'

'We zouden eigenlijk liever...' begint de baard.

'Bob,' onderbreekt ze hem, 'Bob was het toch? Bob Altena?' Hij knikt. 'Bob én Zacharias, jullie blijven allebei hier totdat iemand nadrukkelijk zegt dat je naar huis mag. En jullie worden straks gehoord. Begrepen?'

Zonder een antwoord af te wachten, draait ze zich om en loopt op Leo af om hem persoonlijk te briefen over wat ze hier heeft aangetroffen.

8

Stil, stil, stil. Ze duwt haar hand zo hard als ze kan tegen haar mond om niet te gillen van angst, en om niet te ademen. Als ze maar stil is, misschien heeft ze dan nog een kans. Als ze maar stil is.

Hij beweegt.

Door de schok haalt ze een teugje adem.

Hij beweegt weer. Heeft hij het gehoord?

Dan voelt ze zijn ogen langzaam op haar neerdalen en dan gaat het snel. Al knipperend met zijn ogen, grijpt hij haar met zijn blik. Hij heeft haar gezien, ze is erbij, nu is het afgelopen. Ze ziet zijn grote handen, steeds groter, steeds dichterbij. Even kijkt ze naar zijn ogen, nog steeds dat snelle knipperen, maar dan ziet ze zijn handen weer, nu vlak voor zich, ze omsluiten haar hals, haar luchtpijp wordt dichtgekne...

9

Het looppad van het huisje naar de weg is inmiddels afgezet en gemarkeerd, en ook al hebben ze het aandachtig nagekeken, er is altijd kans dat er sporen van de dader vernietigd worden op zo'n pad. Toch is het belangrijk dat iedereen snel ter plaatse is. Het wemelt van de witte jassen, aan de rand van de pd collega's in blauw en daartussen Leo, Jaap en Stefan in burger.

De omgeving wordt nauwkeurig doorzocht, centimeter voor centimeter. Er is een grote pd afgezet en een wat kleinere pd, waarbinnen wordt gezocht naar sporen. Collega's in uniform kammen delen van het bos uit, naast elkaar in linie lopend, om geen spoor van de dader te missen. Een achtergelaten jas, een drinkfles, bandensporen van een auto, alles kan te vinden zijn, alles kan bruikbaar zijn.

Lot wandelt met plastic hoesjes over haar schoenen langs collega's die bewijsmateriaal in de daarvoor bestemde zakjes opbergen. Er klinkt een constant geklik van de fotografen die alles wat ze aantreffen vastleggen. Ook wordt er videomateriaal opgenomen.

Lot heeft genoeg gezien en meegemaakt tijdens haar opleidingsperiode in Amsterdam, maar zoiets gruwelijks als dit zag ze alleen nog maar tijdens haar training bij Magnus in Zweden.

Vluchtig schieten foto's van lijken die ze in die tijd heeft moeten aanschouwen door haar hoofd. Lijkt er iets op deze zaak? Ze denkt aan de spannende ochtenden waarop ze een dossier op haar bureau trof van een cold case en daarmee door Magnus in het diepe werd gegooid. *Ga maar eens kijken*, zei hij dan tegen haar. *Ik ben benieuwd wat je ervan bakt.* Zo dook ze diep in de zaak van een meisje dat Eva heette. Naakt langs de weg werd ze gedumpt, zorgvuldig opgerold in een deken.

Ze bedenkt dat dit soort complexe zaken nauwelijks in Nederland voorkomen, laat staan in deze regio. Langzaam maar zeker borrelt er een lichte schaamte bij haar op. Als ze terugdenkt aan de heisa die ze er in eerste instantie van heeft gemaakt nadat ze erachter kwam dat ze hier geplaatst werd, in deze regio, waar ze volgens haar niets anders deden dan achter losgebroken paarden aan hobbelen en waar de helft van haar collega's tussen de middag naar huis gaat voor een warme maaltijd van moeder de vrouw. En dan nu, hoewel ze dit haast nooit bij de hand hebben, ziet ze haar collega's strak op elkaar afgestemd en gefocust te werk gaan. Iedereen kent zijn rol en taak, het team is perfect op elkaar ingespeeld. Ze schaamt zich dat ze hier niet bij wilde horen. Ze mag niets anders dan trots voelen dat ze hier onderdeel van uit mag maken. Ze knakt met haar vingers en voelt de kriebel door haar buik gieren. Samen kunnen ze het verschil maken. En de dader, die het in zijn hoofd heeft gehaald om een meisje in haar blootje aan een haak te hangen, kan beter over zijn schouder gaan kijken. Ze zullen hem pakken. Reken maar.

Ze wandelt het huisje binnen, waar Leo, Stefan en Jaap met elkaar overleggen. Ze laat de heren praten en geeft haar ogen de kost. Er branden inmiddels felle lampen in het huisje, waar nog druk wordt gezocht naar allerlei sporen. Ook hier worden foto's gemaakt.

Een korte blik op het jonge lijf aan de haak. Dit meisje is klein van stuk, Lot schat haar lengte op één meter zestig. Ze volgt de lijnen van haar lichaam en blijft hangen bij haar vingers, die doods omlaaghangen. Lot stapt ietsjes dichterbij, zonder de witte jassen te storen, en stelt vast dat, in vreemd contrast met het bleke lichaam, de nagels felrood zijn gelakt.

Voorzichtig raakt Lot het been aan. Even schrikt ze, maar dan voelt ze gelijk nog eens. Ze merkt dat de mannen haar handelen aandachtig volgen, hun ogen prikken in haar rug, hun zwijgen verraadt dat ze haar te ver vinden gaan.

Ze draait zich om. 'Haar huid,' zegt ze. 'Voelt als leer.'

Jaap loopt op haar af en voelt aan het andere been. 'Verrek. Dat is bizar.'

'Hoelang hangt ze hier al?' mompelt Lot in zichzelf. 'Wanneer is ze vermoord?'

Dan loopt ze naar de plek met een interessant bewijsstuk, gemarkeerd, gefotografeerd. Nog niet opgeborgen in een plastic zak.

'Een dagboek,' fluistert ze.

Vragend kijkt ze naar de forensisch expert. Mag ik?

Hij geeft haar een handschoentje en knikt. Kijk maar.

Ze bukt en hurkt neer bij het bewijsstuk. Ze steekt haar vingers gretig in het handschoentje. Dan wipt ze voorzichtig de kaft open. Een tekening, schetsachtig eenvoudig. Het is een jonge vrouw, of nee, een meisje eerder – weinig rondingen, klein van stuk. Lang zwart haar, zittend op een bed. Benen keurig over elkaar gevouwen.

Voorzichtig slaat ze een pagina om. Weer een tekening. Krabbeltjes, veel lijnen. Drukker dan de eerste pagina. Op die tekening is ook een meisje te zien.

Hetzelfde meisje?

Wel hetzelfde lange haar. Ze ligt op bed, met gestrekte benen en de armen langs haar lichaam. Ogen gesloten, alsof ze slaapt. Alsof ze dood is. Lot ontdekt een krabbeltje, vlak naast de tekening. Ze kijkt en leest: JE BENT ZO MOOI, NU JE BIJ ME BLIJFT, VOOR ALTIJD.

Lot gaat weer rechtop staan en kijkt even omhoog. Hoe oud zal het meisje zijn? Achttien, negentien? Misschien zelfs minderjarig.

Dan valt het haar ineens op. 'Shit,' mompelt ze. 'Mensen, kijk eens...'

'Wat?' vraagt Leo.

Lot wijst omhoog naar de houten balk waaraan de haak is bevestigd. 'Nog een haak,' zegt ze. 'Een lege.'

Iedereen in het huisje stopt met wat hij aan het doen was. Stilte. Ze staren allemaal omhoog.

Jaap knikt langzaam. 'Er is er nog één,' fluistert hij. 'Bedoel je dat?'

Ze staart voor zich uit. 'Zou kunnen.'

'Lijkt me een wat voorbarige conclusie,' mompelt Leo.

Ze draait zich om en schudt haar hoofd. 'Nee, nee,' zegt ze kalm. 'Geen conclusie.'

Het is absoluut nog geen tijd voor conclusies. Dat weet ze ook wel. Maar de twee haken lijken wel nieuw en zijn zo op het eerste oog identiek.

'Laten we checken waar die haken vandaan komen en wanneer ze erin geslagen zijn,' zegt ze tegen een collega in wit pak. En dan loopt ze weer door, langs de houten muren van het hutje.

Ze tuurt naar de donkerste hoek van de ruimte, waar ze iets opvallends ziet liggen. Ze loopt erop af en hurkt ervoor neer. Het is een slaapzak. Naast de slaapzak liggen een olielampje, een toiletrol en... Ze haalt diep adem. 'Jongens,' roept ze. 'Hebben we dit?'

Een van de collega's in wit pak komt op haar af en volgt haar aanwijzing. 'Een fles drank. Misschien heeft hij eruit gedronken.'

'Yes,' fluistert Leo, die in gedachten de arrestatie waarschijnlijk al verricht. 'Dit is mooi.'

Het is zeker mooi, en een kans op concreet bewijsmateriaal, maar in feite betekent het nog niets. Als het DNA of de vingerafdruk van de dader niet bekend is in het politiesysteem, schieten ze er nog steeds geen klap mee op. Ze ziet toe hoe de collega de fles voorzichtig in plastic wikkelt.

Dan ziet ze een vuilniszak liggen op de vloer, halfopen. Er kruipen wat insecten op en voor.

'Jaap,' zegt ze. 'Kom eens.'

Samen met Stefan komt Jaap op haar af. Leo verdwijnt naar buiten, die heeft waarschijnlijk genoeg gezien voor zijn nuchtere maag.

'Wat denk je?' zegt ze. 'Zou daar iets interessants in zitten?'
'Als in: het tweede slachtoffer in stukjes gehakt?'
Gelijk ziet ze het voor zich. 'Nou, Jaap,' kreunt ze. 'Alsjeblieft...'
'Aan jou de eer,' gebaart Jaap uitnodigend naar Stefan. 'Jij kan dit altijd zo goed.'
Stefan rolt spottend met zijn ogen. 'Stelletje mietjes,' mompelt hij. 'Ik doe het wel weer.' Hij trekt zijn handschoenen aan en pakt de vuilniszak vast.
Bij de eerste de beste aarzeling schieten ze in de lach. Zo'n held is die stoere Stefan nu ook weer niet.
Galgenhumor. Hoort erbij.
Hij trekt de vuilniszak langzaam open en lijkt er steeds meer vertrouwen in te krijgen dat ze niet per se iets lugubers in de zak aantreffen. De insecten krioelen paniekerig in het rond. 'Wat is dit, joh,' mompelt hij als hij een stuk karton uit de zak trekt.
Lot kijkt nog eens goed. 'Jezus. Een pizza.'
De spanning zakt weg en haar blik dwaalt weer af naar het lichaam. Bungelend, naakt. En hartstikke dood.

10

Als Jaap en Lot het bureau binnenlopen, klinkt er een hartverscheurend gehuil bij de balie. De medewerker weet zich er overduidelijk geen raad mee. Uit volle borst krijst de vrouw, met aan de ene kant een man – waarschijnlijk haar man – die haar probeert te troosten en aan de andere kant de baliemedewerker die haar op onhandige wijze probeert te kalmeren door haar hand vast te pakken.

Lot wisselt een blik met Jaap, samen lopen ze erheen.

'Mevrouw,' zegt Lot, terwijl ze haar hand op de schouder van de vrouw legt. 'Mevrouw, rustig maar, wat is er aan de hand?'

Ogen vol paniek, twee handen grijpen haar bij haar armen. De vrouw gilt, nu nog harder dan ze al deed. 'Is het Li, is het Li, is het...' Snakkend naar lucht laat ze zich door Jaap en Lot meevoeren naar een bankje in de wachtruimte. 'Is het Lisanne?' krijst ze. Haar blik verraadt zorgen, pijn, radeloosheid.

'Lisanne,' herhaalt Lot rustig. 'Wie is Lisanne? Is dat uw dochter?'

Ze heeft zelf geen kinderen, maar moederlijke ongerustheid herkent ze direct.

'Ja,' snikt de vrouw. 'Mijn dochter. Lisanne is mijn dochter.'

De man gaat beschroomd naast zijn vrouw zitten. Met een ernstige blik: 'Ik ben haar man, de vader van Lisanne,' verklaart hij. 'Onze dochter is al bijna een jaar vermist.'

Shit.

Lot kijkt naar Jaap en Jaap kijkt naar Lot. Nu is het zaak om professioneel te blijven, en deze mensen kundig te begeleiden naar een ruimte waar ze rustig kunnen praten. Elke minuut wachten zal te veel zijn voor deze ouders, na de gruwelijke berichten die waarschijnlijk al volop rondzingen door het dorp.

'Komen jullie met me mee?' vraagt Lot. 'Dan zoeken we even een rustig plekje.'

'Ik wil haar zien! Mag ik haar zien?'

'Rustig, mevrouw,' zegt Jaap op zijn eigen kalme wijze. 'Komt u even mee. Hier is het veel te druk voor jullie.' Hij pakt haar arm en leidt haar mee naar de dichtstbijzijnde verhoorkamer. 'We weten nog helemaal niets,' zegt hij daar. 'Dus helaas kunnen we jullie ook niets vertellen. Zodra we meer informatie hebben, komen we direct bij jullie terug.'

Nu duidelijk is dat het lijk nog geen naam heeft en dus ook nog niet hun dochter is, stopt de vrouw met huilen. Het zal voelen als uitstel van executie, denkt Lot als ze kijkt naar de twee verslagen mensen. Ze vreest het ergste en besluit straks direct in de vermissingzaak te duiken. Merkwaardig is wel dat het meisje kennelijk al een jaar vermist is. Dan moet de dader haar lange tijd ergens hebben vastgehouden. Ze voelt de spanning in haar buik toenemen.

Ho, zegt een stemmetje in haar hoofd, het is nog lang geen tijd voor conclusies.

Als de twee met familierechercheur Wim aan een kopje koffie zitten, begint voor Lot en Jaap de eerste briefing. Iedereen verzamelt zich in de vergaderzaal, waar het wemelt van de iPads, telefoons en porto's. Lot kijkt toe hoe de digitale revolutie ook onder haar collega's is toegeslagen. Haast niemand práát nog gewoon met elkaar, iedereen zit maar met dat scherm voor zijn neus.

'We wachten nog even op Leo,' zegt Silvester van Schoonbeek, de officier van justitie. 'Heeft iemand hem gezien?'

Wat mensen schudden hun hoofd. Het wordt ongemakkelijk stil.

De officier is niet vaak aanwezig. En het is algemeen bekend dat hij zeer punctueel is. Wachten zal hem dan ook niet bevallen.

Lot vraagt zich af waar Leo uithangt. Hij was al veel eerder vertrokken van de pd, dus het kan absoluut niet dat hij nog onderweg is.

Dan komt hij binnenstormen, het zweet op zijn voorhoofd. Gerend? De deur laat hij openstaan. Met wilde pas loopt hij op Silvester van Schoonbeek af. 'Excuses,' hijgt hij. 'Mijn excuses. Ik, eh...'

'Laten we beginnen,' knikt de officier.

Net als Lot de deur dicht wil doen, vraagt Leo: 'Lotje, haal jij nog even koffie voor iedereen?'

Lótje?

Kóffie?

Voor iedereen?

Er begint direct een irritatie te borrelen vanbinnen, maar ze laat zich niet publiekelijk de kast op jagen. Lot kijkt de vergaderzaal rond met achttien man en één vrouw: zij. In Amsterdam was zo'n vraag zonder twijfel een grapje geweest waar ze met zijn allen heel hard om hadden gelachen. Maar hier lijkt niemand zich te verwonderen over de vraag of zij even koffie wil halen, voor iedereen. Ze zoekt hulp bij Jaap, maar die is verzonken in de uitgeschreven briefing die voor hem ligt. Lekker dan, een afwezige partner op dit soort momenten.

Ze krijgt oogcontact met haar collega Jan, een van haar oudere collega's, maar die kijkt haar uitdrukkingsloos aan. Hij lijkt het vanzelfsprekend te vinden dat zij de koffie moet halen.

'Goed, koffie,' herhaalt ze dan, zangerig. 'Maar natuurlijk. Nog iets anders gewenst, heren? Een lekker stukje krentenwegge erbij, wellicht?'

Leo schudt afwezig van nee.

Wat een gast.

In de kantine verzamelt ze drie thermoskannen die ze vult met verse, slappe koffie. Daarnaast vult ze een kan met koud water. Bekertjes, suiker, kuipjes melk, roerstaafjes, het past maar net. Wiebelig beweegt ze zich voort met het dienblad en ze voelt zich als een serveerster op haar eerste dag. Ze is hier zo niet handig in. Met haar elleboog probeert ze de deur open te doen, maar die lijkt klem te zitten. Niemand heeft het in de gaten, ziet ze door het glazen ruitje, want tot haar verbazing is de briefing al in volle gang. Op het projectiescherm kleurt de gruwelijke afbeelding van het gezicht van het slachtoffer. Ze tikt met haar schoen tegen de deur. Jaap kijkt om en haast zich naar de deur om die voor haar open te houden, de rest van de collega's volgt het tafereel passief.

'Fijn,' zegt ze als ze de koffiekannen met kabaal neerzet, 'dat jullie even op me hebben gewacht.'

Leo kijkt verstoord op van de foto, de rest van de groep mompelt wat in de trant van 'o ja' en 'sorry', maar meer ook niet. Jaap knipoogt. Ze beantwoordt hem met een boze blik. Jezus, hij mag wel wat meer voor haar opkomen, zeg.

Dan schenkt ze een kop koffie voor zichzelf in en gaat achter in de ruimte zitten op een van de onbezette stoelen. Even denkt ze terug aan haar eerste dag en introductie in het korps Twente. Toen het woord 'profiler' viel tijdens het voorstelrondje zag ze het duizelen op het gezicht van menig collega. Het is nieuw, anders. Eng! En aan sommige, tamelijk vastgeroeste mensen is niet uit te leggen wat ze nu eigenlijk precies doet.

Oké, focus nu. Ze zit hier niet voor niks. Lot kijkt aandachtig naar het gezicht van de jonge vrouw, terwijl ze luistert naar wat Leo allemaal over de pd te vertellen heeft. Opvallend is die nagellak.

'Misschien was ze een prostituee,' hoort ze Jan zeggen.

Leo knikt nadenkend. 'Dat is een optie.'

'Omdat ze nagellak draagt?' zegt Lot, spottend. Jaap gniffelt zachtjes, hij zat waarschijnlijk al op deze reactie te wachten. 'Wat een onzin. Die nagellak heeft ze er trouwens echt niet zelf op gesmeerd, hoor. Dat lijkt me duidelijk.'

Achttien paar ogen zijn op haar gericht. Leo kucht wat ongemakkelijk. 'Ik, eh...' zegt hij, 'weet niet of we dat nu al zo stellig moeten zeggen. Laten we de opties verkennen.'

Lot zegt: 'Ik vind het prima, maar ik stel wel vast dat het onwaarschijnlijk is dat een vrouw haar nagels zo slordig lakt, het zit overal op haar vingers. Het is gewoon *too much*. En het ziet er iets te vers uit, gelet op haar verdere toestand. Als je bent vermoord en in een of andere schuur bent opgehangen voor God weet hoelang, dan lijkt me niet dat je nagellakje nog zo prominent aanwezig is. En anders zou ik wel willen weten welk merk ze heeft gebruikt.'

'Goed,' zegt Leo. 'We gaan verder met de volgende foto.'

Als in een diashow schieten de foto's van de pd voorbij. Ook verschijnt er een foto van het smoezelige dagboek. Lot knakt met haar vingers. Dat dagboek!

Waar is dat ding? vraagt ze zich af. Het zal een gouden bron aan informatie bevatten voor haar daderprofiel. Een inkijkje in de fantasieën van de dader.

Jaap steekt zijn vinger op. 'Wat doen we met de ouders van Lisanne Vermeer? Lot en ik hebben ze opgevangen, ze willen natuurlijk weten of dit hun dochter is.'

'Dat zullen ze moeten afwachten.'

Lot steekt haar hand op. 'Misschien is het een idee om...'

'Laten we verdergaan,' onderbreekt Leo haar.

'Identificatie een optie?' oppert Jaap stug.

'Geen sprake van,' zegt Leo. 'Het slachtoffer is nauwelijks herkenbaar. Laat de familierechercheur ze maar vertellen dat de resultaten van het DNA-onderzoek waarschijnlijk volgende week binnen zijn. Dat vergelijken we met het DNA-materiaal dat een jaar geleden bij de familie is afgenomen. Maar eerst krijgen we het rapport van de patholoog. Hopelijk weten we dan al meer over het tijdstip van overlijden, de leeftijd, verwondingen en doodsoorzaak – wat zou kunnen helpen bij het vaststellen van haar identiteit. Vanzelfsprekend moeten de ouders al dit nieuws thuis afwachten.'

Op het scherm verschijnt een ingezoomde foto van een pluk lange, zwarte haren op een wit vel papier van de recherche. Leo wijst naar de afbeelding. 'Zoals jullie zien zijn er op het hoofd van het slachtoffer een aantal lange, zwarte haren aangetroffen. Dit is opmerkelijk, omdat het slachtoffer zelf overduidelijk blond is. Ze zijn naar het NFI gestuurd. Daar zoeken ze uit of het menselijk of dierlijk haar betreft.'

Dan komen de opdrachten op gang.

Leo somt op. 'Een buurt- en passantenonderzoek. Bezoek aan alle boerderijen op de Akkerweg. Bezoek aan de twee maneges op diezelfde weg. In de buurt verder natuurlijk de tbs-kliniek. Wie vraagt er na of er nog patiënten met verlof zijn geweest de afgelopen tijd?'

Iemand steekt zijn vinger op. Leo krabbelt wat op het papier voor zich.

'Welke periode pakken we dan?' zegt Lot. 'Ik stel voor om minstens een jaar te pakken.'

Weer achttien paar verbaasde ogen. Alsof het een vreemd gegeven is dat zij geluid kan maken. 'Ja,' zegt ze, ter verdediging van een opmerking die niemand maakt, 'we weten nog niet hoelang ze al dood is, hoelang ze daar al hangt. Misschien handig om het zekere voor het onzekere te nemen.'

Silvester van Schoonbeek, de officier van justitie, knikt en mengt zich voor het eerst in het gesprek. 'Lijkt me een uitstekende suggestie.'

Leo knikt met een flauwe glimlach en buigt zich weer over zijn papierwerk. 'Rest de vraag: van wie was het zouthuisje?'

'Het is een monument,' zegt Jaap. 'Geloof ik. Volgens mij is het van niemand.'

'Ik weet dat graag zeker. Kunnen collega's die het buurtonderzoek oppakken het kadaster checken?'

Hier en daar wordt geknikt. Genoteerd.

De overzichtsfoto die is blijven staan trekt Lots aandacht weg van alle praktische zaken. Als ze als profiler één ding zeker weet, dan is het wel dat ze hier met een heel georganiseerd type te maken hebben, dat maar lastig te vangen is.

'Dit is niet zijn eerste,' mompelt ze.

Als niemand in het bijzonder reageert op haar gemompel, besluit ze wat harder te praten. Ze schraapt haar keel. 'Dit,' zegt ze, 'is waarschijnlijk niet zijn eerste slachtoffer.'

Silvester van Schoonbeek kijkt met een geïnteresseerde blik haar kant op.

Leo zegt: 'Zullen we dit anders eerst even afmaken? Dan komen we straks op jouw analyse.'

'Waarom niet?' vraagt Silvester. 'Waarom denk je dat dit niet zijn eerste is?'

'De hoge mate van organisatie,' zegt Lot meteen. 'De voorbereiding en het feit dat hij haar zo lang heeft kunnen verbergen. Dit is geen impulsieve actie. Hier is heel goed en heel lang over nagedacht.'

Lot ziet Leo naar Silvester kijken. 'Ja,' zegt Leo, 'daar heb je wel gelijk in, denk ik.'

'Hij zal zich dus ook niet zo makkelijk laten pakken,' voegt ze nog toe. 'Want ook daar heeft hij ongetwijfeld goed over nagedacht.'

'Tot er een boom op zijn zouthuisje viel,' knipoogt Jaap.

'Precies,' zegt Lot. 'Hij zal er flink van in de war zijn.' En dan richt ze haar blik weer op Leo. 'Is er sperma aangetroffen op haar lichaam of op de pd?'

Hij haalt zijn schouders op. 'Nog niet bekend. We wachten zoals je weet nog op het rapport van de patholoog.'

Ze knikt. 'Ik heb nog wel wat vragen toe te voegen aan de lijst.'

'Zoals?'

Lot werpt een blik op het lijstje voor zich. 'Wat voor nagellak is gebruikt en waar is die gekocht?' begint ze. 'Wat staat er in het dagboek? Welk verhaal vertellen de tekeningen? Hebben we bruikbare sporen kunnen aantreffen naar het hutje toe, of zijn die door de storm allemaal vernietigd? Zijn er meisjes als vermist opgegeven in de grensstreek, in Duitsland? Is er misschien een boswachter of jager die het gebied goed kent en die ons wat meer kan vertellen over het hutje en wie daar in de omgeving komt?'

'Ja, ja...' onderbreekt Leo haar. 'Zeer nuttige vragen, mijn complimenten. Maar zoals je ziet, is er meer werk dan we aankunnen. Hoe relevant ook, sommige vragen zullen moeten wachten tot een later...'

'Er zullen meer slachtoffers vallen,' onderbreekt Lot hem weer. 'Als we niet snel genoeg zijn. Misschien zijn er al meer slachtoffers. Ik vrees dat we hier te maken hebben met een seriemoordenaar.'

Het blijft ijzig stil. Ergens in de ruimte klinkt een zucht. Hier en daar krijgt Lot een argwanende blik.

'Ik geloof,' zegt Leo, in een poging vriendelijk te zijn, 'dat we hier nog een beetje moeten wennen aan dat profilergedoe, Lotje. Het is hier geen Amsterdam.'

Hij krijgt bijval van wat collega's die ze niet zo goed kent.

Waarom hij haar verdomme toch steevast Lotje blijft noemen is haar een raadsel. Ze ziet de humor er niet van in. Het nut ook niet. Ze weerstaat de verleiding hem erop aan te spreken.

'Noteer de vragen,' zegt Silvester dan tegen Leo. 'Zoals je zelf al zei: ze zijn zeer nuttig en relevant. En dan zou ik zeggen: heel hard aan het werk met zijn allen.'

Iedereen staat op en pakt zijn spullen bij elkaar. Wat doen we dan met de melder en zijn vriend? bedenkt Lot ineens. Wie gaat die twee verhoren? Ze kijkt naar het verhitte gezicht van Leo en durft het niet meer te opperen. Straks doet hij haar nog wat.

Jaap komt grinnikend naar haar toe. 'Je bent op dreef. Je maakt vrienden hier.'

'Hoezo?' vraagt Lot. 'Omdat ik meer kan dan alleen koffie halen?'

Hij haalt zijn schouders op. 'Geef het even de tijd, meid. Ze zijn het hier gewoon niet zo gewend, dat is alles. Ze bedoelen het niet kwaad.'

Ze trekt een gezicht dat hem in de lach doet schieten. Hij pakt haar hand, drukt er vluchtig een kus op en wandelt weg.

Ze volgt Leo naar zijn kantoor. Hij gaat achter zijn bureau zitten, op zijn oude vertrouwde bureaustoel en zucht diep.

Door zijn grote buik kan hij maar net bij zijn toetsenbord. Lot staart gebiologeerd naar de muur achter hem, die haar collega's gekscherend de '*I love me*'-*wall* noemen. Een uitdossing van diploma's, ingelijste foto's van congressen en lintjes waarvan ze de betekenis niet kent. Ernaast een vitrinekast met stropdassen in allerlei kleuren. Ze knijpt haar ogen samen om de bordjes ervoor te lezen. Uniformaccessoires van over de hele wereld.

Dan kijkt ze weer naar Leo, die haar vermoeid aanstaart. Het valt haar ineens op dat zijn haar onnatuurlijk bruin kleurt, met een warmrode gloed erover.

Ze onderdrukt een glimlach. Die ouwe baas laat aan de ene kant zijn buik groeien tot levensgevaarlijke proporties, maar verft ondertussen wel zijn haar om ouderdomsverschijnselen te maskeren.

'Zeg, Leo,' zegt ze. 'Ik zag het dagboek net weer op de foto voorbijkomen. Zou ik dat mogen inzien voor mijn daderprofiel?'

Hij zucht. 'Lotje, ik heb eerlijk gezegd...'

'Ik heet Lot. L-o-t.'

Hij zucht. 'Ik heb extra handjes in de uitvoering nodig. Je heb zojuist toch ook gemerkt dat er vragen tot aan het plafond liggen? Laten we die eerst zien te beantwoorden, en dan kijken we of er ruimte is om aan het profiel te werken. Was dat het? Ik moet naar de persconferentie.'

'Maar,' stamelt Lot verbijsterd, 'volgens mij begrijp je het niet helemaal.' Rustig blijven, spreekt ze zichzelf toe. Rustig blijven. Ze focust op een kalme blik, een vriendelijke glimlach en kijkt hem nog eens indringend aan. Het valt haar op dat zijn huid grauw tekent. Een moeheid die aan de oppervlakte komt. 'Een daderprofiel hélpt juist bij het onderzoek, begrijp je? Het geeft sturing, zodat jij betere keuzes kunt maken in hoe je de collega's inzet en we ons later kunnen concentreren op een bepaald type verdachte. Juist in een situatie als deze, waarin we niet zoveel mensen beschikbaar hebben is het dus erg ha...'

Leo's telefoon gaat over en daarmee is ze het beetje aandacht dat hij voor haar had kwijt. 'Zie je, daar heb je de persvoorlichter al,' zegt hij, haast verwijtend. Hij hijst zichzelf overeind. 'Ik moet gaan,' mompelt hij. 'Persconferentie.'

Hij neemt het telefoontje aan waar Lot nog bij is. 'Leo hier,' zegt hij. 'Ja, ik ben onderweg.'

Als Lot hem vragend aan blijft kijken, drukt hij het toestel nog even tegen zijn borst. 'Wat?'

'Het dagboek?' zegt ze. 'Kan ik dat alsjeblieft inzien?'

Hij schudt zijn hoofd. 'Zeker niet. Je gaat nu eerst aan het werk.'

11

'Alsof ik vraag om een fucking cursus origami!' roept ze uit. 'Ik vind dit echt niet normaal, hoor.' Ze smijt haar tas in een hoek. 'Eerst moet ik al koffie halen, dan krijg ik die blikken. Hij blijft me bovendien consequent Lotje noemen. En nu mag ik niet eens mijn werk doen.'

'Rustig even.'

'Nou, ik kan je zeggen: ik bén niet rustig.'

'Nee. Dat merk ik.'

'Dit is niet normaal,' zegt ze nog eens. 'Gewoon niet!'

Dan ploft ze neer in de stoel naast zijn bureau waar een keurig bordje met KORPSCHEF DICK RADEMAKER op staat. Hij is de man die iets in haar zag en haar hiernaartoe gehaald heeft, als 'zijn pareltje'. Laat hem dan nu ook maar regelen dat ze haar werk kan doen.

Dick en Lot leerden elkaar jaren geleden kennen op een congres waar hij een lezing gaf over zijn eerste moordzaak – dertig jaar oud, nog altijd niet opgelost. Lot was onder de indruk van zijn lezing, de zaak intrigeerde haar. Na afloop vertelde Lot hem over haar werk als profiler. Hij zei dat hij haar kennis destijds maar wat graag had toegepast voor zijn cold case. Profilers bestonden toen nog niet.

Ergens verdenkt Lot hem ervan dat hij haar nu gebruikt om zijn korps er definitief van te doordringen dat het een toegevoegde waarde is om een profiler in je team te hebben. En misschien hoopt ie wel dat ze zijn zaak ooit nog eens oplost.

In de hoek van het kantoor staat de televisie aan. Een ernstig pratende Leo naast Silvester van Schoonbeek in beeld. Aan de hoeveelheid camera's te zien is er veel aandacht voor de zaak. De media zijn er nu al van doordrongen dat het niet zomaar een lijk was. Alle grote nieuwsprogramma's zijn vertegenwoordigd.

Lot wijst naar de televisie. 'Hij neemt me niet serieus. Niemand neemt me serieus.'

'Dat lijkt me overdreven.'

'Nee hoor,' zegt ze. 'Echt. Ze snappen het gewoon niet, wat ik doe, wat ik kan betekenen.'

'Lot, aan jou de schone taak om ze het te laten zien. Het heeft geen zin om als een klein kind te gaan lopen mokken.'

'Eerst bewijzen, dan pas respect, zoiets?' Ze perst er een lachje uit. 'Niet te geloven.'

'Niemand heeft het hier over respect. Je moet begrijpen dat dit in Twente een relatief nieuwe discipline is. Het gaat hier al jaren zoals het gaat.'

'Ja, maar dat zegt toch...'

Hij gebaart sussend met zijn hand.

'Laat me eens even uitpraten, dame. Dat zegt inderdaad niet dat het zo altijd moet blijven, nee. Maar verandering heeft tijd nodig, dat lukt je echt niet van de ene op de andere dag. Dit is de allereerste zaak waarbij je serieus als profiler aan het werk kunt – op die dierenbeul van laatst na. Verpest het nou niet door iedereen tegen je in het harnas te jagen. Geef het de tijd en doe je werk.'

Nu klinkt hij net als Jaap. Ze hebben lekker makkelijk praten allebei. Zij hoeven geen koffie te halen.

'Bovendien is iedereen een beetje in de war,' zegt hij. 'Het gebeurt niet elke dag dat er een lijk met lippenstift in het bos hangt.'

'Nagellak.'

Hij kijkt ernstig. 'Realiseer je dat we allemaal nog een beetje een weg moeten vinden in deze zaak. Voor sommigen is het zelfs de eerste moordzaak. En voor de meeste collega's de merkwaardigste moordzaak in hun carrière.'

'Ja, dat weet ik ook wel.'

'Doe gewoon wat je altijd doet, wees af en toe een beetje handig naïef.'

'Handig naïef?'

Hij knipoogt. 'Je weet best wat ik bedoel. Gewoon met die quasi-onschuldige ogen vragen waarom je je werk eigenlijk niet mag doen als dat alleen maar tijdwinst oplevert. Handig, want daar heeft Leo geen behoorlijk antwoord op, en naïef, omdat je op die manier niet bedreigend overkomt. Hij moet ook nog een beetje wennen aan zo'n nieuwe functie in zijn team.'

'Makkelijk gezegd...'

Hij schuift een King-pepermuntje haar kant op en stopt er zelf ook één in zijn mond. 'Nou, kom op, vertel. Wat heb je al?'

Ze gaat rechtop zitten en antwoordt met volle mond: 'Hij is een seriemoordenaar. Er hing nog een haak in de schuur. Er is al een nieuw slachtoffer, of dat zal volgen, als het aan de dader ligt.'

'Ja...' zegt hij, in afwachting van meer.

'Daarnaast denk ik op dit moment aan een seksueel motief. We moeten nog even afwachten of er sperma gevonden is, maar ik vermoed van wel. Dat zou betekenen dat we te maken hebben met een necrofiel. Iemand die dermate onzeker is dat hij alleen maar seks kan hebben met een persoon die niet reageert. In zijn dagboek zag ik een tekening van een naakt meisje, op een bed. Onze dader heeft veel tijd doorgebracht met het slachtoffer, dat weet ik zeker. Hij heeft seksuele fantasieën over haar. Hij heeft haar niet als afval langs de kant van de weg gedumpt, maar behandelde haar met zorg. Hield haar voor zichzelf, om zijn fantasie tot leven te brengen. Wat die fantasie is, weet ik nog niet precies.'

Dick noteert wat ze vertelt.

'Verder heb ik vooral veel vragen. Ik zou graag met de patholoog willen praten. En ik wil graag zelf uitvoerend aan de slag om al die vragen allemaal te beantwoorden,' zegt ze.

Rademaker knikt. 'Dat is goed, want dat is waar De Graaf met name over valt. Hij denkt dat hij een rechercheur verliest als jij de profiler gaat uithangen. Mankracht wil hij. Zo veel mogelijk mensen in de uitvoering. Je moet hem laten inzien dat je juist van meerwaarde bent, en dat wat jij doet juist minder recherchewerk oplevert.'

'Ja, maar...'

'Nee, geen ge-ja-maar,' snauwt hij nu streng. 'Je laat dat niet zien door een beetje te gaan lopen rellen en aan zijn kop te zeuren. Je opent zijn ogen maar op één manier.'

'Door het te doen.'

'Juist,' zegt hij. 'Wij begrijpen elkaar. Laat hem zien uit welk hout je gesneden bent. En laat mij zien dat je echt die ruwe diamant bent. Je kwam met goede referenties terug uit Stockholm.' Hij rolt een beetje met zijn ogen. 'Die ouwe Magnus vond je de allerbeste uit zijn klasje. Nou, laat maar zien dan, Lot van Dijk. Blaas alleen niet te hoog van de toren, ga je niet uitsloven. Want hoe denk je dat Leo de Graaf zich voelt als blonde Lotje uit de grote stad het allemaal beter denkt te weten?'

'Geïntimideerd, bedoel je?' zegt ze hoofdschuddend.

'Dat bedoel ik precies!' zegt hij. 'En dat moet je niet willen. Hij doet dit werk al jaren en dan kom jij hem even vertellen hoe het hoort?'

Lot knikt overdreven om hem tot stilte te manen. Hij heeft gelijk, dat beseft ze heus wel, maar om dat nou hardop uit te spreken vindt ze ook weer niet nodig.

Ze wrijft de vermoeidheid uit haar ogen. Haar toon matigen dus. Laten zien wat ze kan en geduld hebben. Geduld is iets wat ze nog nooit heeft kunnen opbrengen. En al helemaal niet als ze het nut er niet van inziet. Dus omdat anderen nog moeten wennen aan haar expertise, moet zij maar een beetje als een onderdanig poppetje in de maat lopen? Daar past ze voor.

Ze gaat voor de 'laten-zienstrategie', ook al betekent dat waarschijnlijk dat ze al haar vrije tijd ook in deze zaak moet stoppen. Want zoals ze het nu inschat, past het niet in Leo's plaatje dat ze tijd vrij kan maken voor haar 'hobby'.

Dan voelt ze de vermoeidheid definitief indalen. Ze is ook al ruim vierentwintig uur op de been. 'Eigenlijk,' zegt ze glimlachend, 'ben ik kapot.'

'Hup, ga lekker naar huis, duik je bed in,' zegt hij. 'Met een uitgerust hoofd ben je een stuk scherper.'

Ze moet lachen om zijn bezorgdheid. 'Ja, pap, is goed,' zegt ze.

'Pap?'

Nu begint ze nog harder te lachen. Ze weet maar net op tijd weg te duiken voor een pen die haar kant op vliegt.

'Je kunt ook te ver gaan, hè?' Hij schudt zijn hoofd. 'Ongeleid projectiel. Ik had je in de grote stad moeten laten zitten.'

Ja, schiet heel eventjes door haar hoofd, had het gedaan.

12

Waar Lot vroeger een paar rondjes Vondelpark rende, rent ze nu langs wonderschone weilanden. Er verschijnt een glimlach op haar gezicht. Met de nu al warme gloed van de opkomende zon op haar huid, geniet ze van het schilderachtige plaatje van de uitgestrekte velden. Ze houdt van dit land, van de natuur die het te bieden heeft. Ze heeft vroeger met haar ouders verre reizen gemaakt, maar in geen land voelt ze zich zo thuis als hier.

Haar benen beginnen vermoeid te raken, maar ze negeert de verzuring en loopt stug door. Ze ademt in door haar neus, uit door haar mond, op het ritme van haar pas. Precies zoals het haar op de training geleerd is. Adem in, één, twee, drie, uit, één, twee, drie. En weer in, één, twee, drie, en weer uit. Ze heeft een lekker ritme te pakken nu.

Ze denkt terug aan haar tijd op de politieacademie. Ze werden fysiek kapotgemaakt. Tot het gaatje en verder. 'Pijn zit tussen je oren,' zei haar judoleraar altijd. Ze kan inmiddels niets anders dan hem gelijk geven. Als je mentaal sterk bent, volgt het lichaam vanzelf, zo heeft ze ondervonden. Op het laatst moesten ze altijd nog een zandheuvel over, vond de leraar grappig. Toch haalde ze het elke keer wel. En eerlijk is eerlijk: ze moet hem nageven, die grote beul, dat ze zich daarna kiplekker voelde. Kapot, maar kiplekker en met een leeg hoofd.

Ze slaat links af en ziet in de verte de boerderij van Hieke alweer opdoemen, waar ze logeert tot ze een eigen huis heeft gevonden. Een uit de hand gelopen logeerpartij van inmiddels drie maanden. Natuurlijk mist ze de grote stad, maar de rust van deze omgeving doet haar ook veel goed. De natuur en het kneuterige, dorpse leven maken haar hoofd bovendien helder om na te kunnen denken over de zaak. Vrienden heeft ze hier nog niet, alleen wat collega's met wie ze af en toe het café in duikt. Het is misschien wat eenzaam, maar het scheelt voor nu wel hinderlijke afleiding door de alledaagse probleempjes waarmee vrienden je soms kunnen belasten. Zij kan zich gewoon lekker op haar werk focussen, daar voelt ze zich bovendien het prettigst bij.

Hieke zwaait al door het keukenraam en gebaart dat ze even moet komen. Lot heeft haar intrek genomen in het voormalige bakhuisje, dat volledig is verbouwd tot gastenverblijf. Ze veegt het zweet van haar voorhoofd, schudt nog even met haar benen en slingert haar armen rond door de lucht. Even op adem komen.

Hieke gooit de deur al open.

'Meid, wat loop je je weer uit te sloven.'

Hieke is lief. Ze woont hier alleen, nadat haar man vorig jaar is overleden. Haar twee zoons zijn vertrokken naar de Randstad, voor werk en liefde. Zij is nog hier en heeft besloten haar logeerhuisje te verhuren. Ze geniet ervan om gasten te hebben. Kan ze nog een beetje zorgen. Zich wat druk maken om iemand anders dan zichzelf.

Als Lot 's avonds thuiskomt, vindt ze meer dan eens een zelfgebakken cake aan de deur, of iets lekkers van de markt. Ook krijgt ze elke week verse eieren en zo nu en dan mag ze meegenieten van de oogst uit Hiekes moestuin.

Ja, Hieke is lief.

'Hoe gaat het?' vraagt Lot.

Hieke praat niet graag over zichzelf. 'Goed,' antwoordt ze dan ook vluchtig. 'Kijk, ik heb iets lekkers voor je.'

'Iets lekkers?' Lot wrijft in haar handen.

Ze knikt. 'Ik zag je zo rennen en ik dacht: je hebt vast nog niet fatsoenlijk ontbeten. Moet je wel doen, hoor, ontbijten.'

Ze zet een boerenbont bordje op tafel met daarop een witte boterham, kaas en een gekookt eitje, in plakjes gesneden. Mes en vork ernaast. Kop thee erbij.

'Wat lief, Hieke,' zegt Lot en ze valt aan op het ontbijt. Ze krijgt er trek van.

Ze heeft al ontbeten, in tegenstelling tot wat Hieke denkt, maar ze betwijfelt of de boerin een quinoareep met zaden tot een fatsoenlijk ontbijt rekent. In gedachten stelt ze zich voor hoe Hieke naar de reep zou kijken. Waarschijnlijk zou ze hem in al haar goedheid in het vogelhuisje leggen.

Ze knipoogt. 'Ik doe het graag voor je, hoor.'

'Toch lief,' zegt Lot met volle mond.

'Zeg, je zult zeker wel met die gruwelijke vondst bezig zijn, hè?'

Lot knikt.

'Mag je natuurlijk niets over zeggen.'

Lot neemt nog een hap en schudt van nee.

Hieke grinnikt als een klein meisje. 'Jammer, maar ja, ik begrijp het wel hoor. Beroepsgeheim en zo. Maar ik ben toch nieuwsgierig, begrijp je? Ze hebben het over niets anders, hier in het dorp. Bij de bakker, bij de slager, overal. Het is het gesprek van de dag, zoiets is hier nog nooit gebeurd. De wildste verhalen worden verteld.' Ze zucht even. 'Maar wat denk jij nou, is het Lisanne? Moet wel, toch?'

Lot schudt haar hoofd. 'We weten helaas nog niets,' zegt ze. 'En als ik al iets wist, dan mag ik dat uiteraard niet zomaar vertellen.'

'Het is ook wat,' zegt Hieke, 'voor de familie van dat meisje. Die worden natuurlijk gek van ongerustheid. Gelukkig wordt er morgen een informatiebijeenkomst georganiseerd. Dan kan iedereen het er met elkaar over hebben... En misschien horen we dan wat meer.'

'Ga je ernaartoe?'

'Natuurlijk! Iedereen gaat. Zeg, mag ik je wel vragen, wat vind jij nou van dat hele idee om burgerwachten aan te stellen?'

'Burgerwachten?'

'Ja, daar ging het over in het dorp. Dat we zelf gaan surveilleren in de buurt, totdat de dader gepakt is. Snap je?'

'O,' zegt Lot. 'Ja, ja...'

'Je vindt het niks?'

Lot haalt haar schouders op. 'Ik weet niet of het zo verstandig is, maar ik begrijp ook wel waar het vandaan komt.'

'Ja, de politie is hier niet zichtbaar, meid. We zijn allemaal een beetje bang geworden. Je zou zo'n gek tegen het lijf lopen.'

De vraag is of die zogenaamde burgerwachten een idee hebben wat ze moeten doen als ze daadwerkelijk 'zo'n gek' op heterdaad betrappen, maar Lot slikt die opmerking in.

'Is er eigenlijk een kunstenaar hier in het dorp?' vraagt ze, om het gesprek op een ander onderwerp te brengen. 'Iemand die tekeningen met een deskundig oog kan bekijken?'

Hieke zet grote ogen op. 'Tekeningen?' vraagt ze. 'Ik wist helemaal niet dat je zo creatief was.'

'Nee,' zegt Lot, 'het is ook niet voor mij. Het is voor een zaak.'

'O!' roept ze. 'Deze zaak?' En dan na een korte stilte grinnikend: 'Mag je niet zeggen, hè, meid?'

Lot glimlacht. 'Sorry.'

'Ik geloof niet dat ik je kan helpen. Er woont hier wel een kunstenares in het dorp, de eigenaresse van de galerie, maar die is alweer maanden foetsie. Die vrouw is gek, verdwijnt om de haverklap voor langere periodes, naar het buitenland, of zo. Die galerie van haar is vaker gesloten dan open, zo lijkt het wel.'

'Jammer.'

Het bord is leeg. Hieke staat op en loopt ermee naar het aanrecht. 'Wil je koffie?'

Lot neemt wat slokken van de thee en glimlacht naar Hieke. 'Nee hoor, dank je,' zegt ze. 'Ik ga maar eens een deurtje verder.'

Dan staat Lot op en trekt zich terug in haar verbouwde bakhuisje. Een lange lauwe douche zal haar goeddoen, en klaarstomen voor weer een productieve onderzoeksdag.

13

Als het geluid van de douche stopt, schrikt hij wakker. De koude, natte verrassing kleeft aan zijn been. Hij balt zijn vuistje en begint te knipperen met zijn ogen.

Hij voelt aan zijn arm. Die is nog altijd beurs van zijn vorige ongelukje.

Wat zal ze teleurgesteld in hem zijn. Wat zal ze een verdriet hebben als ze erachter komt dat hij nu weer een plasbed heeft gemaakt. Bah, wat is hij een smeerpijp. Wat een pech heeft ze toch met hem als zoon.

Moeder mag het niet weten. Het moet weg, het kan nog. Hij zal het gauw verstoppen voordat zij zich heeft afgedroogd en aangekleed. Niet over praten, niks mee doen. Droogt wel weer op. En wie weet is het vandaag dan wel gezellig.

Misschien gaan ze wel theedrinken samen. Dat zou hij leuk vinden. Theedrinken, samen met moeder.

Hij spitst zijn oren en probeert in te schatten waar ze nu is. Nog in de badkamer? Hij luistert goed of hij haar kenmerkende kuchje kan horen, dat zo zachtjes galmt in de badkamer. Maar nee, niks, hij hoort niets. Opschieten dan, straks is ze al bijna klaar.

Hij stapt uit bed. Op het lichtgrijs van zijn onderbroek zit een grote, donkergrijze vlek. Hij ruikt sterk naar plas, net als de rest van de kamer.

Eerst het bed maar. Hij pakt het Donald Duck-dekbed bij de puntjes en wappert het wat heen en weer. Zo droogt het sneller. Huppetee, wapper, wapper. En zo, hij slaat het dekbed weer netjes terug. De randjes stopt hij in de zijkanten naast het matras, hij veegt de kreuken eruit met zijn handen. Hij doet een stapje achteruit. Zo netjes heeft hij zijn bed nog nooit opgemaakt. Als je het niet weet, dan zie je er niks van.

Hij pakt Beer; ook al is het een beetje een natte boel daar onder die deken, dat betekent niet dat Beer niet mag slapen. Zijn lieve knuffel hoort te slapen in zijn bed, altijd, dus ook vandaag. Met uiterste precisie stopt hij Beer in – zijn hoofdje een beetje rechts van het kussen, en het lieve, zachte berenlijfje lekker onder de dekens.

'Slaap lekker, lieve Beer,' fluistert hij.

Nu gauw aankleden. Hij moet op tijd zijn voor het ontbijt.

Hij draait zich om en maakt een sprongetje van schrik. Daar staat ze zo ineens, in de deuropening. Ze zegt niets, maar dat hoeft ook niet. Hij voelt haar blik. Teleurstelling. Altijd maar die teleurstelling.

Ze stapt naar voren en slaat het dekbed open. Hij had het nog zo netjes opgemaakt, maar ze ziet het meteen. Ze grijpt hem, precies daar op de beurse plek op zijn arm. Ze knijpt hem hard. Hij vertikt het om au te roepen, dat deed de vorige keer alleen nog maar meer pijn. Ze sleept hem mee naar beneden, de trap af. Hij struikelt bijna, maar gelukkig net niet. Hij moet op een stoel gaan zitten, in zijn natte onderbroek. Gelukkig zit hij binnen, want buiten is er sneeuw. En ijs en kou. Kippenvel verschijnt op zijn armen.

Dan loopt ze weg. Hij hoort haar stampen op de trap. Een beetje verward blijft hij daar zitten en ook al is ze best lang weg, toch staat hij niet op, want hij zal het niet in zijn hoofd halen om niet naar haar te luisteren. Nee, zeg.

En dan ineens is ze er weer.

Met Beer in haar hand.

Hij voelt een steek in zijn buik. 'Maar Beer moet slapen...' fluistert hij.

Klats. Zo haar vlakke hand tegen zijn wang. Hij schrikt ervan. Moeder heeft haar hand allang weer bij zich, maar hij voelt de afdruk nog nagloeien op zijn gezicht.

Hij kijkt naar de grond. Dat wordt geen theedrinken vandaag.

'Jij maakt me zo verdrietig, met dat vieze bedplassen. Je lijkt wel een baby. Dit zal je helpen het niet meer te doen. Beer moet voor straf de hele dag buiten zitten, omdat jij weer in je bed hebt geplast. Hoor je wat ik zeg? De héle dag.'

'Maar, moeder, het...'

'... sneeuwt buiten, precies! Dat zal je leren.'

Ze duwt de deur open, zet Beer op de grond in de verse sneeuw en loopt vlug weer naar binnen. Dan schuift ze zijn stoel tot helemaal bij het raam en daar maant ze hem te blijven zitten, nog steeds in zijn natte onderbroek. Hij kijkt naar de vlek. Hoelang zal het duren voordat het is opgedroogd? Vast een hele tijd. En wat nou als hij weer moet?

Daar zit hij dan, op de stoel in zijn vuile goed. Hij bibbert. Als het eerste vlokje op de pluizige bol van Beer neerdaalt, slikt hij. Beer kijkt hem aan en smeekt hem om hulp, dat ziet hij aan zijn droevige snuit. Hij knippert met zijn ogen. Hij wilde dat hij een flinke jongen was, maar ook dat lukt hem niet zo goed. Hij vecht tegen de tranen die uit zijn ogen willen ontsnappen. En hij verliest het. Dan laat hij de hele boel maar lopen, en huilt hij in stilte.

14

Lot staart voor zich uit en denkt aan het meisje in het bos. Voor haar liggen stukken over de vermissing van Lisanne Vermeer. Na een avondje stappen is ze verdwenen, zomaar, opgelost in het niets. Haar band was lek, dus als enige van haar vriendinnen zou ze de laatste bus naar huis nemen.

Lot schudt haar hoofd. Misschien is zij verziekt door alles wat ze heeft gezien tijdens haar opleiding, maar meisjes die 's nachts in hun uppie de laatste bus naar huis nemen... Voer voor moordenaars op jacht. Voer voor verkrachters met honger. Haar beeld van de wereld is vertekend, en ze zal de laatste zijn om haar eigen leven te veel te laten beïnvloeden door de risico's die er spelen, maar Lisanne, zegt ze in gedachten, waarom ging je nou toch zo alleen naar huis? Kon nou niemand je even halen of brengen?

Voor haar ouders hoopt ze dat zij het niet is. Maar waar hoopt ze dan eigenlijk wel op? Dat ze nog langer in onzekerheid moeten leven? Dat het de dochter van iemand anders is?

Plotseling stuift Leo, met dikke buik en al, de hoek om, de recherchevloer op. Hij snelt op haar af. Lot bekijkt hem en slikt de opmerking 'of hij soms koffie wil' in als ze de drift op zijn gezicht ziet. Met een klap smijt hij een in plastic verpakt dagboek op haar bureau. Gevolgd door een dossier. 'Hier,' snauwt hij.

Nog voordat ze kan reageren gaat hij verder. 'Verras me dan maar met dat hocuspocusprofiel van je.'

Dan draait hij zich om en vliegt de recherchevloer weer af. Lot glimlacht en bedankt Dick Rademaker in gedachten voor zijn hulp van bovenaf. Even probeert ze zich voor te stellen hoe het telefoontje gegaan zal zijn, maar het lukt haar niet lang om zich daar druk over te maken. Ze kijkt naar het in plastic verpakte boek. Er ligt een schat aan informatie op haar bureau. Ze voelt de opwinding door haar lijf razen.

Ze opent de dossiermap en vindt daar de basisinformatie die ze al bespraken in de briefing, en wat fotomateriaal. Ze steekt haar eigen research over de vermissing van Lisanne Vermeer in de map en klapt die dicht. Dan stopt ze alles in haar tas en trekt tevreden haar jas aan.

Jaap komt naar haar toe. Hij fluistert: 'Waar ga je heen?' Hij wijst naar het dagboek in haar tas. 'Dat mag je niet meenemen naar buiten, hè?'

Ze haalt haar schouders op. 'Hier kan ik niet denken,' zegt ze. 'Met al die blikken.'

'Leo wordt gek als hij erachter komt.'

Lot glimlacht. 'Dat is hij al.'

'Zal ik met je meegaan?'

'Nee hoor,' zegt ze. 'Ik ben vanmiddag weer terug, ik vind het wel even lekker om alleen te zijn. Dat werkt prettiger voor nu.'

'Prima,' antwoordt hij. 'Maar als er iets is, bel je me, toch?'

Ze knikt. 'Doe ik.'

Als ze de surveillant zou wegdenken, verhaalt alleen het lint nog over de onheilspellende vondst een dag geleden. Verder is het gewoon bos zoals het bos is. Ze groet de surveillant met een knikje, net zoals ze bij zijn collega bij de toegang tot het bos heeft gedaan. De warme, drukkende zomer heeft de stormachtige buien van de afgelopen dagen weer verjaagd. Vogeltjes tjilpen alsof het hier altijd al zo was, en op hun fluitjes na, regeert de stilte tussen de hoge bomen. Aan niets is verder te merken dat hier een dag geleden nog een lijk hing.

Aan een haak.

Met nagellak op.

Lot kijkt even naar het huisje, maar scheurt dan de tape op de deur los en loopt naar binnen. Het stinkt nog steeds, maar hier moet ze nu zijn. Dit is de plek waar zijn verhaal ligt, het verhaal van de dader.

Rustig kijkt ze rond, ze visualiseert, denkt terug. Twee haken, denkt ze. Is er nog een slachtoffer? Zal er nog een slachtoffer volgen? Is het een man die een vrouw wil zijn? Is het een man die een vrouw adoreert? Het is een man, waarschijnlijk is de dader een man. Het vergt behoorlijk wat fysieke kracht om een levenloos lichaam op te tillen en hoog aan een haak te hangen. Twee daders misschien? Hoe zwaar zou het slachtoffer zijn? Ze noteert de vraag.

Nee. Deze moord is te persoonlijk. Eén dader.

De dader lakte haar nagels, maakte haar mooi, denkt ze. Alsof ze zijn vriendin is. Dat is het woord dat haar steeds maar te binnen schiet. Zijn vriendin. Dat tezamen met die tekeningen, alledaags, op een bepaalde manier romantisch.

Ze loopt weer naar buiten en snuift de frisse lucht op. Vlak voor het hutje gaat ze zitten op een kei die daartoe uitnodigt. Even bedenkt ze dat hij hier waarschijnlijk ook weleens heeft gezeten, de dader, maar zodra ze het lugubere van die gedachte van zich af weet te schudden, vindt ze het eigenlijk wel nuttig. Als ze in zijn hoofd wil kruipen, dan kan ze net zo goed op zijn kei zitten.

De surveillant komt naar haar toe. 'Nu jij hier toch bent, ga ik even koffie halen, goed?'

'Tuurlijk.'

'Jij ook eentje?'

'Nee hoor, dank je wel.'

Ze kijkt de vriendelijke collega na terwijl hij wegloopt en draait wat met haar schouders, nu ze hier alleen zit. Daders gaan soms terug naar de plek des onheils, om de daad nogmaals te beleven, om er dichtbij te zijn. Hij loopt nog vrij rond. Het zou heel goed kunnen dat hij hier nog eens komt. Ze geeft toe aan de neiging even om te kijken. Maar er is niemand, ze hoort niets. Deze dader zal zich daartoe niet snel laten verleiden. Er is hier niks meer.

Ze vraagt zich af hoe hij het meisje hierheen heeft gebracht. Het huisje is niet gemakkelijk te bereiken, ook zonder zomerstorm is het niet eenvoudig om hier te komen. Te voet lijkt haar te ingewikkeld. Daarmee zou hij bovendien te veel risico lopen om gezien te worden.

En ze weet zeker dat hij er zeer op gefocust zal zijn om niet gepakt te worden.

Met de auto lijkt de enige optie. En dan is er eigenlijk maar één geschikte toegangsweg. Precies op de plek waar zij en Jaap met Zacharias het bos in zijn gelopen, staan de bomen iets verder uit elkaar. Het is er wat heuvelachtig, maar met het juiste samenspel van koppeling en gaspedaal moet het wel lukken om daar met een auto doorheen te crossen. Ze is benieuwd wat er uit het buurtonderzoek komt.

Straks ook even vragen of er nog bandensporen zijn gevonden.

Hoe wist hij van het bestaan van dit afgelegen zouthuisje? Straks even vragen aan de collega's die het kadaster hebben gecheckt.

Het lijkt haar aannemelijk dat de dader uit de omgeving komt. Hij moet van het bestaan geweten hebben van zo'n huisje, want zoiets vind je niet zomaar.

Tenzij je aan wildkamperen doet, misschien.

Vluchtig maakt ze wat aantekeningen in haar notitieboekje. Ze schrijft:

** blanke man, tussen de 25 en 40 (sterk)*
** lokaal, kent omgeving en het huisje*
** hoge mate van organisatie*
** in bezit van rijbewijs/auto*
** mogelijk necrofiel*
** seksuele fantasieën*
** geobsedeerd door zijn fantasie*
** spendeert veel tijd aan uitwerken fantasie: tekeningen, dagboek, nagellak*

Ze onderstreept het woord fantasie en staart voor zich uit. Waar komt die fantasie vandaan? Een vlucht uit de realiteit?

Dan probeert Lot zich voor te stellen hoe het gegaan moet zijn, dader en slachtoffer samen in dat hutje. Met wat voor iemand heeft ze te maken? Waarom creëerde hij dit? Dit is niet zomaar een moord. Hij probeerde iemand na te maken. Een fantasie in de praktijk te brengen.

Ze pakt het dagboek uit haar tas en opent het. Een wirwar van lijnen, schetsen, afbeeldingen schreeuwt haar tegemoet. Het lijkt alsof hij elk stukje van het papier heeft willen benutten, voor woordjes, tekeningen, krulletjes, lijntjes. In de tekeningen ziet ze direct de overeenkomsten. Meisjes, bijna allemaal meisjes, sommigen zitten op een stoel aan een tafel. Allemaal lang, zwart haar. Andere vrouwen liggen op een bed. Veel bloot is er niet te zien, ook al zijn de vrouwen allemaal naakt of schaars gekleed. Een enkele tepel, een subtiel stukje bil. De dader houdt graag zelf wat te fantaseren over. Maar dat zijn fantasie met seks te maken heeft, daar hoef je geen studieboek voor in te kijken. Een seksuele stoornis kan ze nog niet officieel vaststellen, maar die blijft voorlopig zeker op haar lijstje staan.

Lang zwart haar. Alle meisjes hebben lang zwart haar. Lot herinnert zich de vondst van een plukje lange zwarte haren op het slachtoffer.

** lang zwart haar, mogelijk pruik?*

Ze stelt zich het slachtoffer voor met lange, zwarte lokken. Net als in zijn fantasie.

Dan leest ze een kort zinnetje, onder aan een pagina: VOOR ALTIJD MOOI.

Ze beweegt het dagboek een beetje heen en weer en begint dan te knakken met haar vingers. Dit lijkt verdomd veel... Ze bekijkt de andere losse woordjes vluchtig en vindt haar bevestiging.

De tekst loopt naar rechts schuin naar beneden af. Het is minimaal, maar wel overtuigend.

Ze pakt haar notitieboekje er weer bij en schrijft:

* *linkshandig*

Dan voelt ze de hand op haar schouder.

15

Met getrokken wapen staat ze tegenover hem, het dagboek is op de grond gevallen.

Zijn handen schieten omhoog. 'Wow, wow, wow!' roept hij. 'Wacht even, rustig nou.'

'Wie ben je?'

Hij stamelt iets onverstaanbaars.

'Wie ben je?' herhaalt ze.

'Rens. Rens Groenewoud.'

Lot laat haar wapen zakken en bekijkt de jongeman, met zijn warrige haardos en een sullig brilletje. 'Wat doe je hier?'

'Ik, eh...' twijfelt hij, nog enigszins gechoqueerd door het wapen in Lots hand. 'B-b-b-ben journalist voor *Tu-Tu-Tubantia*. Ik maak een rrreportage. Over, over de moord.'

Lot knikt langzaam en moet nog even verwerken dat ze zojuist haar wapen heeft getrokken en op een onschuldige journalist richtte. Die stottert. Misschien was het toch een wat onverstandige move om hier in haar eentje te gaan zitten. Misschien was ze toch banger om de dader tegen het lijf te lopen dan ze dacht.

'Waarom zei je niks?' snauwt ze hem toe. 'Ik schrok me kapot.'

'Ja,' gniffelt hij, 'dat, dat, dat merkte ik. Anders, anders ik wel.'

Lot stopt haar wapen weg. 'Sorry daarvoor.'

'W-w-wat heb je daar?' vraagt hij. 'Is dat, van de dader?'

Vlug pakt Lot het dagboek van de grond en stopt het in haar tas. 'Ik ben hier niet voor een interview.' Ze begint te lopen, in de richting van haar auto.

Rens Groenewoud volgt haar, met nerveuze pas. 'De dader,' zegt hij. 'Weten jullie al wie?'

Lot kijkt hem even aan. Serieus?

'Nog niet dus,' besluit hij. 'Hebben jullie al verdachten?'

Nu kijkt Lot hem niet eens meer aan en ze loopt hoofdschuddend door. Hoe oud is deze gast? Hij moet wel erg onervaren zijn om te denken dat ze dit soort vragen gaat beantwoorden.

'Lot v-v-van Dijk is, is, is het toch?' stottert hij. 'Nieuw, je bent nieuw. Ik begreep dat je p-p-p-p-profiler bent. Misschien kunnen we eens ko-ko-koffie drinken? Een interview houden.'

Met een ruk staat ze stil. 'Ik drink liever geen koffie met journalisten. En ik zou het op prijs stellen als je me nu met rust laat.'

Hij pakt haar bij haar onderarm. 'Ah, kom op nou, een beetje vriendelijker mag wel, hoor. Pers en politie gaan goed samen in deze regio.'

'Sorry,' zegt Lot als ze haar arm terugtrekt. 'Geen koffie. Fijne dag nog verder.'

Leo zit telefonerend achter zijn bureau, het naambordje prijkt prominent op de rand. Dit plaatje had hij vast in zijn hoofd toen hij bij de politie ging. Het blijft Lot verbazen, al die hoge heren blijven hier maar op hun ergonomisch verantwoorde stoelen zitten. De straat op lijkt alleen weggelegd voor lagere rangen.

Terwijl het daar juist gebeurt. Ze kan er met haar pet niet bij. Leidinggeven doe je niet van achter je bureau.

Zodra hij ophangt, loopt ze naar binnen en legt het dagboek opengeslagen op zijn bureau. Ze trekt het plastic dat ze weer keurig over de pagina's heeft gedaan glad en legt haar vinger op een tekening waarop de vrouw is afgebeeld die met gestrekte armen en benen op een bed ligt. 'Ik denk dat we met een necrofiel te maken hebben.'

Leo kijkt naar de tekening. 'Een wát?'

'Dit lijkt de fantasie van een man die een vriendin wil die niet reageert. Die hem niet afwijst.'

Leo knikt en krabt langs zijn ongeschoren kaaklijn. 'Tja, als jij het zegt.'

'Ik denk dat we alle zedendelinquenten in de regio moeten natrekken. Misschien heeft deze necrofiel al eerder delicten gepleegd.'

Hij knikt weer, maar lijkt afwezig. 'Ik zal ernaar kijken,' mompelt hij dan.

'Goed. O, en ik stuur je mijn eerste bevindingen straks toe.'

Hij lijkt alweer verzonken in een e-mail. 'Ja, goed hoor.'

Lot loopt wat verward door het gesprek naar het keukentje, waar ze de blender van de plank haalt die ze speciaal voor zichzelf heeft aangeschaft. Veel anders dan een tosti-ijzer dat in geen tien jaar is schoongemaakt, trof ze niet aan toen ze hier kwam werken. En in de kantine is het aanbod ook al niet veel aangenamer. Er zit dus niets anders op dan de flauwe grappen van de collega's te incasseren en haar eigen lunch te maken. Vanwege haar bleke huid en haar lange, slanke verschijning noemen sommige collega's haar al officier bleekselderij. Anderen houden het knipogend bij knaagdier. Ondertussen zijn ze maar wat nieuwsgierig en deelt ze meer dan eens glaasjes van haar zelfgebrouwen sapjes uit.

Ze pakt de bakjes met ingrediënten uit de koelkast. Spinazie, banaan, kiwi, gojibessen. Dan chiazaad, macapoeder en chlorellapoeder. Scheutje biologische rijstmelk. En herrie maken maar.

Ze denkt ondertussen nog even aan Rens Groenewoud. Wat een debiel dat hij zomaar op die plaats delict rondzwerft, terwijl hij daar werkelijk niets te zoeken heeft. Zenuwachtig, vond ze hem. En irritant.

Met haar smoothie in de hand wandelt ze terug naar haar plek, maar al snel valt haar de opwinding op. Collega's verzamelen zich om het bureau van Stefan, waar Leo op is gaan zitten. Lot bekijkt zijn logge lichaam aandachtig en richt haar blik vervolgens op het oude, aftandse bureautje. Ze vraagt zich af of het meubel de meer dan honderd kilo's houdt.

Leo schraapt zijn keel. 'Stefan...'

Stefan gaat recht zitten. 'We zijn erachter gekomen dat onze vinder, Zacharias Verheijen, in behandeling is voor PTSS, na een missie in Afghanistan. Hij blijkt agressieproblemen te hebben, zit al tijden ziek thuis. Of nou ja, thuis... Hij woonde bij zijn zus en haar gezin, maar nadat hij haar een keer in elkaar heeft geslagen niet meer.'

'Dat verklaart zijn kampeeravonturen,' zegt Jaap – haast opgelucht dat hij er een logische verklaring voor heeft gevonden. 'Zijn zus heeft hem er gewoon uit gekickt.'

'Kicken is meer iets wat hij deed dus,' gaat Stefan verder. 'Ze heeft een paar maanden terug melding gemaakt van huiselijk geweld, vlak voordat hij op straat kwam te staan.'

Lot denkt terug aan het veranderlijke karakter van de militair: in eerste instantie zakelijk en getraind, later, toen zijn kennis Bob ten tonele verscheen, nerveus en ongemakkelijk. Dit verhaal verbaast haar niet.

'We halen hem morgen weer op voor aanvullend verhoor,' concludeert Leo.

Lot steekt haar hand op. 'Ik zou graag bij dat verhoor zijn.'

'We bekijken nog wel wie dat op zich neemt,' zegt hij, als hij een blik wisselt met een van de oudere collega's. 'Maar ik kan me zo voorstellen dat ik een rechercheur met iets meer ervaring meevraag.'

Iedereen knikt instemmend.

'Dan is er nog een ander agendapunt. We mogen vanavond aanschuiven in *Opsporing Verzocht*, onder andere om te inventariseren of er mensen zijn die iets verdachts hebben gezien in de buurt van de Akkerweg tijdens of na de storm.' Hij pauzeert even en kijkt naar iets wat lijkt op een briefje met een aantekening. 'Zelf ben ik helaas verhinderd. Is er een gegadigde die zich vrijwillig meldt om dit televisieoptreden op zich te nemen?'

Niemand reageert. Lot kijkt geamuseerd rond hoe de een nog opvallender dan de ander naar de grond kijkt. Kies mij niet, kies mij niet.

'Lotje,' zegt Leo dan. 'Is het niet iets voor jou?'

'Ja!' valt Jaap hem bij, met zijn kenmerkende pretoogjes.

O ja, hier geniet Jaap van, hoor. Ze krijgt hem nog wel.

'Het is een mooie kans om je te profileren, zal ik maar zeggen,' grijnst Leo. 'Als we bovendien veel tips krijgen, lever je zo in elk geval een waardevolle bijdrage aan het onderzoek. Dus ik zou zeggen, trek wat leuks aan.'

Lot onderdrukt haar neiging tot protest. Zo snel krijgen ze haar niet gek, maar ze baalt van het feit dat ze nu ineens wél een waardevolle bijdrage aan het onderzoek mag leveren, wanneer het Leo goed uitkomt. Samengevat is ze goed voor het halen van koffie en het opknappen van klusjes die niemand ziet zitten.

Ze neemt een slok van de spinaziesap. 'Ik wil bij dat verhoor zijn,' herhaalt ze. 'Met Zacharias.'

'Dit is geen onderhandeling.'

'En tv-optredens zijn meer iets voor de persvoorlichter,' verzucht ze. 'Ik heb niet eens mediatraining gehad. Gaan we echt zo kinderachtig doen? Al zeg ik geen woord, Leo, ik kan van toegevoegde waarde zijn bij dat verhoor, moet ik dat nou echt nog een keer uitleggen? Ik wil alles over hem weten, zodat ik kan kijken in hoeverre hij in mijn profiel past. Ik kan hem vragen stellen die jij misschien niet zo snel zult stellen. Een frisse blik is nooit gek, toch?'

'Ja!' zegt Jaap weer – waarschijnlijk als goedmakertje voor de eerste ja.

Leo twijfelt overduidelijk. 'Goed,' zegt hij dan. 'Jij doet straks *Opsporing Verzocht* en morgenochtend zeven uur halen jullie Zacharias Verheijen op voor verhoor. Zorg dat je op tijd bent. Jij bent er verantwoordelijk voor dat hij heelhuids op het bureau aankomt. Lukt dat, dan mag je erbij zitten. Maar ík leid het verhoor, voor alle duidelijkheid. Jij bent volgend, observerend.'

Lot steekt haar duim omhoog. Ze moet er eerst nog even voor met haar kop op televisie, maar dan heeft ze ook wat.

Ze kijkt op haar horloge, drinkt de laatste slok van haar sap en trekt haar jas aan. 'Nou, dan ga ik mijn nagels maar eens lakken, heren. Prioriteiten, hè?'

16

Zijn tentje doemt op aan de rand van het bos, in het flauwe licht van de bewolkte zomerochtend. De temperatuur is aangenaam, maar een donkergrijze lucht hangt dreigend boven de boomtoppen. Lot heeft slecht geslapen, door de adrenaline van *Opsporing Verzocht*. Ze had niet gedacht dat ze het zo spannend zou vinden om live op televisie te komen. Ze vond het spannender dan een mogelijke verdachte aanhouden in elk geval.

'Deed je goed, trouwens,' zegt Jaap – alsof hij haar gedachten kan lezen. 'Gisteravond.'

'Dank je.'

'Ik herkende je haast niet, met lippenstift op.'

Ze begint te lachen. Toen ze vlak voor de uitzending haar lippen stiftte in bescheiden zachtroze, wíst ze gewoon al dat hij hier een opmerking over zou maken. Ze steekt haar hand op en beweegt met haar vingers. 'Die paste zo leuk bij mijn nagellak, Jaap.'

Dan parkeert ze de auto. Jaap stapt als eerste uit en seint naar de collega's die achter hem stoppen.

Lot stapt ook uit. 'Hij moet ons allang gezien hebben,' zegt ze. 'Hij verwacht ons.'

Jaap haalt zijn schouders op. 'Misschien slaapt hij nog.'

'Hij is een militair, hè?'

Jaap gebaart naar de collega's. 'Kom op, we gaan.'

Ze bewegen stap voor stap naar de tent toe, waarbinnen nog geen beweging te zien is. Lot achter Jaap en achter Lot nog twee collega's. Twee andere collega's blijven een eindje verderop staan – om vanaf daar de boel in het vizier te houden.

Jaap en Lot positioneren zich voor de tent en de twee andere collega's verschansen zich erachter. 'Zacharias?' roept Jaap. 'Ben je daar?'

Geen antwoord.

'Zacharias?' herhaalt hij. 'Politie hier, we willen even met je praten.'

Weer geen antwoord. Lot hurkt neer naast de tent en buigt opzij om vervolgens voorzichtig aan de rits te trekken. Ze wisselt een blik met Jaap, wiens hand op zijn wapen rust. Je weet het nooit. Je weet gewoon nooit hoe mensen reageren in benarde situaties.

In een vlugge beweging ritst Lot het tentje nu helemaal open.

'Leeg,' stelt Jaap vast.

'Shit,' mompelt Lot, die opstaat en direct om zich heen begint te kijken. 'Ik zei het toch: hij zag ons aankomen.'

'Of hij heeft hier helemaal niet geslapen,' oppert Jaap met opgetrokken schouders. 'Misschien is hij het kamperen wel zat.'

Lot klemt haar vingers om de mok die voor de tent staat. 'De beker is nog warm.'

'Meldkamer,' spreekt Jaap, 'hier de 3501. We staan bij de tent van Zacharias Verheijen, maar hij is niet aanwezig. We overleggen plan van aanpak.'

'Meldkamer voor 3501, helder, hou ons op de hoogte.'

'Daar,' wijst Lot. 'Daar!'

Jaap en de andere collega's volgen haar vinger. Verderop, verscholen tussen een haag hoge berken, staat hij gewoon – als op zijn observatiepost.

'Zwaai,' zegt Lot. 'Hij staat te ver weg, als hij nu gaat rennen, dan raken we hem kwijt. Zwaai vriendelijk.'

Jaap steekt zijn hand op en knipoogt naar Lot.

Zacharias reageert niet. De uitdrukking op zijn gezicht is niet te lezen.

Even kijkt Jaap naar Lot. Dan knikken ze en wandelen ze rustig die kant op.

Jaap klikt de portofoon aan. '3501 voor meldkamer. We gaan getuige nu benaderen.'
'Meldkamer voor 3501, begrepen. Doe voorzichtig.'
Zacharias blijft stokstijf staan en lijkt zich niets aan te trekken van de horde rechercheurs die op hem afstevent. Zijn gezicht wordt steeds duidelijker zichtbaar. Lijkwit. Doodvermoeid, hij staart wezenloos voor zich uit. Een vlassige baardgroei van een dag of twee. Zijn kleding vuil.
Hij lijkt al bijna net zo onverzorgd als zijn kennis Bob Altena. En dat in twee dagen tijd.
'Zacharias?' roept Lot als ze vlakbij zijn. 'Alles oké daar?'
Als in slow motion draait hij zijn gezicht naar haar toe. Zijn blik leeg, zijn uitdrukking onveranderd.
'We willen even met je praten, Zacharias,' zegt Jaap.
Lot fouilleert hem met haar ogen. Op het eerste gezicht lijkt hij geen wapens bij zich te dragen. Ze zullen hem straks goed moeten fouilleren, voordat ze de auto in stappen, maar voor nu is het belangrijk om hem aanspreekbaar te krijgen.
'Moeilijke nacht gehad?' vraagt Lot. 'Slecht geslapen?'
Hij kijkt haar nog steeds onafgebroken aan, zijn ogen lichtelijk troebel. Ze twijfelt of hij verkeert in een toestand van absolute angst, of juist algehele gelatenheid. Leegte, dat is in elk geval wat ze ziet in zijn ogen. Een diepe leegte die ze nog niet vaak heeft gezien.
De penetrante geur van ongewassen-kleding-en-lange-tijd-niet-gedoucht dringt haar neus binnen.
Jaap legt zijn hand voorzichtig op het schouderblad van de militair. 'Ga je even met ons mee, man?'
Dan begint Zacharias te lopen, zwijgend maar gewillig. Zijn grote schoenen ploffen vermoeid neer in het zanderige gras aan de rand van het bos. Het energieke, sportieve dat Lot twee dagen eerder bij de militair zag, lijkt compleet verdwenen.
Wie gaat er ook wonen in een tent? Waarom huurt hij niet ergens een kamer? Of gaat hij niet op zoek naar een eigen woning?

Lot probeert hem met alle professionaliteit die ze in zich heeft nog niet te veroordelen, maar er is in elk geval een steekje los aan deze man. Gek genoeg had ze dat bij de eerste ontmoeting niet gelijk door – en normaal werkt dat mechanisme bij haar heel sterk. Haar gevoel vertelt haar vaak al wat haar verstand nog moet onderbouwen.

Bij de auto laat Zacharias zich fouilleren. Hij neemt rustig plaats op de achterbank. En blijft zwijgen.

17

Ze ziet het aan zijn vingers. Het trillen, een gek soort beven. Ze volgt de lijn van zijn sterke armen naar boven en merkt op dat de rest van zijn lichaam meetrilt. Dan zijn ogen, die staan vreemd. Ze stonden al leeg toen ze hem in het bos oppikten, maar nu lijkt het leven haast uit hem te treden. De schoenen, die eerst nog gelaten mee naar het bureau sloften, zijn niet meer in beweging te krijgen. Als vastgelijmd blijven ze kleven aan de verouderde bestrating voor de ingang van het politiebureau. Ze kijkt naar Jaap.

Dit is niet oké.

Dan verliest hij alle kracht. Hij zakt door zijn enkels, ze zijn te laat om zijn grote lijf helemaal op te vangen, maar Lot kan voorkomen dat zijn hoofd de grond raakt. Dat dan weer wel.

Lot knielt bij hem neer. 'Zacharias?' Zijn ogen knipperen en draaien dan weg. 'Foute boel, jongens!' roept ze. 'Hij wordt niet goed. Bel een ambulance, nu!'

Ze roept zijn naam en voelt zijn halsslagader. Een zacht geklop onder haar vinger. Gelukkig. Ze legt hem in de stabiele zijligging.

Jaap staat al met zijn telefoon in de hand. Hij wijst ondertussen naar een aantal televisiecamera's en fotografen die als hongerige wolven staan te posten en wanhopig alle laatste nieuwtjes de wereld in gooien. 'Help Lot even,' zegt hij op gedempte toon tegen Stefan. 'Laten we hem gauw naar binnen brengen.' In de hal van het bureau komt Zacharias weer bij kennis en ze kunnen hem op een stoel hijsen. Aanspreekbaar is hij niet, ook al praat Lot continu op hem in. 'Blijf erbij, Zacharias. Heb je genoeg gegeten? Wil je wat drinken?'

Wat ze ook zegt, er komt geen respons. Zijn gezicht vertrekt niet, zijn ogen staren daas recht vooruit. Het lijkt wel alsof hij in een shock verkeert.

Dan rijdt de ambulance voor. De verpleegkundige neemt samen met de chauffeur de zorg voor Zacharias over en binnen afzienbare tijd raast de ziekenwagen alweer weg.

'Lekker dan,' mompelt Jaap, terwijl ze de ambulance samen nakijken. 'Nog nooit een potentiële verdachte gehad die zo gewiekst wist te ontkomen.'

Lot glimlacht flauwtjes en haalt haar schouders op. 'Er zijn collega's mee, dus hij ontkomt helemaal nergens aan.'

'En jij vertelt dat aan Leo?'

Ze lacht spottend. 'Angsthaas.'

Eenmaal boven treffen ze hun collega's op rij voor de vensterbank als balletmeisjes aan een barre. Iedereen heeft het circus beneden kennelijk met interesse gevolgd. Net als de verslaggevers die er alweer een geloofwaardig verhaal van proberen te kneden.

Er gebeurt ook eens wat in Tukkertown.

Als Lot zich omdraait om koffie te halen, ziet ze Leo, met walsende bierbuik, aan komen snellen. Zijn gezicht staat ernstig. 'Het sectierapport,' zegt hij, terwijl hij met een dossier wappert. 'Vergaderruimte allemaal!'

De balletoefening aan het raam wordt onderbroken als iedereen gehoorzaam naar de vergaderzaal vertrekt.

'Wat was dat allemaal?' vraagt Leo buiten adem aan Lot als ze samen de kamer binnenlopen. 'Daarbeneden?'

Jaap knipoogt achter hem. Zichtbaar blij dat het hem niet wordt gevraagd.

'Zacharias,' antwoordt ze. 'Hij werd ineens niet goed. Ik denk in shock of iets dergelijks. Misschien te weinig gegeten.'

'Zijn er collega's mee naar het ziekenhuis?'

Ze knikt. 'Uiteraard.'

'Mooi, ga hem daar maar horen zodra hij weer bij zinnen is.'

'Oké.'

Lot pakt haar notitieboekje uit haar zak en gaat zitten in de ruimte. Leo kucht even, en terwijl de rechercheassistente kopieën van het rapport uitdeelt, zet hij de feiten vast uiteen. 'Goed,' begint hij. 'Er is vers sperma aangetroffen op het lichaam. Vanaf nu gaan we er dus van uit dat we te maken hebben met een necrofiel. Lotje, jouw vermoeden klopte dus.'

Lot knikt en schrijft mee, ondanks de kopie van het rapport op haar schoot. Dit had ze al verwacht.

* *sperma*

'Ik wil graag een uitdraai van alle zedendelinquenten uit de omgeving,' gaat Leo verder. Hij denkt even na. 'Doe maar van de afgelopen vijf jaar.'

'Regel ik,' zegt Jaap.

Leo leest verder. 'Het lichaam was ingedroogd. Dat is een uniek gegeven dat we nog nooit zijn tegenkomen. Het was eigenlijk een soort mummie. Ze is blijkbaar al veel langer dood dan we denken.'

Wat denken we dan? vraagt Lot zich stilletjes af. Zij dacht nog niets.

Dat is een van de dingen die ze van haar mentor Magnus Thomasson leerde. Zo weinig mogelijk zelf invullen, het verhaal niet laten vertellen door je eigen gedachten die het plaatje al driftig proberen in te kleuren. Laat de feiten het verhaal vertellen. Als je ze de kans geeft, vormt het verhaal zich vanzelf.

Behaviour reflects personality. Nog zo'n wijze les van Magnus. Aan het gedrag zie je met wat voor persoon je te maken hebt.

'Zou het dan toch Lisanne zijn?' vraagt Stefan.

Lot schudt haar hoofd. 'Laten we onze tijd niet verdoen aan speculeren,' zegt ze. 'Daar hebben we niets aan.'

Misschien moet hij ook eens op de koffie bij Magnus in Zweden. Dan zou hij nooit zo'n vraag stellen. Meisje vermist, ah, meisje gevonden. Zal dezelfde wel zijn. Het lijkt een logische gedachte, maar het is te simpel gedacht.

Stefan kijkt haar geïrriteerd aan. 'Nee, maar jij weet ongetwijfeld wél iets waar we wat aan hebben, Lot.'

Zo. Die zag ze niet aankomen. Een sneer uit onverwachte hoek. Meestal kan ze het wel goed vinden met Stefan.

'Sorry, hoor,' zegt ze. 'Ik denk alleen maar in het belang van het onderzoek. We moeten priori...'

'En er is een dood meisje gevonden,' onderbreekt Stefan haar. 'Dood. Vermoord. Afgeslacht! Geloof het of niet, maar wij zijn ook maar gewoon mensen.'

'Natuu...'

Ze stopt acuut met praten als ze het rood op zijn wangen ziet verschijnen. Zijn kin trilt een beetje. Leo kucht ongemakkelijk in zijn vuist. 'Stefan, ik begrijp je gedachte, maar het is volgens mij nog te vroeg voor dat soort aannames. Zolang we nog niets weten over het DNA, kunnen we er niks over zeggen. Ik hoop die informatie vandaag of morgen binnen te krijgen.'

Stefan knikt. 'Duidelijk.'

Lot bestudeert zijn uitdrukking en vervolgens die van de anderen. Ze kan zichzelf wel voor haar kop slaan om het feit dat ze er niet eens bij heeft stilgestaan dat haar collega's de vermiste Lisanne misschien wel persoonlijk kennen. Of op zijn minst iemand uit haar omgeving. Het is natuurlijk logisch, in zo'n hechte gemeenschap.

Soms moet ze nog leren dat het anonieme Amsterdam haar terrein niet meer is. Ze werkt nu hier, in een andere omgeving, met andere regels, en een andere mentaliteit. Als je Lisanne kent, maakt dat het bijzonder ingewikkeld om haar vermissing los te zien van de vondst van dit lichaam, dat begrijpt ze ook wel. Ze neemt zich voor straks haar excuses aan te bieden aan Stefan.

Leo gaat verder. 'Het lichaam was broos en kwetsbaar, dus het is moeilijk vast te stellen, maar een breuk in de achterkant van de schedel wijst erop dat ze vermoedelijk om het leven is gebracht door een harde klap met een stomp voorwerp. Door schimmels op de huid is niet vast te stellen welk voorwerp gebruikt is. Ook lijkt het erop dat de dader haar heeft gewurgd. Ze heeft een gebroken tongbeen. Toch moeten we er rekening mee houden dat het hier ook een spontane breuk kan betreffen.'

Terwijl Leo zich zuchtend buigt over het rapport, maakt Lot nog een aantekening.

* *van achteren overmeesterd*
* *wurging?*

'Verder blijken de lange haren die op het slachtoffer zijn aangetroffen van een paard. De nagellak...'

'Ik denk dat het een pruik was,' zegt Lot.

'Pardon? Zei je iets, Lotje?'

Ze negeert zijn denigrerende toon. Ze zal het wel verdiend hebben, in zijn ogen. 'Ik denk dat die paardenharen weleens van een pruik kunnen zijn. In zijn dagboek tekent hij de meisjes zonder uitzondering met lang, zwart haar. Ik denk dat hij zijn slachtoffers net zo wilde maken, om zijn fantasie tot leven te wekken.'

Leo blijft haar even aankijken. 'Ja,' zegt hij. 'Interessante analyse wel. Ja, ik noteer het.'

Lot glimlacht flauwtjes. Interessante analyse is *the best she can do* op dit moment. Hij beseft het vanzelf, denkt ze dan.

'Toch moeten we andere opties niet uitsluiten,' voegt ze nog toe. 'Het slachtoffer kan ook van paardrijden houden, net als iedereen hier in de omgeving. Of ze werkte op een manege, ook geen gek idee. Of de dader, natuurlijk.'

Leo knikt nog even kort en gaat verder. 'De nagellak dus, die het slachtoffer droeg. Van het NFI kregen we alvast door dat de nagellak afkomstig is van een goedkoop merk.'

Lot steekt voorzichtig haar hand op. Heeft ze wéér wat te zeggen. 'Waar is die gekocht?'

'Het betreft het eigen merk van de HEMA,' antwoordt Jan.

‘We hebben contact opgenomen om de productnummers te laten checken, maar het lijkt erop dat de nagellak lang geleden is aangeschaft. Ze hebben deze kleur niet meer in het assortiment. Ze schatten zelfs in dat het potje een jaar of acht geleden moet zijn gekocht.’

> * *paardenharen. pruik? paardenmeisje? werk op manege? dader rijdt paard?*
> * *nagellak 8 jaar oud*

‘Dat was het voor nu,’ zegt Leo.

Lot steekt haar hand op. ‘Ik heb nog wat vragen. Zou ik daarmee misschien nog even bij de patholoog langs kunnen?’

Een collega voor in de ruimte snuift spottend. Andere collega’s wachten in stilte het antwoord van Leo af. Blijkbaar zijn aanvullende vragen niet gebruikelijk, denkt Lot.

Leo kijkt haar aan alsof ze een ondankbare kleuter is. ‘Alsjeblieft, Lotje. Nu even niet, oké? Zorg eerst maar eens dat we die militair mogen verhoren.’

18

Lot parkeert voor de blokkendoos waar het laboratorium van forensisch patholoog Ferdinand Lopes moet zijn gevestigd. Ze checkt het briefje dat ze kreeg van Jaap, die stiekem de afspraak voor haar regelde. Hij kent hem goed, zei hij met een knipoog, en hij vindt het alleen maar leuk als een rechercheur meer dan gemiddeld geïnteresseerd is in zijn werk. Daar is tegenwoordig bijna geen tijd meer voor.

Lot stapt uit. De jaren tachtig schreeuwen haar tegemoet, met de dieproodgekleurde kozijnen en verstofte lamellen voor de ramen. Ze loopt het trappetje op en belt aan.

De blokkendoos lijkt pas op een later moment aan het ziekenhuis te zijn gebouwd – in de categorie: o ja, we moeten nog een lab. En het budget was duidelijk op.

Haar telefoon gaat over. Als ze op het scherm kijkt, ziet ze ONBEKEND NUMMER staan. 'Hou toch op,' fluistert ze hoofdschuddend. Ze is al vier keer door een onbekend nummer gebeld. Ze heeft er een hekel aan, want het zijn bijna altijd van die telefonisch verkopers. Na de laatste keer heeft ze besloten om nooit meer een onbekend nummer te beantwoorden. Als het belangrijk is, spreken ze maar wat in.

De deur gaat open. Haar eerste gedachte: ik zit hier fout. Haar tweede gedachte: o ja, Jaap zei al iets over een cowboy. De man die haar ontvangt draagt een lange, zwarte jas, een extravagante grote hoed en cowboylaarzen. Met de wildste fantasie in de wereld had ze zich niet kunnen inbeelden dat een patholoog er zo uit zou zien.

Onder zijn hoed schuilen vriendelijke, donkere ogen, een

brede neus en een grijzige stoppelbaard. Hij zou ver weg iets Indisch, of Latijns-Amerikaans in zijn bloed kunnen hebben.

'Lot? Je bent op tijd,' zegt hij. 'Ik wilde net gaan wandelen.'

Hij knipt in zijn vingers en wordt vergezeld door een hyperactieve bordercollie.

Lot glimlacht. 'Prima, zal ik meelopen?'

'Nee, wacht jij maar hier,' zegt hij, terwijl hij het trappetje af springt. Dan draait hij zich om en roept: 'Natúúrlijk! Daarvoor ben je hier, toch? Lekker wandelen!'

'Ik, eh,' stamelt ze. 'Ja, ik had nog wat vragen.'

'Over het meisje.'

'Ja, ik wilde bijvoorbeeld graag weten...'

'Jaap vertelde het al. Je bent een beetje stout. Het eigengereide aapje uit de Randstad. De baas wil zeker niet dat je je tijd besteedt aan een wandeling met een ouwe gek als ik?'

'Zoiets,' knipoogt ze. 'Ik ben profiler en ik zou voor mijn daderprofiel graag wat meer informatie hebben over het indrogen van een lichaam.'

Hij wijst naar rechts. 'Kom, we gaan die kant op. Wat wil je weten?'

'Hoe gaat zoiets, dat indrogen? Wie kan dat?'

'Iedereen.'

'Maar hoe weet iemand hoe dat moet?'

'Hoe weet iemand dat ie de bal in het doel moet trappen? Je kunt alles leren, als je maar graag genoeg wilt.'

'Maar hoe? Ik weet dat niet.'

Hij staat even stil en tikt met een tennisbal op haar borst. 'Je weet ook niet hoe je een bal in het doel moet trappen, of wel?' Hij lacht hardop en wandelt verder. 'Nee, alle gekheid op een stokje, er zijn in het verleden wel documentaires en boeken verschenen over het mummificeren van het menselijk lichaam. Die kunnen heel goed ter inspiratie gediend hebben. Maar ik kan natuurlijk niet in de huid van onze dader kruipen. Ik zou niet durven!' Even zucht hij diep. 'Jij misschien wel.'

'Hoe gaat zoiets in zijn werk, indrogen?'

‘Heel simpel.’

Lot kijkt hem glimlachend aan. ‘Ja...’

‘Ventilatie is het sleutelwoord. Heb je dat, dan kun je de boel indrogen. Kijk naar Egypte, of Peru. Als het maar droog is, dan kom je een heel end. Water is essentieel voor ontbinding. Gaat het indrogen gedegen, dan wordt de huid vanzelf leerachtig. Organen worden daarentegen omgezet in een soort stroop. Als het niet zo zou stinken, kon je het op je pannenkoek doen.’ Hij lacht zo hard dat een voorbijganger hen nieuwsgierig bestudeert. Zodra hij weer is bijgekomen: ‘Bij een lichaam zoals jullie vonden in het bos, zo opgehangen en alles, druipt die massa er na een tijdje gewoon uit. Dat veroorzaakt een enorme stank die doet denken aan de geur van ammoniak.’

Ammoniak, ja. Dat kan Lot wel plaatsen.

‘Dus het moet droog zijn, en er is ventilatie nodig,’ vat ze samen.

‘Correct. Minimale ventilatie is al voldoende, hoor. Met een klein raampje ben je er al. Alleen is het wel van belang om ongedierte buiten de deur te houden. Anders vreten die het lichaam alsnog op.’

Lot denkt aan het gaas dat ze heeft zien liggen op de pd. ‘Met horgordijnen?’

Hij knikt.

De zaag. Het gaas. Hij was er pas net en wilde een raam maken, voor de ventilatie. Geen gek idee.

‘Maar zou jij als profiler je niet moeten afvragen waaróm iemand dat doet? In plaats van hoe?’

‘Het hoe helpt bij het waarom,’ zegt Lot.

‘Snap ik dan ook wel weer. Kom, we steken hier het bruggetje over.’

Een klein parkje met een vijver doemt op. Kinderen spelen in het gras. Mensen picknicken op een kleedje. Lot zou bijna vergeten dat het ook nog gewoon zomer is. Voor de meeste mensen gaat het leven gewoon door.

‘Wat gebeurt er als er toch water bij het lichaam komt?’

'Dan treedt de ontbinding onmiddellijk in.'

'Denk jij dat het lichaam in dat bewuste huisje in het bos is ingedroogd? Of is het daar later gebracht?'

'Er zijn geen sporen van ingewanden op de pd gevonden, toch? Bovendien, waren er ventilatiemaatregelen getroffen in het huisje?'

Lot schudt haar hoofd.

'Dan hoef je die vraag niet te stellen.'

'Maar los daarvan, zou het kunnen?' probeert Lot, als een soort dubbelcheck. Ze houdt van zekerheid. Feiten.

Hij beweegt wild met zijn hoofd heen en weer. 'Ik weet het niet,' zegt hij. 'Het lijkt mij...'

'Onwaarschijnlijk?'

Hij knikt. 'Ja, midden in zo'n bos? Het lijkt me niet logisch. Het lichaam is effectief ingedroogd, dan moet je je toch wel een beetje in de materie hebben verdiept. Mijn eerste keuze zou geen zouthuisje zijn.'

'Wat dan wel?'

'Ja, weet ik het. Ik ben geen moordenaar. Een kelder, of zo? Iets met een vloer van cement.'

Lot pakt haar notitieboekje erbij.

** kelder, vloer van cement*

'Dat betekent dat hij haar later heeft verplaatst.'

'Kun je zeggen hoelang ze al dood was?'

Hij schudt zijn hoofd. 'Als een lichaam eenmaal is ingedroogd na een maand, kun je het, onder de juiste condities, eindeloos bewaren. Alle technieken om de postmortale termijn te kunnen bepalen zijn onbetrouwbaar als we met indroging te maken hebben. De laatste tekenen van leven geven een betrouwbaardere inschatting dan elk onderzoek dat ik kan doen. Helaas...'

'Wat kun je zeggen over de leeftijd van het slachtoffer?'

'Ik kan alleen maar een schatting doen,' zegt hij, terwijl hij de bal voor zich uit gooit. De bordercollie rent er bevlogen achteraan, dolblij met een nieuw doel in zijn hondenleven. 'Als ik kijk naar het femur...'

'Het bovenbeen,' vertaalt Lot voor zichzelf.

'Correct, ja, als ik daarnaar kijk, dan kom ik op een leeftijd van vijftien tot vijfentwintig jaar. Maar kijk ik naar de vierde rib, dan kom ik weer uit op een leeftijd tussen de twaalf en achttien jaar. De tand vertelt me dat ze tussen de veertien en twintig jaar was.' Hij zucht eventjes. 'Goed, heb je met me meegeteld? Dan weet je nu dat er een overlap is in het gebied tussen de vijftien en achttien jaar, met een bepaalde betrouwbaarheidsmarge dus.'

Lot volgt met haar ogen de hond, die met de tennisbal in zijn bek terug naar zijn baasje galoppeert. Ze zwijgen een tijdje, en kijken rond. Ze laat haar blik naar de verte dwalen, voorbij het glooiende grasveld en de verwelkte paardenbloemen aan de rand. Voorbij de vlinderbomen die zuchten onder de hitte en voorbij de bos dode takken die rust tegen de stam. Ondanks de warme lucht die langs haar huid glooit, ontstaat er kippenvel op haar armen.

Ze kijkt Ferdinand aan, in stilte.

'Echt een meisje nog,' fluistert ze.

'Ja,' zegt hij als hij zijn hoed schikt. 'Echt een meisje nog.'

19

De nacht voelt koeler dan ze dacht, maar ze loopt niet terug naar binnen om zich warmer te kleden. Met blote voeten gaat ze zitten op de zanderige vloer van de smalle veranda. Hieke slaapt. De rest van het dorp ook, maar zij kan de slaap niet vatten.

Ze moet nog steeds wennen aan de stilte hier. Vooral 's avonds.

Terwijl Lot uitkijkt in het donkere niets, grist ze een sigaret uit het rode pakje. Ze laat het staafje dansen tussen haar vingers, en snuift verlekkerd de geur van tabak op. Dan steekt ze hem tussen haar lippen. Lucifer. Tjssssk.

Het vlammetje brengt voor even licht in de duisternis voor het huis. De sigaret licht op, het vlammetje wappert ze uit. Die eerste haal, diep in en weer helemaal uit. Het stijgt meteen naar haar hoofd, de mistige wolk dwaalt af, net als haar gedachten, die het donker in dwalen.

Lot denkt aan het jonge meisje, en al die jaren die ze nog voor zich had. Ze is bruut beroofd van beloofde jaren. Ze vraagt zich af of ze het aan heeft zien komen, of dat het haar overrompeld heeft.

De dood zal je altijd overrompelen, denkt ze dan. Hoezeer je je er ook op voorbereidt.

Ze denkt even aan haar moeder, en dan weer niet.

Ze denkt aan Zacharias, die zich in het ziekenhuis gedetailleerd kan voorbereiden op het verhoor dat hem te wachten staat. Ziek is ziek, maar ze baalt van zijn timing.

Dan zingt de wijze les van Magnus weer door haar gedachten. Behaviour reflects personality.

Wat voor gedrag zie ik hier? In deze zaak? Bij deze dader?

Ze is al langere tijd dood. Overmeesterd, door iemand die niet sociaal vaardig is. Een klap op het achterhoofd geven getuigt van weinig zelfvertrouwen. Sommige daders zijn charmant en maken eerst een praatje, lokken zo hun slachtoffer mee naar het hol van de leeuw.

Deze dader niet.

Hij durfde haar niet aan te spreken. Waarom niet? Heeft hij soms slechte ervaringen met vrouwen? Misschien staan er antecedenten op zijn naam, uit de hand gelopen zedendelicten. Misschien heeft hij erectieproblemen. Een lichamelijk gebrek waarvoor hij zich schaamt? Een spraakgebrek?

Het sperma dat is gevonden op de pd duidt erop dat hij van een overleden slachtoffer seksueel opgewonden werd, omdat ze geen weerstand meer kon bieden. Geen kans dat ze hem zou afwijzen. Toen durfde hij wel. Toen kon hij eindelijk rustig zijn seksuele fantasie naspelen, zonder afgewezen te worden. Zonder krenking, zonder belachelijk gemaakt te worden.

De dader heeft een extreem laag zelfbeeld. Hoe komt dat?

Lot neemt een diepe hijs en blaast in wolkjes uit. Ze volgt de wolkjes en ziet hoe ze verdwijnen in het donker.

Hij heeft haar nagels gelakt, hij wilde haar dus mooi maken. Net zo mooi als de vriendin met wie hij een normale relatie had. In zijn fantasie? Hij kon seks met haar hebben wanneer hij maar wilde. Hij kon naar haar kijken wanneer hij maar wilde. Haar aanraken.

Lot denkt aan de tekening van de vrouw die ogenschijnlijk rustig ligt te slapen, stokstijf op het bed. Een vredige vrouw die geen weerstand biedt. Hij wilde haar voor zichzelf houden.

Waar heeft hij haar al die tijd bewaard?

In het zouthuisje vonden haar collega's geen sporen van ingewanden. Volgens Ferdinand is het onwaarschijnlijk dat ze daar is omgebracht. Dus ze is ergens anders vermoord en bewaard. Waarom zou hij haar verplaatst hebben?

Water, denkt Lot opeens. Volgens Ferdinand zorgt water

meteen voor ontbinding. De ontbinding van het lichaam was net begonnen. Dus het lichaam kwam in aanraking met water en ging ontbinden. Hij verplaatste haar, in de hoop dat die ontbinding zou stoppen.

Ze denkt aan het zinnetje in zijn dagboek. VOOR ALTIJD MOOI.

Water in een kelder. Geen gek idee tijdens de heftigste zomerstorm en stortregen in de Nederlandse geschiedenis. Het water stroomde de Dinkel uit als nooit tevoren. Een kelder die is ondergelopen, dus. De kelder van de dader is ondergelopen!

Ze schrijft op.

** check meldingen ondergelopen kelders afgelopen week*

Waarom is hij überhaupt begonnen met moorden? Waarom was zijn fantasie niet meer voldoende? Wat was zijn *trigger event*, waardoor hij besloot tot actie over te gaan en zijn fantasie te realiseren? Waarom was de stress zo groot? Wat is er gebeurd in zijn leven vlak voor de moord? Ontslagen? Psychische problemen? Het overlijden van iemand om wie hij gaf? Een echtscheiding?

Nee, deze dader woont alleen, want hij is te bang voor vrouwen. Hij heeft geen relatie, dat is de kern van zijn probleem. Hij droomt over een lief meisje, als normale vriendin, maar hij voelt zich extreem eenzaam. Waarom?

Zijn fantasieën dolen waarschijnlijk al jaren achtereen door zijn hoofd. Hij heeft er veel tijd en energie in gestopt. Maar de realiteit is nooit zo mooi en vredig als de fantasie zelf.

Lot weet dat een dader als deze het in zich heeft om meer slachtoffers te maken, om zijn realiteit te verbeteren. Om zijn fantasie te perfectioneren. Ze schudt langzaam haar hoofd. Het wordt nooit helemaal perfect, dat is onmogelijk.

Wat voor jeugd heeft deze man gehad? Iets met weinig vrienden, afwijzing, sociale isolatie zou passen bij dit beeld. Slechte ervaringen met meisjes, met vrouwen. En angst. Heel veel angst.

20

Het eerste wat ze ziet zijn de gerimpelde handen, en dan, als ze haar ogen verder opent, ziet ze ook de schoenen. Van wie...

Ze schiet overeind.

Oriënteren. Focussen. Wie staat er in haar slaapkamer?

'Sorry!' klinkt een lieve, zachte stem. Nu ziet ze ook haar gezicht. 'Ik wilde je niet laten schrikken.'

Lot onderdrukt een vloek en kijkt geschrokken naar de oude vrouw, die met een dienblad voor haar staat. Godverdomme, denkt ze, mens, wat doe je in mijn slaapkamer? Maar vervolgens kijkt ze naar het dienblad, met daarop een boterham met kaas. En een gekookt eitje, altijd maar dat gekookte eitje. Hier kan ze toch ook nooit kwaad om worden? Die vrouw wil gewoon voor haar zorgen en als de prijs is dat zij zich af en toe de tyfus moet schrikken – dan moet dat maar.

'Môgge,' zegt Lot, haast onverstaanbaar.

Ze kucht haar heesheid weg.

'Ik wilde je echt niet laten schrikken, lieve meid,' zegt Hieke. 'Ik hoop niet dat je het erg vindt. Ik hoorde je vannacht nog rondscharrelen, dus ik dacht: je kunt vast wel een lekker ontbijtje gebruiken.'

'Ontbijtje...' herhaalt Lot, om het allemaal nog even tot haar door te laten dringen. 'Hoe laat is het?'

'Geen zorgen,' antwoordt Hieke. 'Het is zeven uur, normaal vertrek je pas om vijf over halfacht. Je hebt nog even tijd.'

Lot kijkt Hieke verwonderd aan, terwijl ze in kleermakerszit op haar bed gaat zitten. Even wakker worden nog. Ze had niet het idee dat ze zo nauwlettend in de gaten gehouden werd.

'Dank je,' knikt ze als ze het dienblad aanneemt. 'Wat lief van je.'

Hieke gaat op de rand van haar bed zitten. Ze lijkt niet van plan om te vertrekken voordat Lot het ontbijt genuttigd heeft. Als een echte moeder.

Lot tikt de schaal van het warme ei tegen het bord kapot en begint te pellen.

'Heb je eigenlijk een liefde?' vraagt Hieke giebelend.

'Een liefde?' lacht Lot. Ze vraagt zich af hoelang de vrouw dit haar al had willen vragen. 'Hoezo?'

'Een vrouw als jij,' zegt ze, 'zo jong en zo mooi. Die hoort toch niet alleen te zijn?'

Lot haalt haar schouders op. 'Waarom niet?'

'Niet dus,' concludeert ze – haast teleurgesteld. 'Je hebt niemand.'

Weer haalt Lot haar schouders op. Met goede tegenzin neemt ze een hap van het ei.

Hieke moest eens weten, denkt ze.

Een korte work-out en een snelle douche later, komt ze de werkvloer op gelopen. Haar natte blonde haar strak naar achteren gekamd, dat droogt nog wel. Jaap zit er al, achter een stomende beker koffie. Hij wijst naar Lots bureau tegenover dat van hem. 'Heb ook al voor jou gehaald, drink maar gauw op, we moeten op pad.'

'Ook goedemorgen,' zegt ze.

'Ja, ja, goedemorgen.'

'Dank je,' zegt ze als ze gaat zitten, 'voor de koffie.'

Ze vindt een notitie op haar bureau van een collega die ze vannacht per mail heeft gevraagd de meldingen van de ondergelopen kelders na te gaan. Op het geeltje leest ze:

Gelijk uitgezocht voor je. Op de gearceerde adressen zijn meldingen binnengekomen van overstromingen. Sorry, ben bang dat je er niet veel aan hebt ;-)

Wat een ijverig type, die collega. Aan het geeltje kleeft een geprinte kaart van de omgeving, die Lot helemaal uitvouwt. Vooral het rechtergedeelte is lichtblauw gearceerd – het stuk dat aan de Dinkel grenst, die buiten zijn oevers is getreden door het noodweer van de afgelopen week. Het linkerdeel is heuvelachtiger, meer bos. En het ligt hoger.

Balen, denkt Lot. Hier heb ik inderdaad niet veel aan. Toch stopt ze het kaartje in haar dossiermap. *You never know*.

'De resultaten van het DNA-onderzoek zijn binnen,' zegt Jaap dan. 'Vandaar dat we op pad moeten.'

Lot neemt vlug een slok. 'En?' zegt ze. 'Is het Lisanne?'

Langzaam schudt hij zijn hoofd. 'Nee...'

'Nee?'

Ze zucht en merkt dat ze zich ergens opgelucht voelt, in naam van de ouders van Lisanne. Ook al weet ze dat dat nergens op slaat.

'Leo heeft gevraagd of wij er straks naartoe willen,' zegt hij dan. 'Om het ze te laten weten, even met ze te praten.'

'Natuurlijk,' zegt Lot. 'Natuurlijk gaan we naar ze toe.'

Lot twijfelt of de ouders dezelfde opluchting zullen voelen als zij – misschien is het wel juist een opluchting als je zeker weet dat ze er niet meer is. Dan kunnen ze het afsluiten. Nu duurt de gruwel van het niet-weten voort. Het moet een beetje voelen als langzaam sterven, als je kind zo lang vermist is. In die eerste weken zoekt iedereen mee, maar naarmate de maanden, soms zelfs jaren, verstrijken neemt de urgentie af. Minder mensen zoeken. Steeds minder mensen weten wat ze tegen je moeten zeggen. Minder mensen voelen met je mee. En op een dag belandt er een stapel nieuwe dossiers boven op dat van jouw kind. En dan is zelfs de politie er niet meer elke dag mee bezig. Dan ben je pas echt alleen als ouder, slechts vergezeld van je eigen bezorgdheid en verdriet.

'Wie is het wel?'

Hij smijt een vuistdik dossier op haar bureau. 'Je suggestie bij de eerste briefing was niet zo vreemd,' zegt hij. 'Een Duits meisje, uit de grensstreek. Iets langer dan een jaar vermist nu. Onze Duitse collega's informeren momenteel de familie.'

'Wauw...' mompelt ze. 'Hoe heet ze?'

'Krista Wolff, net achttien jaar toen ze door haar vader als vermist werd opgegeven.'

'En moeder?'

'Overleden. Krista was met ruzie van huis vertrokken,' gaat Jaap verder. 'Voor het laatst gesignaleerd op het zomerfeest hier in het dorp. En daarna is niets meer van haar vernomen.'

Lot opent de dossiermap en voelt het kriebelen in haar onderbuik. Zomerfeest? Hier wil ze het fijne van weten. Ze knakt met haar vingers. Jammer dat ze niet eerder over deze zaak had gehoord. Dat is het suffe van die landsgrenzen, daardoor mis je dingen. En de dader wordt daarentegen niet geremd door grenzen.

Ze slaat een pagina om en verdiept zich algauw in een relaas over het onderzoek van een jaar geleden. Jaap staat op. 'Later, Lot. We moeten nu eerst naar de ouders van Lisanne, kom op.'

Ze knikt en staat ook op. Hij heeft gelijk: die twee arme mensen gaan nu even voor.

Als Jaap op de deurbel drukt, wordt de deur direct opengedaan door een jonge meid van een jaar of zestien, alsof ze al stond te wachten. Donkerbruin krullend haar, tot op haar schouders.

Zusje?

'Jullie zijn van de politie.'

Lot knikt en steekt haar hand uit. Lot van Dijk, recherche Twente. Dit is mijn collega Jaap Broekhuizen.'

'Stefanie,' mompelt ze. 'Hebben jullie nieuws? Over Lisanne?'

Jaap wijst naar de woonkamer. 'Mogen we even binnenkomen?' vraagt hij. 'Zijn je ouders thuis?'

Ze laat het tweetal binnen. 'Ik zal ze even roepen voor jullie.'

Verslagen druipt ze af, waarschijnlijk bang voor het nieuws dat ze haar en haar ouders te vertellen hebben. Lot wil haar alvast zeggen dat ze niet hoeft te vrezen dat het meisje met de nagellak, dat ingedroogd en alleen in het bos hing, haar zusje was. Dat er nog een sprankje hoop is voor de familie. Maar ze moet het protocol volgen. Eerst de ouders erbij halen. Stap voor stap.

Dan valt haar oog op een stapel in plastic verpakte, zwarte T-shirts met de opdruk BURGERWACHT. Ze tikt Jaap aan en wijst ernaar. 'Hier vertelde Hieke al over, ze willen gaan surveilleren als buurtbewoners. Daar is over gesproken op de informatieavond.'

Jaap zucht hoofdschuddend. 'Slecht idee.'

'Vooral gevaarlijk...'

Daar zijn ze weer, met zijn drieën. Vragende ogen, lippen die zijn veranderd in angstige streepjes. Ze houden elkaars hand vast.

'Nee,' zegt Lot dan gauw. 'Het gevonden meisje is Lisanne niet.'

De vrouw doet haar hand voor haar mond en begint te snikken. Haar man omhelst zijn vrouw en fluistert zachte woordjes in haar oor. Dan kijkt de vrouw weer even op naar Jaap en Lot. 'Echt, echt niet? Jullie weten het zeker?'

Jaap knikt. 'Heel zeker. We hebben DNA-onderzoek gedaan. Het is een meisje uit Duitsland.'

Het zusje gaat zitten op een gammele keukenstoel en legt haar arm met de binnenkant naar boven op tafel. In sierlijke, getatoeëerde letters wordt de naam Lisanne zichtbaar. Als ze Lot ziet kijken, zegt ze: 'Die heb ik laten zetten. Zo heb ik haar toch een beetje bij me, tot ze weer terugkomt.' Ze drukt haar arm tegen haar borst, een traan ontsnapt uit haar ooghoek. Haar vader legt zijn hand op haar schouder.

'Uiteraard blijven we aan de zaak van jullie dochter werken,' zegt Jaap.

'Kennen jullie ene Krista Wolff?'

'Is dat het meisje?' vraagt Stefanie. 'Dat dood is?'

Lot knikt. 'We willen graag een verband uitsluiten.'

De vader slaat zijn armen over elkaar. 'Een verband met onze dochter, bedoel je? Godverdomme, denk je soms dat ze is gegrepen door dezelfde moordenaar? Verdomme...'

Jaap houdt zijn handen omhoog. 'We denken helemaal niets, dit is allemaal standaardprotocol. We vragen dit soort dingen gewoon voor de zekerheid, alle informatie die ons kan helpen in het onderzoek is welkom.'

De man steekt zijn handen een beetje verloren in zijn zakken. 'Stefanie,' zegt hij. 'Ken jij die Krista?'

Het meisje verschuilt zich huilend achter haar krullen en schudt zachtjes haar hoofd. 'Nee, dus,' zegt haar vader. 'Kennen we niet.'

'Bedankt,' zegt Jaap. 'We begrijpen dat dit ontzettend moeilijk voor jullie moet zijn. Als jullie nog vragen hebben, kunnen jullie altijd contact opnemen.' Hij geeft zijn kaartje en knikt meelevend. 'Dan eh, dan gaan we maar weer eens.'

De vader loopt mee naar buiten. Lot vangt zijn blik – alsof hij hun wel wat aan kan doen. 'Ik wil niet dat mijn vrouw dit hoort,' zegt hij terwijl hij ingehouden met zijn vuist op het dak van de auto beukt. 'Maar ik wil dat jullie die Zacharias verdomme nou eens een keer van de straat halen.'

Blijkbaar hebben ze de krant nog niet gelezen vandaag. Grote koppen berichten over dat 'de hoofdverdachte in de zaak zomermeisjes' onwel is geworden en naar het ziekenhuis is afgevoerd. Zacharias V. is weliswaar onherkenbaar gemaakt op de foto, maar door zijn postuur en opvallende naam is hij wel degelijk herkenbaar voor iedereen in dit dorp.

Lot kijkt op. 'Wat dan?'

'Hij is haar ex.'

'Haar ex?'

Zo, die zag Lot even niet aankomen.

Hij knikt. 'Van mijn dochter, Lisanne. Ze gingen een paar maanden met elkaar om, toen hij net terug was uit Verweggistan. Ik vond het helemaal niets met die gast, maar goed, zij zag wat in hem.'

'Wie verbrak de relatie?'

Hij haalt zijn schouders op. 'Ik weet het niet zo goed, maar ineens was het over. In tranen was ze. Maar ze sprak er met geen woord over, zelfs niet met Steef. En een maand later is ze vermist. Dit heb ik overigens een jaar geleden ook allemaal verteld na haar vermissing, het staat verdorie al-le-maal voor jullie uitgespeld in het dossier. Het maakt me woest dat jullie dit niet eens weten.' Hij begint schokkend adem te halen. Als hij praat, lijkt hij kalm, maar achter die kalmte schuilt een wilde beer die bijna de aanval inzet.

Lot schudt haar hoofd. Ze herinnert zich deze verklaring zeker niet, terwijl ze het dossier van begin tot eind heeft gelezen. Misschien is de verklaring zoekgeraakt. Schandalig, maar het gebeurt soms.

'Maar goed, ik zeg het nu nóg een keer, omdat ik ver-do-rie in het dorp hoorde dat die Zacharias die meid heeft gevonden, in het bos. Dat is toch niet normaal, mensen? Ik geloof het niet hoor, dat dat toeval is. Ik geloof het niet. Hij moet er wel iets mee te maken hebben, horen jullie me? Het moet wel.'

Hij slikt en bonst nog eens ingehouden met zijn vuist op de auto. Lot kijkt naar zijn kaken, de kiezen die op elkaar gedrukt blijven als hij de woorden uit zijn mond knauwt. Hij is als een wilde beer. Eén keer knippen met haar vingers, één keer het verkeerde zeggen en hij valt aan.

'Haal hem van de straat, verdorie,' knauwt hij nogmaals. 'Die gast is gek.'

Jaap kijkt haar kort aan. Ze knikt. 'We gaan erachteraan.'

21

‘Heb je dat meisje vermoord, Zacharias?’

Goedemorgen. Leo begint lekker. Zelf schijnt hij erg te spreken te zijn over zijn manier van verhoren.

Glazig kijkt de militair hem aan vanuit het ziekenhuisbed waar hij nog steeds ter observatie ligt. Zijn ogen richten zich nu op Lot. Iets in haar zegt dat hij haar om hulp vraagt, maar ze weet niet of ze zich dat nu alleen verbeeldt. Hulp die zij hem niet bieden kan. Of wil.

‘Die missie,’ gaat Leo verder, ‘naar Afghanistan. Die was nogal heftig voor je, hè?’

Hij slaat zijn ogen neer. Geen antwoord.

‘Hoe zat het ook alweer? Een van je maten is dodelijk geraakt door een bermbom?’

Zachtjes knikt hij. Met schorre stem: ‘Damian.’

‘Damian?’

Weer knikt hij. ‘Damian Jansen, een van de beste gasten van de wereld. Ik mis hem nog steeds.’

‘Je mist hem.’

‘Ja.’

‘Dus dan ga je je zus maar slaan,’ zegt Leo. ‘Logisch.’

Jezus. Lot weet dat het soms zinvol is om een verdachte te confronteren, maar dan wel met een reden, en goed doordacht. Ze knakt haar vingers uit frustratie als ze het verhoorplan ongeopend op zijn schoot ziet liggen. Zij heeft de opdracht gekregen om Leo zo veel mogelijk aan het woord te laten en vooral te observeren, maar het kriebelt. Het liefst zou ze het verhoor zelf leiden.

Voorzichtig schuift ze een bekertje water over het tafeltje van zijn bed. 'Voor jou,' zegt ze. 'Drink wat.'

'Bedankt,' fluistert hij. En dan, met een brok in zijn keel: 'Ik weet dat ik fout zat, daar moet ik de rest van mijn leven voor boeten, want mijn eigen zusje kijkt me nooit meer aan. Maar wat doe ik hier nou toch? Heeft ze weer aangifte gedaan? Ik heb haar in geen weken gezien.'

'Dit gaat niet over je zus, Zacharias,' zegt Lot. Leo draait zich om en knikt haar toe. 'Dit gaat over het dode meisje dat je hebt gevonden.'

Hij knikt verward, herinnert zich Leo's openingsvraag waarschijnlijk weer. Hij gaat rechtop zitten, schudt het kussen in zijn rug wat op. 'Jullie willen weten of ik haar vermoord heb, is dat de vraag?'

Lot knikt. 'Geef maar gewoon antwoord.'

Hij schudt zijn hoofd. 'Dat jullie dat vragen, ik heb jullie zelf gebeld.'

'Dat doen wel meer daders.'

'Ze hing er zo vredig bij,' mompelt hij hoofdschuddend. 'Ik vond het haast inspirerend, begrijp je? De dood geeft zoveel rust. Dat lijkt me heerlijk, rust.'

Leo kucht. 'Heb je iets met de moord te maken, Zacharias?'

'Nogmaals dezelfde vraag?'

'Ja.'

'Dan geef ik je nogmaals eenzelfde antwoord. Nee, inspecteur. Absoluut niet.'

Even kijkt Leo naar Lot, ze meent frustratie in zijn ogen te herkennen. Hopelijk ziet Zacharias dat niet, want dan sta je 1-0 achter als verhoorder. Ze knikt. Hij gaat hem erin gooien, ze weet het.

'Heb je een vriendin?' vraagt hij dan.

Langzaam schudt de militair zijn hoofd. 'Nope,' zegt hij.

Leo kijkt – voor de bühne – even het verhoorplan in. 'Ja, ik begreep dat het nog maar net uit was, tussen jou en Lisanne,' zegt hij. 'Toen ze verdween.' Na een korte pauze: 'Ze was je vriendinnetje, toch? Zacharias?'

Zacharias kijkt omlaag, zwijgt.

'Dus misschien zocht je troost, liep het uit de hand en vermoordde je haar.'

Zijn blik nu strak vooruit. Eén keer ademhalen, rustig weer uit, twee keer ademhalen, en dan weer loslaten, zijn ogen op Leo gericht. Hij is weer scherp.

'Ab-so-lu-te onzin,' zegt hij dan, uiterst kalm.

'Het klinkt niet on-denk-baar,' oppert Lot, op dezelfde toon.

Leo kucht in zijn vuist en gaat achterover zitten, als een haantje dat de buit binnen heeft. 'Ik zou het zelfs aannemelijk noemen.'

'Onzin!' roept Zacharias nu. Hij springt uit bed en begint woest te ademen.

Korte blik tussen Leo en Lot. Ze hebben hem waar ze hem hebben wilden.

'Rustig,' gebaart Lot dan. 'Rustig maar.'

'Nee!' schreeuwt hij, inmiddels dreigend voor haar. 'Ik ga helemaal niet rustig doen. Wat zeggen jullie nou toch? Ik heb helemaal niemand vermoord.' Hij houdt zijn handen voor zijn ogen. 'Nee,' fluistert hij dan. 'Dat lieg ik.'

'Dat lieg je?'

Zijn handen weg, een verwarde blik. 'Ik heb dat méisje niet vermoord,' fluistert hij hoofdschuddend. 'Echt niet. Mag ik nou rust? Ik wil hier weg, ik wil gewoon terug naar mijn tent, ik wil rust. Ik wil dit allemaal niet.'

Leo gaat achterover zitten en laat zijn handen ineengevouwen op zijn dikke buik rusten. Hij ziet er met de dag slechter uit, denkt Lot.

Hij zucht diep. 'Nee, dat had dat meisje nou ook,' mompelt hij. 'Die wilde het ook allemaal niet.'

'Waar ken je Bob Altena van?' vraagt Lot.

'Bob,' herhaalt Zacharias verward. 'Bob.'

'Ja, Bob, die bij je was in het bos.' Ze pakt het verhoorplan van Leo over en kijkt erin. 'In je verklaring staat dat hij daar toevallig was, dat hij daar als stroper vaak rondloopt. Beetje vroeg, of niet?'

'Ik loop daar zo vaak vroeg...'

'Waar ken je hem van?' onderbreekt Lot hem. Ze kijkt naar hem op, terwijl hij nog steeds voor hen staat. 'Geef gewoon antwoord.'

'Hij is een eh...' twijfelt hij. 'Een vriend.'

Hij stapt weer terug in bed. Trekt het laken over zich heen. Het ene moment een dreigende bom agressie, nu weer het zielige vogeltje. Lot volgt zijn handelingen met argusogen. Er klopt geen bal van.

'Een vriend?'

Hij knikt.

'En waar ken je hem van?'

'We kennen elkaar al jaren.'

'Wáár ken je hem van, vraagt ze,' zegt Leo, wiens geduld opraakt.

Zacharias kijkt Leo enigszins dreigend aan, alsof hij hem wel zou kunnen wurgen. Agressie. Dan verzacht zijn blik weer. Vogeltje. Agressie, vogeltje, agressie, vogeltje. Het is een patroon.

'We werken samen in de stallen. Als ik eh... nu ik niet meer in het leger zit, zeg maar. Ik mag niet meer. Ze hebben me gek verklaard.' Hij ademt diep in en tergend langzaam uit. 'En nu beun ik bij in de stallen. Ik heb niet veel nodig, niemand vraagt huur voor een tentje in het bos...'

'Welke stallen?' vraagt Lot.

Leo kijkt haar aan. Domme vraag? Misschien, maar zo werkt het in haar brein. Niet zelf invullen, de verdachte het verhaal laten vertellen.

'Die van Altena. Bob is samen met zijn vier broers een van de vaste medewerkers. Daarnaast werken er nog wat parttimers, waaronder ik.'

'Wat deed hij bij je in het bos?'

'Zoals we al verteld hebben, hij was daar toevallig.'

'Lul toch niet, jongen,' zegt Leo. 'Wat deed hij daar?'

Zacharias zwijgt.

Lot kijkt van de een naar de ander en twijfelt heel eventjes wie er eerder een stoot zou kunnen uitdelen. Leo beukt op het tafeltje. Water gutst over de rand van het bekertje. 'Kom op, geef eens antwoord,' buldert hij ineens. 'Waarom was die gast daar? Hebben jullie het soms samen gedaan? Hebben jullie die meid samen vermoord?'

'Hou toch op!'

'Ja,' besluit Leo dan. 'Jullie hebben dat meisje samen vermoord.'

Lot slaat haar ogen neer. Heeft ze net zorgvuldig iets opgebouwd, dendert Leo er zo, bam, overheen met zijn vette mammoetpoten.

'Van Dijk,' zegt Leo zakelijk – zijn blik onophoudelijk gericht op Zacharias – 'laat Bob Altena maar ophalen. We gaan hem nogmaals horen.'

Net als ze het zwijgende gelaat van Zacharias bestudeert, gaat de ziekenhuisdeur open. Jaap staat in de opening en wenkt het tweetal.

'Kan dit wachten?' bijt Leo hem toe.

Jaap zegt nee zonder woorden, maar de blik in zijn ogen vertelt Lot genoeg. Dit is ernstig. Hoe ongelukkig zijn timing ook is, hij zal niet zomaar naar het ziekenhuis komen om het verhoor te onderbreken. Ze loopt direct de kamer uit, gevolgd door een in zichzelf mokkende Leo.

De deur valt in het slot, maar door de jaloezieën voor het raampje ziet Lot dat Zacharias zich snikkend op het bed laat zakken. Ze schudt haar hoofd. Ze weet er nog geen hoogte van te krijgen, van die gast.

Dan houdt Jaap zijn autosleutels pontificaal voor haar neus.

'Slecht nieuws. We hebben nog een lichaam.'

22

'Dededededem. Prrrrrt. Dedededeeeeem!'

Als een bezetene hupsen zijn kleine voetjes over de zachte wei, met de grote tak rustend op zijn onderarm. Hij snuift de vertrouwde geur van koeienmest op, terwijl hij van de ene naar de andere kant van het veld rent. De halve voetbal boven op zijn hoofd wiebelt mee met zijn beweging. Dan stopt hij en richt hij weer met zijn tak. 'Dedededem. Prrrrrrrt!'

De buurman steekt zijn hoofd om de schuur naast het huis waar hij met moeder woont. De buren hebben een veel groter huis om in te wonen. Zij hebben die ruimte eigenlijk ook, maar moeder heeft die ruimte nodig voor haar werk en vindt het onzin om meer ruimte te maken voor zijn troep.

'Hé, kleine soldaat,' zegt de buurman. 'Kan het iets zachter?'

Hij zwijgt, slaat zijn ogen neer. Is hij toch weer tot last geweest. Als moeder het maar niet te weten komt.

De man steekt zijn grote hand uit. 'Kom, jongen, ik heb wel iets leuks voor je.'

Hij legt zijn geweertak aarzelend neer in het gras en loopt op de buurman af. Als hij naast hem staat, heft die zijn hand. Hij trekt zijn schoudertjes al samen en knijpt zijn ogen dicht, maar dan klopt de buurman hem alleen maar zachtjes op zijn rug.

'We hebben een nieuwe bewoner,' zegt hij. 'Kom maar kijken.'

Hij volgt hem langs de schuur de tuin van de buren in. De buurman staat stil voor een houten hok met gespannen kippengaas. Er hangt een flesje op zijn kop aan het gaas, vastgebonden met ijzerdraadjes. In het hok ziet hij verder alleen maar stro. Hij vraagt zich af wie daar in hemelsnaam in zou willen wonen.

De buurman maakt een smakkend geluid met zijn lippen en grinnikt. 'Hij is nog een beetje verlegen,' zegt hij. En dan weer dat geluid. 'Kijk,' fluistert hij dan. 'Kijk, daar is hij.'

Een pluizig konijntje, met veel te lange oren, maakt twee keer een wipje naar voren, zodat hij hem een stuk beter kan zien.

'Een konijn!'

Die woont hier dus.

'Vind je hem lief?'

'Ja.'

'En wat dacht je ervan om hem te aaien, jongen? Zou je dat leuk vinden?'

Hij knikt en knippert. Spannend vindt hij het ook wel, want hij heeft nog nooit een bewegende knuffel geaaid. Het zou wel leuk zijn.

De buurman duwt een schuifje opzij, zodat het deurtje van het hok helemaal open kan. Hij steekt die grote, grove hand zo naar binnen. Hij kan het stro horen ritselen. Wip, wip, wip. Het konijntje verdwijnt weer uit het zicht, in een donker hoekje van het hok, dat is beschut met een extra wandje.

'Nou, kom nou, beessie,' zegt hij. 'De buurjongen wil je aaien.'

'Wil hij niet?'

Dan klinken voetstappen achter hem. 'Natuurlijk wil hij niet,' zegt moeder. 'Je hebt weer door de mest lopen stoeien. Je stinkt. We gaan je nu wassen.'

De buurman lacht een beetje en doet het hok weer dicht. 'Sorry, jongen. Volgende keer beter, dan.'

Hij knikt. En laat zich naar huis duwen door moeder. Hij voelt het al aan haar aanraking. Hij hoort het aan haar ademhaling. Hij ziet het aan haar ogen. Ze is niet blij. En dat komt door hem.

'Zo,' zegt ze als ze hem naar binnen duwt. Op tafel staat een teil met water en een washand. Ernaast ligt het stuk zeep dat hij altijd moet gebruiken. 'Wassen nu. Je stinkt!'

Hij wil niet, want het water is koud en als hij zich daarmee wast wordt hij ook helemaal koud.

Zachtjes schudt hij zijn hoofd. 'Mag ik nog even buiten spelen, moeder?'

Ze draait zich om en laat haar hand in een vlugge beweging tegen zijn wang klappen. 'Genoeg zo! Je stinkt! Wassen. Nu!'

Als hij zich gewassen heeft, wordt het algauw donker en moet hij naar bed.

In bed kan hij niet slapen. Hij denkt aan het konijntje, dat niet door hem geaaid wilde worden. Hij wilde zo graag, maar het konijntje vindt dat hij stinkt. Wat jammer.

Maar nu heeft hij zich gewassen. Misschien is het nu anders?

'Ik kom zo terug,' fluistert hij tegen Beer.

Hij klautert uit bed en luistert goed, maar moeder zit in haar werkkamer met de luide muziek die ze altijd luistert. Hij kan zo heen en weer lopen zonder dat ze het in de gaten heeft. Stiekem loopt hij de trap af en gaat naar beneden, waar de geur van moeders wierook hangt.

De achterdeur is nog open. Hij opent de deur en sluipt op zijn blote voetjes de donkere nacht in. Het gras kietelt koud onder zijn voeten, anders dan wanneer de zon het veld heeft verwarmd. Prikkeliger. Even staat hij midden in de wei stil en laat zijn schouders hangen. Hij ademt in. En weer uit. Wat een rust voelt hij ineens. Wat lekker. Het voelt net alsof het donker zijn vriend is.

Dan loopt hij verder, naar de schuur. Eerst even kijken of er iemand is.

Hij kijkt naar de ramen in het huis van de buren en tuurt door hun tuin, maar hij ziet niemand. Stap voor stap vervolgt hij zijn weg naar het houten hok van het konijn. Daar is het al, onder het flauwe schijnsel van de lantaarn die aan het muurtje erachter hangt. Hij had goed opgelet hoe de buurman het aanpakte vanmiddag en hij weet het nog. Hup, schuifje naar rechts. En dan zo, ja, voorzichtig het deurtje laten kiepen.

'Knijntje,' fluistert hij. 'Knijntje, zo ga ik je noemen. Waar ben je, Knijntje?'

Hij hoort hem wippen. Ritsel, ritsel, door het stro. Maar nou ja, hij komt niet naar hem toe. Weer niet. Hij wipt weer helemaal tot in de hoek van het hok, zodat hij hem bijna niet meer kan zien in het donker.

Moeder zei dat hij stonk. En dat het konijntje daarom niet door hem geaaid wilde worden. Maar nu heeft hij zich gewassen, dat kan hij toch ruiken?

'Knijntje,' fluistert hij. 'Ik stink niet meer, hoor. Kom maar.'

Het konijntje blijft zitten, op precies dezelfde plek als vanmiddag. Hij komt helemaal niet naar hem toe. Hij wil helemaal niet door hem geaaid worden.

Verdorie. Hij wil Knijntje aaien. Genoeg zo!

'Knijntje,' gromt hij. 'Nu komen, hoor. Nu is het niet leuk meer.'

Er verandert niets. Even denkt hij erover om terug naar huis te gaan en weer bij Beer in bed te kruipen, maar dan bedenkt hij iets anders. Hij buigt helemaal voorover in het hok en zoekt met zijn handjes naar de bewegende konijnenknuffel. Dan voelt hij ineens iets zachts. O jee, het konijntje wipt van schrik weer een eindje verder. Nu moet hij toeslaan, dit is zijn kans. Hij zoekt weer naar het zachte en zodra hij het voelt onder zijn vingertjes, klemt hij zijn handen strak om het beestje heen.

'Hebbes!'

Het beest spartelt en wurmt en beweegt wild. 'Rustig nou,' fluistert hij. 'Doe nou eens rustig.'

Maar het konijntje doet niet rustig. Hij wil helemaal niet dat hij hem vasthoudt. Hij wordt nu echt heel boos.

Dan begint hij te knijpen, zo hard hij kan. Het konijntje sputtert tegen en beweegt heel wild tussen zijn handjes, maar hij blijft een flinke jongen en hij blijft knijpen in zijn nekje. Hij wil hem alleen maar aaien, zo erg is dat toch niet? Als hij hem nou eventjes knijpt, dan wil hij misschien wel bij hem blijven. Dan snapt hij dat het best leuk zal zijn om door hem geaaid te worden.

Ineens houdt het spartelen op. Zie je wel, het helpt.

Het konijntje beweegt niet meer. Hij is eindelijk rustig en wil niet meer wegwippen. Tevreden gaat hij zitten, met zijn pyjama in het koele, prikkerige gras.

Het konijntje mag op schoot. En hij mag aaien.

23

'Je stinkt!'

Het busje hobbelt over de donkere zandweg. De geur van achterin is haast niet meer te harden. Het heeft al veel te lang geduurd. Hij had veel eerder moeten accepteren dat ze verloren zou zijn, net als zijn eerste. Het maakt hem gek dat hij dit nu moet doen. Hij kan het wel uitschreeuwen. Hij zou kunnen janken.

Maar toch, hij draait zich even om. 'Je stinkt!'

Hij moet er niet aan denken om haar nog te moeten aaien, met die vieze stank die ze uitscheidt. Het is over en uit. Ze moet weg. Hij moet van haar af.

Dat het zoveel dagen heeft moeten duren voordat hij tot dat inzicht kwam. Hij kon het niet, afscheid nemen. Maar in zijn hoofd is het al dagen duidelijk: hij moet haar kwijt. Mooi is ze ook al niet meer. Straks ruiken de buren het nog. Straks komt de politie hem op het spoor. Dat kan de bedoeling niet zijn. Ze begrijpen hem vast weer niet.

Hij denkt terug aan de nacht dat hij werd gepakt door die agenten. De eerste en laatste keer, dat heeft hij zichzelf toen beloofd. Het zal nooit meer gebeuren, nooit meer, nooit meer, nooit meer. Ze deden zo boos. En hij was zo verschrikkelijk bang geweest. De grote handen van de buurman zag hij als eerst. Daarna zijn ogen, die hem woedend aankeken. Hij pakte het konijntje van zijn schoot, dat daar zo heel rustig lag. Abrupt moest hij stoppen met aaien, want nu was Knijntje van hem afgenomen.

De buurman vloekte hard. Het klonk als onweer in zijn oren.

Hij was helemaal koud geworden, zijn benen voelden klam van het gras, zijn vingers, zijn neus, zijn nek. De buurman kneep heel hard in zijn bovenarm en sleurde hem mee naar binnen. In zijn andere hand het konijntje, dat nog steeds rustig was. Hij was ervan overtuigd dat het door het lieve aaien kwam, dat hij zo rustig was, maar de buurman bleef maar schreeuwen. 'Je hebt hem vermoord!' riep hij. 'Je hebt hem vermoord, vuile dierenbeul.'

Hij wist niet wat hij moest zeggen. Hij wist niet wat hij bedoelde, de buurman, met dat woord.

'Ik wilde hem alleen maar aaien,' zei hij terug. 'Hij vond het heus fijn.'

De buurman had harder geknepen. En even later kwamen er agenten binnen in het huis van de buurman en zijn vrouw. De kinderen lagen in bed. Het was alleen hij, de buurman, de buurvrouw en Knijntje, die hij pontificaal op de eettafel had uitgestald.

'Is hij dood?' vroeg hij nog aan de buurman. 'Is Knijntje dood?'

De buurman schudde zijn hoofd en tikte ertegen, met zijn wijsvinger. 'Je bent geschift, jongen.'

De agenten namen hem mee naar moeder, ondanks het feit dat hij hun smeekte dat ze niet moesten aanbellen en dat ze niets tegen haar moesten zeggen. Ze deden het toch. Ze belden aan en vertelden het verhaal over dat hij Knijntje had vermoord.

'Aaien, moeder,' zei hij. 'Ik was alleen maar aan het aaien. Ik stink niet meer, toch?'

Moeder had hem genegeerd en haar excuses aangeboden aan de agenten. Ze zou ervoor zorgen dat er een nieuw konijn kwam, zei ze. En ze zei dat ze hoopte dat ze erop zouden vertrouwen dat ze haar zoon straf zou geven.

De agenten vertrouwden daarop en lieten hem alleen achter bij moeder. Hij werd naar binnen gesleurd, nu aan zijn andere arm, en in een hoek gesmeten, waar hij de rest van de nacht en de volgende dag moest zitten.

Zonder eten. Zonder drinken. Zonder praten.

Hij schrikt van een vleermuis, die rakelings langs de voorruit fladdert. Hij volgt het beest dat verdwijnt in het donkere niets tussen de bomen. Het is algauw licht, hij moet zo weer terug naar zijn stek, zich klaarmaken voor zijn werk. Ineens weet hij waar hij haar naartoe moet brengen. Dat hij daar niet eerder opkwam. Het is de perfecte plek. Een perfect einde, voor een bijna perfecte vriendin.

24

De geur van urine en stro dringt zijn neus binnen als hij de stallen in sloft. Het zuur dat boven komt borrelen slikt hij in. Routineus pakt hij de bezem en begint gauw wat te vegen op het looppad. Maar dan voelt hij de hand al op zijn schouder.

Hij slikt, haalt adem en plakt zijn kapotte, droge lippen op elkaar, in de hoop dat hij niet zal ruiken.

'Zoveelste keer te laat, jongen,' zegt de baas. 'Als dat zo door blijft gaan, moet ik je laten gaan, dat begrijp je toch zeker wel? Het is hier zes uur beginnen, en niet later. Hoe laat ben je hier? Halfacht? Het is bespottelijk. Er zijn genoeg jongens en meiden die je werk met liefde willen overnemen.' Fluisterend: 'Ik heb je verdorie in dienst omdat je familie bent, maar er zijn grenzen aan wat ik kan toelaten.' Hij buigt zich wat naar voren. Ook al is de baas kleiner van stuk dan hij, zijn autoriteit beangstigt hem. De man haalt een hand door zijn halflange haar en snuffelt vervolgens wat om zich heen, een beetje als de schapendoes van de buurman. 'Hè, gat, heb je nou ook weer gedronken, jongen?' Hij kijkt op zijn horloge. 'Het is verdomme nog geen acht uur, beheers je toch eens. Of heb je een probleem? Moet je me iets vertellen?'

Hij staart zwijgend naar het verspreide stro op de vloer, de op te ruimen mestemmers en het voer dat nog verdeeld moet worden. Er wacht hem nog een bulk werk voordat de eerste lesgroep komt om halfeen.

De baas knijpt even in zijn schouder, heel kort, maar hard genoeg om zijn ernst te laten blijken. 'Moet je me iets vertellen, jongen?'

'Het spijt me,' zegt hij dan, starend naar de zwarte randen onder zijn nagels. 'Het zal niet meer gebeuren.'

'Dat mag ik hopen. En nu aan het werk. Nog één keer te laat of met een slok op hier verschijnen en je ligt eruit. Knoop dat in je oren.'

Hij knippert met zijn ogen. Het motje in zijn ogen. Het wil er niet uit. 'Doe ik,' trilt zijn stem.

Als de baas weg is, verschijnt Henk grinnikend uit een hoek van de stallen. 'Had pa weer de pik op je vandaag?'

Hij haalt zijn schouders op. 'Ik was te laat.'

Henk haalt zijn neus op en wipt een pepermuntje uit het borstzakje van zijn overall. 'Hier,' zegt hij. 'Je stinkt een uur in de wind, gast. En heb je slecht geslapen, of zo? Je ziet er niet uit.'

Hij denkt aan zijn meisje. Aan het afscheid, het bruut verstoorde afscheid, dat hem een knoop in zijn maag bezorgt. Hij denkt aan de consequenties die daarop onvermijdelijk moesten volgen. Het was zijn bedoeling niet om iemand dood te maken.

'Ik zal vanavond vroeg naar bed gaan.'

En dat is oprecht iets waar hij naar verlangt. Hij is zo verschrikkelijk moe, denkt hij terwijl hij op het pepermuntje sabbelt. Moe van alles.

Dan begint het vegen, met zware spieren en slaperige ogen. Het hele pad moet vrij zijn, netjes worden. Na het vegen vult hij emmers met heet water en sop. Die gooit hij leeg over het pad en vervolgens dirigeert hij het bruisende nat met zijn bezem naar de goot.

Als hij toeziet hoe het water de goot in sijpelt, realiseert hij zich dat hij alles kwijt is wat hij had. Zo had hij er twee, nu heeft hij er geen meer. Eén was eigenlijk al genoeg, maar die tweede was een cadeautje – omdat hij het niet laten kon. Zoals moeder zich vroeger in een wilde bui graag trakteerde op een nieuwe ketting. Maar van twee naar nul is ondraaglijk.

Hij moet zich zo snel mogelijk gaan bezinnen op een oplossing, want het leven zonder zijn meisjes valt hem zwaar, nu al.

Alles wat perfect was, is in duigen gevallen. Ze zijn gevonden, ontmaskerd, afgepakt door het ongeluk.

En misschien komt de politie hem nog wel op het spoor ook.

Een nachtmerrie. Niemand zal hem begrijpen, niemand.

Hij heeft niemand.

Hij begint hevig te knipperen, zo erg dat het hem duizelt. Misschien valt hij straks wel flauw. Henk komt met een voederbak aangeslenterd. 'Nou, vroeg naar bed lijkt me geen overbodige luxe, gast. Je houdt je ogen haast niet open.'

Hij glimlacht en steekt zijn duim op.

Genoeg zo! Het is tijd dat Henk zich weer met zijn eigen leven gaat bemoeien.

Ineens, als hij zo kijkt naar hoe Henk de voederbakken ververst, schiet hem een oplossing te binnen. Misschien wordt het wel gewoon tijd voor een nieuwe. De allerlaatste. Want zonder meisje door het leven gaan is voor hem geen optie meer.

'Nee,' fluistert hij in zichzelf. 'Nee, geen optie meer.'

25

Ze lijkt opgeslokt door de aarde, die haar in een naïeve onschuld heeft verwelkomd. Er is geen uitdrukking op haar gezicht te ontdekken, ook al is ze opvallend opgemaakt. De knalrode nagels tekenen zich fel af in het grauwe graf. Het meisje dat dit lichaam ooit bezielde is allang verdwenen en krijgt niet meer mee dat haar naakte intimiteit grandioos wordt geschonden. Toch krijgt Lot het een beetje benauwd als ze aan het meisje denkt. Ongedierte heeft haar plaats ingenomen. Een roestige schep is op haar benen gekwakt, die in onnatuurlijke positie onder het lichaam zijn geschaard. Haar armen steken omhoog, bijna alsof ze smeekt: 'Haal me hieruit!'

Terwijl het forensisch circus weer wordt opgetuigd, knielt Lot neer naast Jaap. De lucht is niet te harden, maar toch bukt ze voorover en kijkt van dichtbij naar het been van het slachtoffer.

'Wat doe je?' fluistert Jaap, met zijn blik angstvallig gericht op Leo, die even verderop in druk overleg is met de leden van het forensisch team.

'Ja, dacht ik al,' zegt Lot. 'Leerachtig, net als het andere meisje.'

'Dezelfde dader.'

Ze knikt. 'Ik denk het. Dat bewaren van meisjes, dat lijkt zijn handtekening.'

Ze staan op en lopen weg van de stank. Leo wenkt ze.

'Dit is Jos Verhagen, beheerder van de begraafplaats. Meneer Verhagen, dit zijn mijn collega's. Zij gaan u wat vragen stellen.'

Leo sjokt bellend weg naar de dienstauto. Gauw terug naar zijn veilige bureaustoel.

Jaap schudt Jos Verhagen de hand. Als de man zijn hand ook

uitsteekt naar Lot, steekt ze haar vinger op. 'Een momentje.' Ze vist een tube desinfecterende alcohol uit haar jaszak en smeert haar handen in. Dan steekt ze haar hand uit. 'Lot van Dijk, recherche Twente.'

'Wie heeft het slachtoffer gevonden?' vraagt Jaap.

'Een van mijn mensen. Hij moest het graf in orde maken voor de begrafenis vanmiddag. Het was gisteren gegraven, maar op de dag zelf checken we nog altijd even of alles er netjes uitziet. Denkt u...' stamelt hij. 'Is het misschien al te zeggen...'

'Of het graf gebruikt kan worden?' vraagt Jaap.

De man knikt.

Lot glimlacht vriendelijk. 'Dat is uitgesloten. Het onderzoek is net begonnen.'

'Ja, ja,' knikt de man teleurgesteld. 'Uiteraard.'

Ze opent haar notitieboekje. 'Wie zou er vanmiddag in begraven worden?'

'Maria van Zanten, de vrouw van de dominee. Zij is onlangs helaas overleden.'

Ja, denkt Lot, dat begrijp ik ook wel, dat ze is overleden.

'Is iemand iets opgevallen?' vraagt ze dan. 'Wat is hier de afgelopen dagen gebeurd? We willen alles tot in detail weten. Wie waren er, wanneer waren die er?'

Lot voelt de telefoon in haar zak trillen. Ze kijkt even. Weer dat onbekende nummer. Ze drukt het weg en stopt het ding weer in haar achterzak.

'Er is hier in de late nacht wel iemand gezien,' zegt hij. 'Door collega's van jullie, surveillanten. Ze zagen een of andere vent rondscharrelen rondom dit graf. Maar ze herkenden de man als Rikus en zijn vertrokken toen hij ervandoor ging. Ik kreeg er een melding over van jullie collega's.'

Lot kijkt naar Jaap, die zijn spleetoogjes nog wat dichter knijpt. 'Fijn dat ze die melding ook even aan ons doorgeven.'

'Rikus?' vraagt zij.

'Ja, dat is een beetje de dorpsgek,' zegt Jaap. 'Zwerft al jaren op straat, zwaar aan de alcohol, weigert elke vorm van hulp om een dak boven zijn hoofd te krijgen. Hij slaapt in het bos, of in het park aan de andere kant van het dorp. Of in een politiecel om zijn roes uit te slapen.'

De man humt knorrig. 'Maar dit gaat toch niet nog dagen duren?' Hij wijst met zijn hoofd naar de plaats delict. 'Als de pers hier lucht van krijgt... Dit kunnen wij ons niet permitteren.'

Lot slikt een opmerking in. Ze verbaast zich regelmatig over het egoïsme van de mens. Een meisje is op brute wijze van het leven beroofd. En deze meneer vreest voor zijn reputatie.

'In welke richting vluchtte Rikus?'

Hij wijst naar links. 'Als ik jullie collega's mag geloven, vluchtte hij die kant op toen ze hun lampen op hem richtten, het bos in.'

'Heeft u beveiligingscamera's?'

'Twee. Er hangt één camera bij de oprit en een ander is op het terrein gericht, maar ik vrees dat de beelden niet toereikend zullen zijn. We zouden er meer moeten hebben, maar dat past helaas niet binnen ons budget.'

'We zouden de beelden toch graag zien.'

'Ik zal de opnames voor u in orde laten maken.'

Jaap klopt hem op zijn schouder. 'Doet u geen moeite, daar hebben wij slimme mensen voor in dienst, die lopen zo wel even met u mee.' Hij seint naar een collega van de technische recherche.

'Is dit de enige begraafplaats in de omtrek?' vraagt Lot.

De man knikt. 'Klopt.'

'Heeft u enig idee waarom Rikus hier 's nachts rondscharrelde?'

'Geen idee, nee.' De man haalt zijn neus op. 'Ik ben niet bepaald met hem bevriend.'

'En het slachtoffer. Heeft u een idee...'

Hij schudt zijn hoofd.

'Dat herkent u niet?'

'Ik eh...' stamelt hij beschaamd. 'Ik heb niet goed gekeken.'

Een begraafplaatsbeheerder die bang is voor lijken. Als de

setting niet uitermate droevig was geweest, zou Lot er haast om kunnen lachen.

'Heeft u misschien een lijst van alle mensen die hier begraven liggen?'

'Ja, die heb ik wel, maar...'

'Die zouden we ook graag willen hebben.'

'Ik weet niet of we dat zomaar...'

'Zo snel mogelijk, graag. Het gaat hier, zoals u ongetwijfeld zult begrijpen, om moord. We hebben zo veel mogelijk informatie nodig voor ons onderzoek.'

Hij knikt zachtjes. 'Ik zal het voor u in orde maken.'

Jaap schudt hem de hand. 'Dat was het, dank u.'

De collega van de technische recherche loopt met de man mee voor de beelden en de lijst. Lot kan niet wachten om de beelden te bekijken. Ze hoopt vurig een glimp van de dader op te vangen.

Jaap tuurt het bos in. 'Denk jij het ook?'

'Dat Rikus misschien wel onze dader is...' zegt Lot.

'Ja, dat zou heel goed kunnen.'

'Maar toch,' mompelt ze. 'Onze dader lijkt me veel te georganiseerd voor een zwerver, het past niet.'

'We moeten hem in elk geval spreken. Als hij het niet is, dan heeft hij wellicht iets gezien.'

'Die schep,' zegt ze dan. 'Hij wilde haar vast begraven, maar hij werd gestoord.'

'En toen heeft hij dat ding gewoon bij haar in het gat gedumpt.'

'Blinde paniek,' mompelt Lot. 'Helemaal nu ze is gevonden, nu wij hier zijn. Dit is niet zijn bedoeling. Hij wilde haar voorgoed verstoppen, maar werd gestoord, en heeft geen kans meer gekregen om terug te gaan. Dit moeten we niet onderschatten, Jaap. Hij wil zijn vriendinnen mooi houden, bij zich houden, maar dat lukt niet meer. Zijn zouthuisje is ontmanteld, nu duikt dit slachtoffer ook nog op. Onze dader zit totaal in de stress nu. Een kat in het nauw...'

Jaap steekt zijn duim op. 'Mooi zo. Daders in de stress betekent: daders die fouten maken. Maakt ons werk makkelijker.'

'Of hij gaat nog meer gekke dingen doen.'

'Nee joh, hij zit vast ergens in een hoekje op ons te wachten. We moeten alleen nog even uitvinden wie hij is.'

Lot kijkt naar de gulle lach op zijn gezicht en onderdrukt een glimlach. 'Vind je jezelf ook niet wat doorslaan, in dat optimisme? Glas halfvol, oké, maar een levensgevaarlijke seriemoordenaar die in paniek is, dat lijkt me niet iets om blij mee te zijn. Straks richt hij zijn woede nog op ons.'

'Ah, joh,' knipoogt hij. 'Kunnen we hebben. Jij helemaal,' hij gebaart aanhalingstekens met zijn vingers, 'met je uitzonderlijke schietkunsten.'

Ze stoot haar elleboog in zijn zij terwijl ze de begraafplaats af lopen. 'Lul.'

26

Ze staart naar de groene massa die wild kolkend door het apparaat draait. Wit schuim vormt zich bovenop. Haar maag begint al te knorren – het is er tijd voor na deze ochtend. Ze is alleen nog maar druk geweest. Van de ouders van Lisanne, rechtstreeks het verhoor in met Zacharias en vervolgens hadden ze de vondst van het tweede meisje. Omdat de pd minder complex was dan het hutje, konden zij eerder terug naar het bureau. Er liggen bergen werk. Ze heeft zich voorgenomen om de dossiers nogmaals van kaft tot kaft door te spitten. Uit haar hoofd te leren, desnoods.

Lot twijfelt of de knoop in haar maag door de honger veroorzaakt wordt of door het onbestemde gevoel dat ze bij de vondst van het meisje krijgt. Ze komt net bij de familie van Lisanne vandaan – zouden ze er dan over een paar dagen weer naartoe moeten om te vertellen dat ze het nu wél is?

Ze vreest het. Het meisje was moeilijk te herkennen, maar het zou haar kunnen zijn, als ze zich de foto's goed herinnert.

Niet aan denken nog. Niet te snel conclusies trekken.

Haar collega Jan komt naast haar staan en trekt zijn neus op als ze haar sapje in een glas schenkt. 'Jij ook lekker een glaasje?' vraagt ze, om de zoveelste opmerking over haar voedingskeuze voor te zijn.

'Neh...' zegt hij met een vies gezicht. 'Ik bedank. Zeg, hoe ging het verhoor met Zacharias vanochtend?'

Lot knikt een beetje en schudt haar hoofd vervolgens, terwijl ze een slok neemt. Ze sterft van de honger. 'Mwah...' smakt ze. 'Kon beter.'

'Je weet het wel slim te spelen, hoor,' mompelt hij. 'Dat moet ik je nageven.'

'Slim te spelen?'

'Dat je bij dat verhoor mocht zitten. Er zijn hier mensen die daar echt keihard voor moeten werken, begrijp je, om bij zo'n grote zaak een verhoor in te mogen.'

Lot kijkt hem indringend aan. 'Wat bedoel je precies?'

'Niet dat ik mezelf bedoel, hoor,' grinnikt hij, 'maar het is misschien goed om te weten, voor jou, begrijp je?'

Lot denkt even na, neemt ondertussen nog een slok en schudt dan haar hoofd. 'Nee,' zegt ze. 'Eigenlijk begrijp ik niet wat je bedoelt.'

Hij leunt nonchalant tegen het aanrecht, het kopje koffie in zijn hand. 'Komt nog bij natuurlijk,' gaat hij verder, terwijl hij met zijn vrije hand uitleggerig door de lucht wappert, 'dat er hier in Twente collega's zijn die vinden dat een vrouw gewoon achter het aanrecht hoort. En als die jou dan hier door de wandelgangen zien paraderen...'

Lot verslikt zich. 'Wát?'

'Ja, ik zeg het maar gewoon, hè...'

'Je zegt het maar gewoon?' roept Lot. 'Wát zeg je nou eigenlijk, Jan?'

'Ho, ho, niet zo gauw op je teentjes getrapt zijn, hè?'

'Kun je me vertellen wie die collega's zijn?'

Hij schudt zijn hoofd. 'Nee, nee, dat doet er verder niet toe.'

'Luister, Jan,' zegt ze, zo kalm als ze kan. 'Als iemand een probleem met mij heeft, verwacht ik dat diegene dat met mij bespreekt. En tot die tijd ga ik ervan uit dat we als gelijkwaardige collega's met elkaar kunnen samenwerken. Zeg dat maar tegen die collega's van je die er niet toe doen.'

'Nou zeg,' mompelt hij. 'Ik wilde je alleen maar waarschuwen.'

Met een plof gaat ze zitten achter haar bureau. Jaap schudt zijn hoofd. 'Jan weer bezig?'

'Iets over dat ik als vrouw beter achter het aanrecht kan gaan staan.'

'Ah, die is gewoon jaloers, joh,' zegt hij. 'Trek het je niet aan.'

Ze kijkt even de gang in, waar hij net voorbijloopt. 'Dat doe ik ook niet. Ik vind het alleen stuitend dat iemand anno nu nog zo kan denken, het vervolgens ook nog uitspreekt en niet eens de ballen heeft om toe te geven dat het over hemzelf gaat. Nee, hij verschuilt zich achter "collega's" die blijkbaar zo denken. En hij "waarschuwt" me alvast, uit goeiigheid. *Yeah, right.*'

Jaap richt zich weer op het dossier voor zich. 'Wat ik al zei. Jaloers. Laat het los.'

'Stelletje middeleeuwse boeren hier,' moppert Lot.

'Laat. Het. Los.'

Jaap gooit een zakje paprikachips tegen haar hoofd. 'En eet eens iets echts. Daar knap je van op.'

Lot lacht. Ze schuift het zakje E-nummers en verzadigde vetten opzij en opent het dossier van Krista Wolff. Tijd om te lezen over dat onderzoek.

Ten tijde van haar vermissing, ruim een jaar geleden, hebben de Duitse collega's hun gevraagd om hulp bij het onderzoek. Het was namelijk bekend dat ze vrienden had over de grens en vaker in de regio kwam voor feestjes.

Even kijkt ze naar de foto, naar de typische oogopslag – een beetje mysterieus, een beetje sexy. Het blonde haar, wild en een tikkeltje onverzorgd.

Ze scant de Duitse verhoorverslagen. Lezen gaat haar prima af, maar zodra ze Duits moet spreken, komt er geen woord uit haar mond. Krista was een meisje dat niet veel vrienden had. Meer dan eens werd ze een 'loner' genoemd. Ze werd gepest op school, waar ze zelf ook nog eens vanaf werd getrapt. Haar moeder is overleden, met haar vader maakte ze vaak en veel ruzie. Hij is een tijdje verdachte geweest toen ze net verdween, maar is algauw van de lijst geschrapt. Waarom staat er niet bij.

Lot trekt haar wenkbrauwen op en maakt een notitie. Misschien kan ze Leo zo gek krijgen om die man eens te vereren met een bezoekje uit Nederland. Ze is benieuwd wat hij voor type is.

Lot vraagt zich af wat Krista zo trok aan deze regio, aangezien ze hier kennelijk bekend was. Misschien vond ze een nieuw begin? Mensen die haar niet wegzetten als loner?

Een liefde?

Ze maakt weer een notitie en leest de bijdrage van haar Nederlandse collega's. Krista is voor het laatst gesignaleerd op het jaarlijkse zomerfeest, hier in het bos. Een groot evenement dat jongeren uit alle dorpen in de omgeving aantrekt. Kratten bier op lange tafels, harde gitaren en veel seks. Feest. Lot heeft haar collega's er weleens over horen praten. De inzet van politie is op die dag ontzettend groot: veel dronken ruzies, vechtpartijen en andersoortige ellende die bij dat soort feesten hoort.

Er zijn wat feestgangers gehoord. Niet uitgebreid. Ze noemen Krista een mysterieus meisje dat af en toe opdook en zomaar weer kon verdwijnen. Dat was het dan. Het valt Lot op dat er niet veel is gerechercheerd.

Dan valt haar oog op de naam Bob Altena. Ze knakt haar vingers en leest zijn verklaring.

Ik ken haar niet goed, maar ze maakte makkelijk ruzie met mensen. Ze stookte tussen de meiden, flirtte met de jongens die een vriendin hadden. Geen idee waar ze is gebleven, maar ik kan je verzekeren dat niemand haar mist. Misschien is ze de verkeerde tegengekomen.

Nogmaals knakt ze haar vingers, alle tien.

Bob Altena.

Misschien was hij zelf die verkeerde wel.

Toeval is wel dat hij ruim een jaar later aanwezig is op de plek waar zij dit meisje vermoord vinden.

Leo staat ineens naast haar, slingert zich op een vrije bureaustoel. De koffie gutst over de rand van zijn mok, met daarop de tekst I'M THE BOSS, en maakt een vlek op zijn toch al morsige broek. Hij besteedt er geen aandacht aan. Er hangt een muffe lucht in zijn kleren, die Lot onaangenaam verrast. 'Zo, jongens,' mompelt Leo. 'Hoe staan we ervoor?'

'Collega's van de surveillancedienst hebben vannacht een zwerver gezien, bij het graf,' begint Lot gelijk.

'Het gaat om Rikus,' vult Jaap aan. 'Die oude baas heeft zijn zwerversbestaan na tien jaar nog steeds niet opgegeven. Hij slaapt vaak in het bos, dat verklaart zijn aanwezigheid daar wellicht.'

'Of hij slaapt in een zouthuisje?' oppert Lot, hoewel ze gelijk twijfelt aan die suggestie. Een oude baas zoals Rikus past niet in haar profiel. Als zwerver twee slachtoffers effectief indrogen lijkt haar ook niet aannemelijk.

'Ja,' knikt Leo. 'Op zich klinkt dat niet gek. Laat hem maar opsporen, die Rikus. Hij moet in elk geval gehoord worden als getuige.'

'Daar mogen we dan wel even voor uittrekken,' zegt Jaap. 'Hij schijnt een notoire alcoholist te zijn, dus voordat we daar een zinnig woord uit krijgen, mogen we hem eerst wel even een nachtje laten uitwasemen.'

Ondertussen opent Lot Facebook. Er moeten vast foto's te vinden zijn van het zomerfeest een jaar geleden. Ze neust op wat profielpagina's van mensen uit het dorp rond en scrolt langs foto's die nooit van de openbare status zijn gehaald.

Kijk, daar is het. Een heuse eigen Facebook-pagina van de organisatie van het jaarlijkse feest, vol foto's van jaren en jaren dronken mensen achtereen. Dolle boel.

Lot neemt nog een laatste slok van haar shake en buigt zich dan met toegeknepen ogen over het album van vorig jaar. De organisatie hecht kennelijk waarde aan het vastleggen van dit zuipfestijn, want er is een professionele fotograaf aan de gang geweest, te zien aan het watermerk. Foto voor foto klikt ze aan. Het ene na het andere lallende plaatje komt voorbij, waarop de wangen van het publiek steeds roder kleuren en de ogen steeds wateriger worden.

Daar!

Ineens ziet ze haar, Krista Wolff, nog springlevend. Ze herkent haar gezicht van de foto uit het Duitse dossier. Een biertje in haar hand, een sigaret in haar andere hand. Ze staat tussen een groepje meiden en tuurt wat voor zich uit. De andere meiden lachen, maar zij volgt het grapje kennelijk niet. Of ze verstaat het niet, dat kan ook. Ze lijkt afgeleid. Lot slaat de foto op. Dit is in elk geval het harde bewijs dat ze er was, die bewuste avond.

De volgende foto laat weer onbekende feestgangers zien. Lot klikt snel door, op zoek naar een volgende foto van Krista. Tientallen foto's later ziet ze haar weer. Wat minder op de voorgrond, ergens in een donker hoekje van de foto.

Lot opent de foto in een groter scherm, in een poging haar beter te kunnen zien, en zoomt in. Ja, die ogen, het is Krista. En ze staat te praten met een gast.

'Met Bob...' mompelt ze. 'Bob Altena!'

Jaap kijkt haar vragend aan. 'Kom eens,' zegt ze. 'Kijk eens met me mee...'

Hij loopt om zijn bureau heen en gaat achter haar staan. 'Kijk nou eens!' roept hij. 'Onze vriend Bob heeft het gezellig met Krista.'

Lot zoomt nog wat verder in op de foto, terwijl Leo zich ook achter haar bureau schaart. 'Zo gezellig hebben ze het niet, zie je dat?' zegt ze. 'Sterker nog, het lijkt meer op ruzie.'

Leo knijpt zijn ogen tot spleetjes en bekijkt de foto op het scherm met gepaste aandacht. Hij knikt langzaam, alsof het een bevestiging is van iets wat hij al langer dacht. 'Vereer die Bob inderdaad maar met een bezoekje morgenochtend, jongens. Volgens mij heeft hij wel het een en ander aan ons uit te leggen.'

27

In de oranje gloed van de avondzon wuift ze haar tegemoet, vanaf het bankje dat al sinds de middeleeuwen voor de boerderij moet staan. Telkens als Lot naar het houten meubel kijkt, is ze bang dat de pootjes het alleen al door haar aanblik begeven, maar Hieke blijft er met rotsvast vertrouwen elke dag weer op plaatsnemen. Ze weegt ook niks, dat vrouwtje. Op haar schoot vaak een breiwerkje, of de regionale middagkrant waarvan ze trouw elke letter leest. Vandaag rust er een zak wortels op haar magere bovenbenen, die ze een voor een op haar gemak van hun zanderige jasje bevrijdt met een dunschillertje.

'Ik heb vis gehaald op de markt,' zegt ze als Lot voor haar in het gras gaat zitten. 'Ik hoop dat je dat lekker vindt. Kun je vast wel gebruiken na zo'n dag.'

De vanzelfsprekendheid waarmee ze ervan uitgaat dat Lot vanavond bij haar zal aanschuiven vindt ze aandoenlijk, hoewel het haar normaal gesproken dol zou maken van ergernis. Dat vráág je toch even? Maar ze merkt dat het haar goeddoet, zo'n lieve vrouw die voor haar wil zorgen. Ze voelt zich thuis bij Hieke.

'Ik ben gek op vis,' zegt ze dus maar. 'Kan ik iets doen voor het eten?'

'Misschien kun je de krieltjes nog even afspoelen onder de koude kraan. Dan kunnen we ze zo bakken.'

Lot loopt naar binnen om te doen wat Hieke vraagt. Ze geniet ervan om zich na deze absurde dag weer het gewone leven in te laten trekken door de huiselijke kneuterigheid van haar gastvrouw. Terwijl het stromende koude water niet alleen de krieltjes wast, maar ook haar polsen koelt, kijkt ze door het kleine vierkante keukenraam naar de routinematige handelingen van de vrouw. Ze denkt aan haar eigen moeder, die er helaas niet meer is. De jarenlange ziekte die haar tergde heeft haar uiteindelijk getackeld. Geen experimentele medicatie, spirituele begeleiding of chemisch medicijn kon haar nog van de ondergang redden. Lot rekent vlug, het is alweer bijna acht jaar geleden dat ze afscheid moest nemen van haar moeder, vlak voordat ze haar hart volgde. Een week later startte ze al bij de politieacademie.

En ze heeft geen dag spijt gehad.

Dan denkt ze aan haar vader, van wie ze haar liefde voor gezonde voeding heeft overgenomen. Al jaren runt hij zijn eigen reformwinkel, midden in de Jordaan. Toch houdt hij ondanks zijn healthobsessie ook van een borreltje, als een echte Amsterdammer, die drinkt op het leven en kan lullen als Brugman.

Ze schudt de druppels uit het vergiet en beseft ineens dat ze met aardappeltjes achter het aanrecht staat, precies zoals haar collega Jan het graag zou zien. Grijnzend tapt ze een glas water voor zichzelf. Ze integreert al aardig hier. Dan nestelt ze zich weer bij Hieke, vlak naast het bankje, in het gras.

'Een van mijn collega's opperde vandaag dat het hier in Twente normaal is dat een vrouw achter het aanrecht blijft staan.'

Hieke rolt met haar ogen. 'Ach,' zegt ze. 'Laat ze toch kletsen, die gekken. Zo denken de meesten hier niet, hoor. Trek je er niks van aan.'

Lot schudt haar hoofd. 'Doe ik ook niet.'

'Toch is dat het eerste wat je over je dag vertelt.'

Ze lacht. 'Ja, dat klopt eigenlijk wel. Kennelijk heeft het indruk gemaakt.'

'Meer dan dat lichaam op de begraafplaats?'

Lot denkt even terug aan het meisje in het gapende gat in de aarde. De schep in de haast boven op haar gekwakt. De bloedrode nagels.

Hieke werpt haar de krant toe. 'Ze hebben er nu al over geschreven. Je staat op de kiek.'

'Toe maar...'

'Lot,' zegt de vrouw dan. 'Iedereen maakt zich grote zorgen in het dorp. Ze zijn bang dat de burgerwachten niet zijn opgewassen tegen zo'n gek... Wat nou als ze hem tegenkomen? Hij zal vast niet terugdeinzen om ze een kopje kleiner te maken.'

'Het is een gevaarlijk plan. Onverstandig, als je het mij vraagt.'

'Maar wat moeten ze dan? Iedereen wordt gek van ongerustheid. Er is zoveel angst.'

'Dat begrijp ik. We werken heel hard aan het onderzoek...'

Hieke legt een hand op haar schouder. 'Dat weet ik wel, lieverd. Maar ik zie de onrust, begrijp je? Ik zie de angst in de ogen van mijn vriendinnen als ik ze tegenkom bij de bakker. Ze maken zich ongerust over hun kleinkinderen, over hun buurmeisjes. En die mannen,' ze zucht. 'Ik mag dit helemaal niet vertellen, maar ze hebben het al over de aanschaf van gemeenschappelijke wapens voor de burgerwachten. Ze gaan nu al op pad met honkbalknuppels.'

'Maar dat is verboden.'

Ze haalt haar schouders op. 'Kun je nagaan, meid. Daar hebben ze geen boodschap aan, dat weet ik wel. Misschien moeten jullie als politie toch wat meer doen,' oppert ze. 'Om de mensen gerust te stellen.'

Als Hieke na die woorden naar binnen gaat om het eten te bereiden, pakt Lot de regionale middagkrant en legt hem voor zich op de zachte grasprieten. Ze zou de mensen binnen deze hechte gemeenschap dolgraag gerust willen stellen.

De vraag is alleen of dat eerlijk zou zijn. Er is hier iemand in de omgeving die deze meisjes heeft vermoord en toegetakeld. En die persoon is nog niet gepakt. Als zij zelf moeder was van een dochter, zou ze geen oog meer dichtdoen. Het is doodeng.

De kop van het artikel laat niets aan de twijfel over.

ZOMERMEISJES SLACHTOFFER SERIEMOORDENAAR

Zomermeisjes. Het is wel goed gevonden, denkt Lot. Het zijn zomermeisjes. Gevonden in de zomer, vermist in de zomer – althans, als het tweede meisje echt Lisanne is.

Ze vindt het verschrikkelijk voor haar ouders en zusje, maar Lot heeft het DNA-onderzoek bijna niet meer nodig om zeker te weten dat het slachtoffer Lisanne is. Ze meent haar te herkennen van de foto. Ondanks haar lederen huid. Ze zag het aan haar jukbeenderen, aan de vorm van haar kin. Scherp en karakteristiek, net als bij haar zusje.

Ondanks het feit dat Leo vanochtend de pers te woord heeft gestaan, verbaast het haar dat journalisten al weten over allerlei details uit de zaak. Zo wordt er geschreven over de nagellak – terwijl ze zeker weet dat Leo daar met geen woord over heeft gerept. Dat moet van een getuige komen die zijn bek niet kon houden, of de journalist heeft een bron binnen de politie. Ze schudt haar hoofd. Zelf zou ze nooit informatie prijsgeven over het onderzoek, ook niet als ze toevallig op de kleuterschool had gezeten bij die journalist. Maar hier geldt ons kent ons.

Even later komt Hieke aangelopen met twee borden en ploft naast Lot neer in het gras. Ze schieten allebei in de lach.

'Ja, jij dacht dat ik dat niet meer kon met mijn oude lijf. Mooi wel!' giert ze.

Met hun borden op schoot genieten ze van Hiekes kookkunst. Echt Hollands, maar dan wel met smaak. Geglaceerde worteltjes met kruiden uit eigen tuin, een perfect gebakken visje en heerlijke, krokante krieltjes.

'Die liefde,' grinnikt Hieke, terwijl ze kauwt op een krieltje. 'Daar moet je me toch nog eens wat meer over vertellen. Hoe zit het nou? Kom op, geef deze oude weduwe eens wat sappigs om naar te luisteren.'

Lot schaterlacht, al is het alleen al om hoe de vrouw met haar billen wiebelt, als een kleuter dat een snoepje in het vooruitzicht heeft.

'Ach, het is niet veel sappigs, helaas...'

Gretig bijt Hieke een stuk wortel van haar vork. 'Maar er is wel iemand?'

'Ja,' knikt Lot. 'Er is wel iemand.'

'Nou!' roept ze. 'Vertel op dan!'

'Er is een man, in Zweden. Magnus heet hij.'

Haar ogen maken een dansje. 'Magnus,' verzucht ze. 'Uit Zweden...'

'Maar ik geloof niet dat je het nog zo leuk vindt als ik vertel waarom het nooit iets zal worden.'

'Ah,' ze steekt haar vinger op. 'Laat me raden, hij is getrouwd.'

Lot knikt langzaam. 'Ja,' zegt ze. 'Soort van...'

'En wie is hij dan, die Magnus?'

'Forensisch psychiater. Hij heeft me alles geleerd wat ik weet over profiling.'

'En meer...'

De ondeugd in de oude vrouw blijft Lot verbazen. Ze staart in de verte als ze denkt aan de enige grote liefde die ze ooit gekend heeft. En de verborgen pijn achter haar borstkas als ze zich nog eens realiseert dat een toekomst tussen hem en haar er niet in zit. Lot had kunnen blijven, ook toen haar training afliep, maar koos toch voor haar carrière. Los van een man die niet van haar was, had ze daar niets, in Zweden.

Het was er bovendien koud.

De zon zakt langzaam weg en Hieke begint te gapen. Lot staat op met de borden en wast ze af in het keukentje – ook al moppert Hieke op haar. Ze is het kennelijk niet gewend dat ze hulp krijgt. Even kijkt Lot naar haar, zouden haar zoons dit vroeger niet gedaan hebben? Hun lieve moedertje een beetje helpen?

Ze had het vast niet toegelaten.

Dan ineens die rimpelige hand op haar onderarm. 'Je bent een lieve meid,' zegt ze. 'Ik vind het fijn dat je er bent.'

Lot duwt haar lippen tegen de zachte wangen van Hieke. 'Ik ook. Ga maar vast naar bed, ik ruim hier wel op.'

De vrouw keutelt nog wat rond en trekt zich dan terug op haar slaapkamer. Als Lot alles op orde heeft, loopt ze om het huis in het donker naar haar eigen stekje. En pas dan voelt ze de extreme moeheid die in haar lijf huishoudt.

Nog een sigaretje dan, als afsluiter van de dag.

Ze loopt naar binnen om er een te pakken en laat het licht

lekker uit. Dan komen er ook geen muggen binnen. Ze grist een sigaret uit het pakje en schuifelt weer naar buiten.

Dan staat er ineens een gedaante voor haar, het zwakke schijnsel van de lantaarn voor haar deur schijnt op zijn grote, ranzige schoenen.

Ze gilt. Harder dan ze ooit van zichzelf heeft gehoord.

28

'Verdomme!' gilt ze. 'Wat doe jij hier?'

'Ik, ik, ik,' stottert hij.

'Ga je hier een gewoonte van maken? Niet normaal, wat scharrel je hier nou stiekem rond?'

'Ik, ik, ik heb steeds ge-ge-gebeld. Je, je, je n-n-n-n-nam n-n-n-niet op.'

'Dus?'

'Ik w-w-w-wil je gra-gra-graag spreken.'

Lot wijst naar haar voorhoofd en steekt de sigaret aan. Normaal rookt ze niet met iemand in haar bijzijn, maar ze is zo van slag dat ze dat even vergeet. Het is toch godgeklaagd, de tweede keer in een paar dagen dat die gast haar de stuipen op het lijf jaagt.

'Ik vind het nogal onprettig dat je zomaar hier aan mijn deur staat,' snauwt ze. 'In het pikkedonker, 's avonds laat. Hoe weet je trouwens waar ik woon? Ben je een stalker, of zo?'

'Op het bureau wa-wa-was je niet v-v-v-vanmiddag en ik, ik, ik wil je echt spreken.'

'Waarover?' vraagt ze.

'Lot?' klinkt ineens van achter het huis. 'Lot, gaat alles goed met je? Ik hoorde je gillen.'

Hieke. Heeft hij die arme vrouw verdomme ook nog wakker gemaakt.

'Sorry, Hieke,' antwoordt Lot met een woedende blik op Rens. 'Sorry voor het kabaal. Ga maar weer lekker slapen, alles is goed.'

'Oké,' zegt Hieke, enigszins aarzelend.

Dan richt Lot haar aandacht weer op Rens. 'Waarover wilde je me spreken?'

'O-o-over de z-z-zaak.'

'Over de zaak. Om elf uur 's avonds.'

Hij knikt en rommelt wat in zijn tas. Daar haalt hij een stapel krantenartikelen uit.

Lot rolt met haar ogen. 'Je portfolio?'

'J-j-eetje, doe niet zo onaardig.'

Ja, onaardig is ze zeker, maar het bonken in haar borstkas is nog altijd niet afgenomen. Ze laat zich niet graag verrassen door bezoekjes van vreemde mannen, in het donker. Ze bestudeert de gast die zich journalist noemt en realiseert zich dat ze geen moer van hem weet.

Toch maar eens natrekken.

Het gevoel dat hij bij haar losmaakt is op geen enkele manier positief. Los van dat ze hem irritant vindt, kan ze hem ook nog eens niet peilen. En dat is iets wat ze als profiler niet zo gauw heeft. Meestal is een eerste indruk voldoende om iemand voorlopig te categoriseren in een hokje oké of iets minder oké. Bij hem is ze er nog steeds niet uit. Al neigt ze nu naar niet oké.

Enge stalker.

'Ik weet dat er bepaalde haren zijn aangetroffen,' zegt hij, ineens opvallend vloeiend. 'Op het eerste slachtoffer.'

Lot weet zeker dat dat niet aan de pers is doorgegeven.

'Waar haal je die informatie vandaan?'

'Van een bron.'

Dit is verdomme daderinformatie.

Ze neemt een diepe hijs. 'Van een bron? Wat voor bron?'

'Ja, d-d-dat d-d-d-doet er nie-nie-nie...'

'Dat doet er zeker wel toe. Jij hoort dat soort informatie helemaal niet te hebben.'

'D-d-dus je bevestigt het?'

Fuck. Ja, nu heeft ze het bevestigd.

'Wat is je punt?'

'Ik begreep dat d-d-die haren z-z-z-zijn van een pa-pa-pa-pa...'

Dit gaat ongekend lang duren. 'Paard, ja.'

Zijn blik verstart nu ze hem voor de tweede keer heeft afgekapt. Hij is er even stil van. Het lijkt hem te raken dat ze het geduld niet kan opbrengen om hem uit te horen, nog meer dan haar kattige opmerkingen. Als ze naar zijn beteuterde gezicht kijkt, voelt ze direct een soort van spijt. Hij drukt de stapel krantenartikelen in haar hand. 'Lees zelf m-m-maar.'

Dan draait hij zich om en loopt weg.

29

Ze remt langzaam af en zwaait kort als ze hem ziet staan. Het portier gaat open en hij ploft naast haar neer. Nog voor hij iets zegt, neemt hij een grote hap van de croissant.

Met pretoogjes en volle mond: 'Goedemorgen.'

'Eet smakelijk.'

Hij propt de rest van de caloriebom in zijn mond en opent ondertussen een blikje cola. 'Zo,' knipoogt hij, 'effe wakker worden, hoor.'

Ze verdenkt hem ervan dat hij het erom doet – dat cola drinken en croissant eten, omdat het zo haaks staat op wat zij hem al duizend keer heeft geprobeerd uit te leggen. Geen betoog over havermout, volkorenbrood of heerlijk sappig seizoensfruit weet hem te overtuigen zijn slechte eetgewoontes aan de kant te schuiven. En hij geniet van haar blik nu hij die zwarte troep in een paar teugen achterover giet, dat weet ze haast zeker. Het is zijn type vermaak op de vroege ochtend, zijn vorm van humor, die ze ergens ook wel weer kan waarderen.

Ze besluit er lekker niet op te reageren. Het is zijn leven, moet hij weten.

'Ik kreeg gisteravond laat nog bezoek.'

'Moeten we het daar echt over hebben,' knipoogt hij. 'Ik vertel je toch ook niet over mijn avontuurtjes.'

'Van Rens Groenewoud.'

'Die journalist?' roept hij uit. 'Ik had je wel wat kritischer ingeschat.'

'Jaap, even serieus nou,' lacht ze.

'Rens! Wat had hij?'

'Hij gaf me een stapel artikelen, over een vreemde diefstal van ongeveer een jaar geleden.'

Jaap schudt ongelovig zijn hoofd. 'En die kwam hij aan je deur brengen...'

'Jep, ik schrok me kapot. Het was al elf uur geweest.'

'Om wat voor zaak ging het?'

'Ongeveer een jaar geleden zijn er op een manege manen afgeknipt bij een aantal paarden, twee identieke incidenten, kort na elkaar.'

'Paardenhaar,' herhaalt Jaap. 'Hoe weet die Rens nou weer dat dat relevante informatie is voor ons?'

'Hij had het over een of andere bron...'

'Een lek dus?'

'Ja, iemand lekt daderinformatie.'

Jaap vloekt binnensmonds. 'Al die godvergeten vriendjes onderling hier in het dorp...'

Ze vouwt even dankbaar haar handen in elkaar en maakt een kort buiginkje. 'Dank je, ik was al bang dat ik de enige was die zich eraan stoorde.' Gauw pakt ze haar stuur weer vast om het erf op te draaien.

'Het is te toevallig om geen verband te houden met onze dader.'

Lot knikt. 'Dat dacht ik ook.'

'Op welke manege was het?'

Ze zet de motor af en wijst naar het naambordje. 'Hier.'

'Op Manegebedrijf Altena?'

Lot knikt weer.

'Waar Bob Altena werkt?'

Lot kijkt hem zwijgend aan. Hij denkt het dus ook.

'Ik bel Leo,' zegt Jaap, terwijl hij zijn telefoon pakt. 'Ze moeten met spoed uitzoeken of onze haren overeenkomen met de haren van die paarden. Hopelijk weten we dat dan vandaag of morgen. Wij gaan er onmiddellijk heen.'

Als hij klaar is met bellen, stappen ze uit en lopen ze zij aan zij de stallen binnen. In eerste instantie lijken die nog verlaten, op wat gebries van de paarden na, maar de vochtige schuimlaag op de cementen vloer verraadt menselijke aanwezigheid.

'Hallo?' roept Jaap.

Geen respons.

Ze lopen een stukje verder. Net als een van de paarden zijn hoofd nieuwsgierig om het hoekje steekt, zien ze beweging op links. Een jongeman met onverzorgd haar en een smerige overall komt ze tegemoetgelopen, met gebogen hoofd en hangende schouders.

'Wat heeft die gast?' fluistert Lot binnensmonds.

Jaap gniffelt. 'Ah, joh, die is niet helemaal honderd procent. Beetje verlegen, misschien.'

'Goedemorgen,' zegt ze dan hardop tegen de staljongen.

Hij knikt ze toe. 'Morgen.'

'Wij zijn op zoek naar Bob. Bob Altena.'

Even kijkt hij over zijn schouder en schudt dan zijn hoofd. Heel zachtjes, haast fluisterend, met een licht kraakje in zijn stem: 'Die heb ik nog niet gezien vandaag.'

'Betekent dat dat hij er ook echt niet is?' vraagt Jaap. 'Of kan het zijn dat je gewoon niet zo goed hebt opgelet?'

Geschrokken kijkt hij naar Jaap. Hij weet zich geen houding te geven, dat is overduidelijk.

'Ik kan eh,' stamelt hij, nog net zo zachtjes als zojuist, 'misschien eh, ik zou een eh, boodschap kunnen noteren?'

Jaap vouwt zijn handen ineen. 'Noteer jij maar even een boodschap.'

Hij knikt nerveus. 'Een boodschap,' fluistert hij. 'Ik eh, ik pak even pen en papier.'

Als hij wegloopt, geeft Jaap haar een knipoog. 'Dat we hem dan toch eindelijk mogen ontmoeten.'

'Wie?'

Hij wijst met zijn hoofd naar de jongen. 'De paardenfluisteraar.'

Lot kan het niet helpen om te lachen om zijn flauwe grap.

Ze zien de jongen in een verloren kastje zoeken naar iets om op te schrijven. 'Pen en papier,' mompelt Jaap. 'Moderne tijden zijn nog niet doorgedrongen in de stallen van Altena.'

'Ja, wat moet ie dan pakken, zijn iPad van de zaak?'

Jaap haalt zijn schouders op. 'Ach, het klinkt zo...'

'Zo?'

'Ouderwets.'

'Moet jij zeggen,' zegt Lot als ze zachtjes aan zijn beige bodywarmer plukt. 'Met je jarenzeventigoutfit.'

Zijn ogen worden groot. 'Wat?' roept hij verbaasd. 'Nou ja, wat is hier mis mee? Het is handig, ja, niet te warm, niet te koud. En praktisch, ik kan er al mijn spullen in kwijt.'

Lot lacht hard. '*I rest my case*.'

De jongen komt terug met een verfrommeld kladblok en een potlood. 'Wat eh, wat mag ik noteren?'

'Dat de recherche graag met Bob Altena wil spreken.'

Hij begint te schrijven, het kladblok houdt hij met zijn rechterhand tegen een balk gedrukt, terwijl het potlood over het dunne papier krast. 'Dat... de... resjersje... graag...'

'Goedemorgen!' klinkt een bulderstem achter hen.

De jongen draait zich verschrikt om.

'Waarmee kan ik u van dienst zijn?'

'Ah,' zegt Jaap. 'Meneer Altena.'

'We zijn van de recherche en we zijn op zoek naar Bob,' zegt Lot, als ze de man een hand geeft. Zijn blik blijft een tijdje hangen op haar gezicht, alsof hij haar probeert te doorgronden. Als ze zich van die merkwaardige ogen verlost, en zich weer naar de jongen draait, is die ineens verdwenen. Geruisloos opgelost in de zure stallucht.

'Bob?' vraagt hij dan grijnzend. 'Heeft hij de vrouwtjes weer onzedelijk betast in de kroeg?'

Weer?

Lot maakt een mentale aantekening. Nogmaals checken of er in het verleden melding is gemaakt van aanranding op zijn naam.

Jaap glimlacht flauwtjes, voor zover er om zo'n opmerking te glimlachen valt. 'We willen hem graag wat vragen stellen.'

De man wijst. 'Ach, die zoon van me is zo lui als het achtereind van een varken. Hij hangt ongetwijfeld in het koffiehuisje, daar verderop. Hij laat het werk graag aan zijn collega's over.' Dan houdt hij zijn handen verdedigend in de lucht. 'Maar ik mag er niets van zeggen van zijn moeder. Psychisch,' zegt hij. 'Een psychisch probleem heeft hij, volgens zijn moedertje. Soms wil ik hem het liefst eens flink aanpakken, hoor, die gast, maar goed, zij staat erop dat ik voor de softe benadering ga.'

Lot vraagt zich af wat voor een vader zo over zijn eigen zoon praat. Tegen de recherche nog wel. 'Wat voor psychisch probleem heeft hij dan?'

'Ach, weet ik veel wat ze ervan heeft gemaakt in haar fantasiewereld. Iets waardoor hij niet van de fles af kan blijven. En waardoor hij vindt dat het normaal is om op elk moment van de dag die troep te roken. Want tja, het is op therapeutische basis, hè?'

Jaap en Lot knikken allebei wat ongemakkelijk. Jaap steekt zijn vinger in de richting van het koffiehuisje. 'Lopen we daar even heen, goed?'

'Succes ermee,' zegt de man, die alweer naar zijn kantoortje beent.

Lot kijkt hem na. Ze twijfelt of het hem nou echt niets meer kan schelen, of dat hij zo door zijn vrouw in de tang gehouden wordt dat hij zich geen raad weet met de situatie. Het zou meer bij de man passen om die jongen eens een schop onder zijn kont te geven en aan het werk te zetten, maar kennelijk heeft de moeder van Bob meer in de melk te brokkelen dan hij.

Uit een houten schuurtje midden op het terrein, waarop in witte geschilderde letters KANTINE is gekalkt, schalt skamuziek uit vervlogen tijden. Jaap kijkt even naar Lot en deint met zijn hoofd op en neer. 'Relaaaaxed, man.'

Dan klopt hij kordaat op de deur en ze stappen naar binnen.

Er hangt een enorme wietlucht in de ruimte. Aan een houten tafeltje zit hij, Lot herkent hem direct. Bob Altena, met zijn onverzorgde look.

Die look zal in de mode zijn, althans in deze stallen. De paardenfluisteraar zag er ook al zo uit. En Zacharias, de-militair-die-staljongen-werd, begint ook al aardig in het rijtje te passen, met zijn onfrisse voorkomen.

'Hoi!'

'Hoi,' imiteert Jaap. 'Mag die muziek wat zachter?'

'Wat?'

'Mag die muziek wat zachter?'

Hij knikt, maar doet er verder niets aan, waarop Lot geërgerd naar de stereo loopt om het ding uit te zetten. Ze begint die vader nu al te begrijpen. Het zal je zoon zijn.

'Ik dacht dat je zachter zei,' mompelt hij, als een twintiger die hopeloos in zijn opstandige puberteit is blijven hangen. 'Nu zet je hem uit.'

Lot pakt een stoel en voegt zich naast hem aan tafel. 'Dan kunnen we even goed met je praten, Bob.'

'Wat deed je bij Zacharias in het bos?' vraagt Jaap direct.

Zijn verklaring ter plaatse was toen: 'Ik ben stroper en was daar toevallig.' Hij heeft aan collega's zelfs zijn hazenval laten zien. Inclusief vangst. Maar zowel Jaap als Lot vindt het moeilijk te geloven dat zijn aanwezigheid op toeval aankwam.

Bob wuift met zijn hand door de lucht, als een Italiaan die op het punt staat het gerecht dat hij proeft te beschrijven. 'Specifieer...' zegt hij. 'Zacharias. In het bos. Wanneer?'

'Toen we het lichaam vonden,' beantwoordt Lot zijn vraag onverstoord. 'Hij belde de politie, wij kwamen kijken en ineens verscheen jij ten tonele.'

'Tadaa!' grinnikt hij.

'Wat deed je daar?'

Hij haalt zijn schouders op.

'Sorry, Bob,' zegt Jaap terwijl hij zich vooroverbuigt en op de tafel leunt. 'Dat is geen antwoord.'

'Wow, wow, wow,' grinnikt hij. 'Niet zo eng dichtbij komen, joh.'

Lot schraapt haar keel. 'Wat deed je daar, Bob? Kom op.'

'Dat rijmt,' gniffelt hij. 'Je moet helemaal niet bij de politie werken, je moet dichter worden. Dichteres! Zeg je dat eigenlijk zo? Als een meisje dichter is? Dichteres...'

Jaap en Lot wisselen een blik. Blijkbaar is zwerver Rikus niet de enige verdachte onder invloed in deze zaak. Misschien moeten ze straks naast elkaar in een kamertje hun roes uitslapen.

Ze schudden hun hoofd. Verloren zaak.

'Ik was gewoon aan het chillen, mensen,' mompelt hij. 'Mag dat ook niet eens meer tegenwoordig?'

'Aan het chillen?' vraagt Jaap. 'Ik dacht dat je aan het stropen was.'

Hij knikt. 'Ook. Ja, man, dat ook.'

'Heb je het slachtoffer gezien?'

Hij ademt lang uit en maakt zijn ogen groot. 'Nee, man. Ik moet er niet aan denken...'

'Ze zal je bekend voorkomen.'

Een vragende blik. 'O ja? Wie is het dan?'

'Krista,' zegt Jaap. 'Krista Wolff.'

Langzaam schudt hij zijn hoofd. 'Nee, man. Zegt me niets.'

Lot pakt de foto uit haar tas en legt hem voor Bob op tafel. 'Misschien helpt dit je geheugen een beetje op te frissen.'

Met een klap laat hij de stoel weer op vier poten terechtkomen en staart naar de foto. Hij gniffelt. 'Hé, dat ben ik. Lekker ding.'

'Met Krista.'

'Is dat...?' vraagt hij. 'Is dat Krista, joh?'

Jaap knikt. 'En jullie lijken daar ruzie te maken. Op de avond waarop ze voor het laatst is gezien.'

Langzaam schudt Bob zijn hoofd. 'Ik zal wel wat gedronken hebben die avond. Geen idee meer.'

'Waar heb je geen idee meer van?'

'Ik ken die chick niet.'

'Maar je praat hier met haar.'

Hij wuift weer met dat handje door de lucht. 'Ik praat met zoveel grietjes. Ik onthou ze echt niet allemaal, hoor.'

'Wat zeiden jullie daar tegen elkaar, kom op, denk even na,' zegt Lot. 'Waar ging die ruzie over? Wat gebeurde er daarna? Waar ging Krista heen? Waar ging jij heen?'

'Ik weet het niet.'

'Je liegt,' concludeert Jaap.

'Lul nou niet!' roept hij. 'Ik lieg helemaal niet. Waarom zeg je dat?' Hij legt zijn hand op zijn borst. 'Dat doet zeer, weet je. Als je dat soort dingen zegt.' Hij begint te grinniken.

'Kom,' zegt Lot met een diepe zucht tegen Jaap. 'We gaan.'

Nog voordat ze langs de stallen naar hun auto lopen, schalt de muziek alweer uit het schuurtje. Wacht maar, Bob, denkt Lot. Je komt nog wel een keer uitgebreider aan bod.

30

Moeder staat voor het doek. In haar ene hand een glas rode wijn. De kwast in haar andere hand. Ze kan maar net bij het doek, haar dikke buik zit in de weg. Haar jurk zit onder de verfvlekken, omdat ze er telkens maar langskomt. Ze moppert er de hele tijd over.

Hij zit achter haar op een stoel te wippen en bekijkt het portret dat ze van zichzelf heeft geschilderd. Ze maakt eigenlijk alleen maar portretten van zichzelf.

'Mooi, moeder,' zegt hij met een glimlach.

Hij begint te knipperen. Nu al bang voor haar reactie.

'Ik heb je toch niet om commentaar gevraagd?' snauwt ze.

'Sorry, moeder.'

Ze neemt wat flinke teugen van haar wijn. Ze aait over haar buik. 'Het is te hopen dat dit meisje wat intelligenter wordt dan jij.'

In haar buik zit zijn zusje. Hij kan niet wachten tot zijn zusje er is. Het lijkt hem heel erg gezellig om iemand te hebben met wie hij kan praten. En spelen. Met wie hij samen onder het bed kan schuilen als moeder weer boos is.

Of heel misschien, als zijn zusje geboren wordt, heel misschien wordt ze dan nooit meer boos. Misschien is het wel echt een wonderkind, zoals moeder zo vaak zegt.

Ze is vast slimmer dan hij. Dat zegt ze ook vaak. En knapper. Dat is niet erg moeilijk.

Ze bungelt haar glas naar achteren. 'Nog een beetje,' zegt ze bits.

Hij springt op van zijn stoel en pakt als de wiedeweerga de

bijna lege fles. Hij houdt hem helemaal op zijn kop om haar glas bij te vullen, maar dan beweegt ze een beetje en, o jee, nee toch?

Moeder kijkt. Hij kijkt. En ze zien het allebei. Dat er een straaltje rood langs haar glas, via haar hand, zo op de vloer sijpelt.

'Genoeg zo!' schreeuwt ze. 'Als het zo doorgaat, ga je maar bij je vader wonen! Als een van die beesten!'

'Sorry, moeder, ik zal het opruimen.'

Ze smijt het glas tegen het doek en de rode wijn druipt nu over de hele schildering. 'Kijk nou!' schreeuwt ze. 'Zie je nou wat je doet? Nu is mijn portret helemaal verpest!'

Ze haalt uit, maar hij weet net op tijd weg te duiken, waardoor ze met haar arm doorzwiept en zo met haar mouw langs het doek vol verf en wijn veegt. Haar ogen staan nu wel erg boos. Ze is bozer dan boos.

'Verdorie!' schreeuwt ze. En ze probeert het nog eens.

Hij heeft geen zin in een pak slaag. Niet weer. Hij wil niet meer. Hij doet een stap naar achteren, zodat ze weer mist. De rode wijn maakt haar langzaam, dus hij vindt het wel prima als ze rode wijn drinkt.

Nog eens haalt moeder uit, maar weer doet hij een stap naar achteren, zodat ze mist. Dan stormt ze op hem af, in een blinde woede waar hij heel bang van wordt. Hij draait zich om en schiet de gang op naar de trap. Rats, rats, rats, hij trippelt zo de trap af met zijn kleine beentjes.

Hij hoort haar zware ademhaling. Ze achtervolgt hem.

Hij vreest dat hij alleen aan klappen kan ontkomen als hij het tot de buitendeur redt. Dan kan hij het weiland in rennen en ergens ver in het bos schuilen. Totdat de wijn is uitgewerkt. Totdat ze is vergeten wat er is gebeurd.

Dan hoort hij een verschrikkelijk kabaal.

Hij draait zich om en ziet moeder tuimelen, vanaf boven aan de trap. Het lijkt haast alsof het niet echt gebeurt, maar toch ziet hij het echt gebeuren. Moeder valt. Voorover. Ze bonkt en rolt en bonkt en rolt en het laatste stukje gaat ze van bonk, bonk, bonk. Dan blijft ze stilliggen, onder aan de trap.

Ze ligt heel dicht bij hem, maar ze probeert hem niet meer te slaan. Dat vindt hij fijn. Zo fijn, dat hij er een beetje om moet lachen van opluchting.

Wat ligt ze daar toch fijn, zo stil en zo mooi. Het hele huis zwijgt.

Na een tijdje stopt het lachen. Hij weet niet zo goed meer wat hij nu moet doen, want moeder blijft maar liggen. En dan ziet hij de donkere vlek op haar jurk. En het bloed dat traag tussen haar benen door kruipt.

31

Ze heeft gehuild, dat ziet Lot direct aan het verwarde pluizige haar, de rode blos op haar wangen en de mascarakringen onder haar ogen, net boven die karakteristieke jukbeenderen. Haar lippen kleuren donkerrood, bijna paars. Het puntje van die bijzondere kin, ook rood. Haar vader staart nors voor zich uit, met zijn armen over elkaar geslagen. Dat belooft wat.

De lege bekertjes voor het tweetal vertellen dat ze waarschijnlijk al een tijdje zo zitten te wachten. Vandaar dat Leo ze gelijk doorstuurde toen Lot en Jaap het bureau binnenwandelden.

'Nieuwtje van de dag,' zegt Jaap, terwijl ze samen door het raam van de verhoorkamer kijken. 'De paardenharen die op Krista zijn aangetroffen komen inderdaad overeen met de manen van een paard van Manegebedrijf Altena.'

'Dus onze dader zou weleens de manenjatter kunnen zijn,' mompelt Lot.

'Jep.'

'Ik haal even koffie,' zegt ze. 'Jij ook?'

'Wat moeten die mensen doormaken,' fluistert hij, haast verslagen.

Lot knikt. 'Ja, verschrikkelijk.'

Hij schudt zijn hoofd. 'Gewoon niet te bevatten.'

Ze zwijgen een tijdje.

'Wil je?' vraagt ze dan. 'Koffie?'

'Graag.'

Met twee versgetapte bekers lopen ze de ruimte in. Ze hebben niets te vertellen. Het DNA-onderzoek van het tweede slachtoffer is nog niet afgerond.

'Ah,' de man staat op en schudt ze dankbaar de hand. 'Eindelijk.'

'Wat kunnen we voor jullie betekenen?'

Lot verwacht dat ze helderheid komen eisen. Dat had zij ook gedaan, als het om haar dochter ging. Het vervelende is alleen dat ze de rouwende familie nog niet kunnen helpen. Nog niet kunnen verlossen uit die horror van onwetendheid.

'Stefanie hier,' wijst de vader, 'heeft jullie wat op te biechten.'

Lot gaat net als Jaap zitten op een van de stoelen tegenover vader en dochter. Onverwachte wending. Ze kijken vragend naar het meisje. Haar adem stokt nog wat van een eerdere huilbui.

'Maar eerst wil ik weten hoe het met die Zacharias is afgelopen. Hebben jullie hem opgepakt, of hoe zit dat?'

'Hij is verhoord.'

'En daar blijft het bij? Wat is dat nou?'

'Het spijt me, maar we kunnen daar niet veel meer over vertellen,' zegt Jaap kortaf.

Stefanie begint te snikken. 'Rustig, maar, meisje,' zegt Lot. 'We hebben de tijd.'

'Nou, hup,' zegt haar vader. 'Voor de draad ermee.'

Stefanie knikt angstig. 'Ja,' zegt ze voorzichtig. 'Ik ben niet helemaal eerlijk geweest tegen jullie.'

'Waarover niet?'

'Ik heb dingen niet verteld.'

'Nou, kom op,' buldert de vader. 'Vertellen, nou. Je hebt je snater al lang genoeg dichtgehouden.'

'Ik heb iets gezien,' gaat ze voorzichtig verder, met een vluchtige blik op haar ongeduldige vader. 'Op een feestje, waar ik eigenlijk helemaal niet mocht komen. Daarom,' zegt ze. 'Daarom durfde ik het niet eerder te vertellen. Sorry.' Ze begint weer te snikken. 'Het spijt me zo. Ik weet ook niet waarom ik zo laf was...'

'Rustig maar,' zegt Lot. 'Wat heb je gezien? Op welk feestje?'

'Op het zomerfeest. Vorig jaar. Ik baalde enorm dat ik niet

mocht gaan en mijn zus wel. Al mijn vriendinnen mochten ook. Ik vond het zo oneerlijk. Dus verzon ik een plan. Ik zei dat ik vroeg ging slapen, maar in plaats daarvan klom ik uit het raam.' Weer die blik naar haar vader. 'En ging ik dus toch naar het feest.'

'Foei,' knipoogt Jaap – om de luchtigheid er een beetje in te houden.

Het werkt, het meisje grinnikt een beetje. De vader kan er daarentegen niet om lachen.

'Lisanne zag me natuurlijk gelijk, maar beloofde me dat ze niets zou zeggen tegen papa en mama.' Haar gezicht betrekt, alsof een plotselinge, donkere wolk een schaduw over een zonnig grasveld werpt. 'Dat heeft ze ook niet gedaan,' fluistert ze. 'We zijn later die avond samen naar huis gegaan. Ze was zo'n lieve zus. En een maand daarna was ze gewoon verdwenen. Ik mis haar zo erg.'

'Ik weet het,' zegt Lot, terwijl ze haar hand op die van Stefanie legt. Eerst schrikt ze ervan, maar dan laat ze het toe. 'Ik weet het, vertel maar verder.'

Jaap knikt instemmend. Zo gaat het best. Het meisje is het kennelijk niet gewend om zachtaardig behandeld te worden, maar hun tactiek steunt haar wel in het vertellen van haar verhaal.

'Ik heb dat meisje gezien op het zomerfeest toen, het meisje dat is vermoord. Ik herkende haar foto in de krant. En ik dacht het eigenlijk al wel, dat het Krista was.'

Lot knikt.

'Ze had ruzie met iedereen,' gaat Stefanie verder. 'Met Lisanne, in de eerste plaats. Maar ook met Zacharias.'

'Waarom dacht je dat?'

'Ik dacht het niet,' zegt ze overtuigd. 'Ik weet het. Hij heeft haar geslagen, ik heb het zelf gezien.'

'Vertel eens, wat heb je precies gezien?'

'Ik zag ze die avond met zijn tweeën een stukje het bos in lopen,' zegt Stefanie, met weer een vlugge blik op haar vader. 'En toen ging Lisanne nog met hem, weet je, dus ik vertrouwde het niet. Ik dacht... hij zal toch niet ineens met een ander meisje gaan zoenen, of zo? Dus ik volgde ze.'

'En wat zag je?'

Een flauwe glimlach. 'Nou, ze stonden niet te zoenen, dat was zeker.'

'Ze hadden ruzie.'

Ze knikt. 'Ze schreeuwden tegen elkaar. Totdat hij haar dus ineens een klap gaf. En toen rende ze weg, zo dat enge donkere bos in. Bij het feest hingen allemaal lampjes aan de bomen, maar zij rende gewoon het zwarte bos in. Het zag er echt freaky uit.'

'En wat deed Zacharias vervolgens?' vraagt Jaap.

'Hij stond daar maar, een hele tijd. Het leek alsof hij huilde.'

'En jij?'

'Ik vond het zo eng. Ik ben gauw weer teruggegaan.'

Good for you, meid, denkt Lot. Good for you.

'Toen ik terugkwam op het feest, bleek dat Lisanne heel verdrietig was. Het was uitgegaan tussen haar en Zacharias. Ik weet niet waarom, ze wilde er niet over praten.'

'Heb je hem nog terug zien komen op het feest?'

Ze slaat haar ogen neer. 'Nee,' zegt ze. 'Lisanne wilde graag naar huis. En ik vond er toch helemaal niets aan. Iedereen was dronken en ik mocht echt nog niet drinken toen. Mijn ouders zouden me vermoorden als ze daarachter zouden komen.'

Interessante woordkeuze, denkt Lot.

Een robotachtig knikje van vaderlief naast haar. Lot kijkt wat langer naar hem dan gebruikelijk. Het blijft een merkwaardige man. Zijn dochter zit, met alle emoties die daarbij komen kijken, een haast traumatisch verhaal te vertellen en hij zit daar maar, met zijn armen over elkaar. Toon wat meer empathie, lul.

'Dank je wel,' zegt Lot tegen Stefanie. 'Voor je verhaal. Heel dapper dat je het hebt verteld.'

32

Hij mag niet naast moeder staan. Ze zit in een rolstoel. Dat komt wel weer goed, zei de mevrouw uit het ziekenhuis tegen hem. Ze moet herstellen. En dan is het over.

Hij twijfelt eraan. Of het wel goed zal komen.

Er staan wat mensen naast haar die hij niet echt kent. Hij heeft er ook geen zin in om ze te kennen. Het is een verdrietige dag. Het zijn alleen nog maar verdrietige dagen de laatste tijd.

Er klinkt een zacht gezoem. Het kistje zakt nu schokkerig de grond in. Hij hoort iemand huilen. Moeder is het niet.

In dat kistje zit zijn zusje. Zijn zusje, dat hij maar één keer heeft mogen zien. Zo oneerlijk vindt hij dat. Ze ging zo floep van moeders buik die kist in, zonder dat hij haar even gedag mocht zeggen. Dat is toch niet eerlijk?

Hij vindt het gemeen van de dokters. Heel erg gemeen, dat heeft hij ook tegen ze gezegd. Ze werden er niet boos van, toen hij dat tegen ze zei. Ze deden alleen maar lief en zaten aan zijn haar. Ze aaiden zijn haar.

Zijn zusje lag er vredig bij in het kistje. Een beetje net als Knijntje. Dat was wel fijn.

Moeder praat niet meer met hem sinds de val van de trap. Hij ziet niets in haar ogen, ook geen boosheid. Zij aait hem niet over zijn haar.

Geen woord zegt ze, geen woord. Geen woord.

Hij heeft trouwens zelf ook niets meer gezegd. Hij wist niets meer te zeggen. Elke keer als hij iets bedacht om te zeggen, slikte hij het in als hij haar lege ogen zag.

Straks haalt ze weer uit.

Het kistje is bijna helemaal weg nu. Verdwenen onder de grond.

Ze gaan er zand op gooien straks. Hij heeft de berg al zien liggen.

Hij is best heel lief. Hij luistert bijna altijd. En toch mag hij zijn zusje niet zien. Oneerlijk. Oneerlijk vindt hij het! Hij knippert met zijn ogen, zo erg dat het laatste stukje kist flikkert op zijn netvlies.

Het gezoem stopt. Zo ineens is het kistje met daarin zijn zusje helemaal weg. Daar gaat zijn vriendinnetje. Dat was het dan.

Hij voelt zich alleen. En kan alleen maar verlangen naar het donker.

Hij ziet niets anders meer dan het gat in de grond. Al die lelijke, gekke grijze en zwarte stenen eromheen. Naast hem staan sniffende vreemde mensen die verdrietig doen over zijn zusje. Hij doet niet echt verdrietig. Maar hij is het wel. Zijn zusje, naar wie hij zo lang heeft uitgekeken, komt niet. Ze kwam en ze ging meteen weer weg. Hij stelt zich voor hoe donker het straks moet zijn voor haar, als dat zand op haar wordt gegooid. Heel donker. En zwart. Als iedereen begint weg te lopen, kijkt hij nog een keer in het diepe gat. Het diepe, donkere gat.

33

Nu de hemel het licht weer heeft gedoofd, staart Lot in kleermakerszit, met haar rug tegen het huisje de nietszeggende diepte van het donker in. Het puntje van haar sigaret licht op als ze een hijs neemt.

Voor zich het notitieboek. Haar gedachten op volle toeren. Ze schrijft haar daderprofiel, omdat Leo met nadruk heeft gevraagd het morgenochtend op zijn bureau te leggen. Hoofdschuddend neemt ze nog een hijs. Straks gaat hij nog serieus nemen wat ze doet. Wat een lijk met roodgelakte nagels al niet kan betekenen voor haar carrière.

Dan begint ze te schrijven.

> * *We hebben te maken met één dader. De moorden zijn zeer persoonlijk van aard: hij slaat ze van achteren neer, wurgt ze, maakt ze mooi om als vriendin bij zich te houden.*
> * *Lokale bekendheid, vanwege de kennis van het afgelegen zouthuisje.*
> * *In het bezit van een auto/rijbewijs. Vanwege vervoer naar het huisje.*
> * *Fysiek sterk, want in staat tot verplaatsen slachtoffer.*
> * *Slechte sociale vaardigheden (spraakgebrek of ander lichamelijk gebrek).*
> * *Diepe angst voor afwijzing door vrouwen: necrofilie. Slechts in staat klaar te komen bij een meisje dat totaal geen weerstand biedt (bewusteloos/dood).*
> * *Obsessieve seksuele fantasieën over meisjes die geen weerstand bieden en met wie hij een relatie kan hebben.*

** Disfunctionele relatie met vrouwen (niet in staat om een normale relatie aan te gaan, waarschijnlijk erectieproblemen).*
** Slachtoffers zijn jonge, blanke meisjes. De dader is waarschijnlijk ook een blanke man, tussen 25 en 35 jaar.*
** Dader heeft extreem weinig zelfvertrouwen en een laag zelfbeeld, te verklaren door modus operandus (van achteren neerslaan met stomp voorwerp) en handtekening: het indrogen en mooi maken van een dood meisje voor seks.*
** Bovengemiddelde intelligentie vanwege hoge organisatiegraad, voorbereiding, kennis en goede uitvoering van het indrogingsproces. Plus het feit dat hij ze lang verborgen heeft kunnen houden zonder ontdekt te worden.*
** Hij woont alleen, want moet ongestoord voor langere tijd zijn gang kunnen gaan, beschikt over een kelder of iets dergelijks. Heeft veel tijd nodig om dit allemaal te organiseren, met relatie of huisgenoot is de kans op ontdekking groter.*
** Weinig of geen vrienden.*
** Linkshandig.*
** Betrokken bij eerdere (zeden)delicten, zoals (poging tot) aanranding of verkrachting, of mishandeling.*

34

De ochtendschemer maakt zijn gezicht nog grauwer. Donkerblauwe vlekken schijnen dreigend door zijn flinterdunne huid. De wazige ogen zijn opengesperd, maar zien niets meer.

Lot knielt bij hem neer en ziet de gaten in zijn broek. Het vuile overhemd. Aan zijn linkervoet geen schoen, maar een oude sjaal, die een paar keer om zijn voetzool is gewikkeld. Zijn verkleurde, blote tenen steken er levenloos uit.

'Drie dagen,' zegt de schouwarts. 'Hij ligt er zo'n drie dagen, vermoed ik.'

Lot knikt. Ze kijkt naar de ogen van het slachtoffer. 'Ik zie rode puntjes. Gewurgd?'

'Goed mogelijk, ja.'

Ze trekt rubberen handschoentjes aan en wipt voorzichtig de kraag van zijn overhemd wat opzij. Donkerblauwe striemen komen tevoorschijn. 'Wurgvlekken in zijn nek,' concludeert ze.

'Je mag mijn baan wel overnemen,' zegt de man.

Lot weet niet goed of het een geintje is of dat de man zich ergert aan haar bemoeienis. Ze staat op en rolt de handschoenen af met de palmen van haar hand. Dan smeert ze haar handen in met desinfecterende lotion.

Jaap komt aangesneld. Zij had piket, hij niet, maar Lot heeft hem wel een berichtje gestuurd toen de melding van het lichaam binnenkwam. Ze doen dit toch samen.

'Rikus?' vraagt hij hijgend.

Lot knikt en wijst met haar hoofd naar de vermoorde zwerver. 'Waarschijnlijk gewurgd.'

'Het klopt dus,' zegt Jaap. 'Dat hij gezien is op de begraafplaats bij ons tweede meisje.'

'De dader heeft hem ook gezien.'

'En die moest hem wel uit de weg ruimen.'

Jaap zucht. 'Wat een eind aan je leven. Overleef je al tien jaar op straat, kom je per ongeluk zo'n kerel tegen.'

Samen lopen ze weg, ze stappen allebei in hun eigen auto en rijden naar het bureau. Voor de ingang wacht Leo het tweetal op. Dan moet er iets belangrijks zijn, denkt Lot. Een familierechercheur staat naast hem.

Ze weet het al.

'Het DNA-onderzoek is binnen,' zegt hij op kalme toon. 'Ons tweede slachtoffer is Lisanne.'

Lot kijkt naar Jaap, die op zijn lip bijt. Hij kende Lisanne niet persoonlijk, maar het gezin Vermeer kent hij – net als veel van haar collega's – wel goed, van het dorp. Van de sportdagen die vader Vermeer als vrijwilliger organiseert voor de jeugd. De moeder van Lisanne en Stefanie werkt als conciërge op de school waar veel kinderen van collega's naartoe gaan. De impact is groot, groter dan ze aanvankelijk dacht. Voorzichtig legt ze haar hand op de bovenkant van zijn rug. Vluchtig kijkt hij haar aan, dan gaat zijn blik omlaag. Een dankjewel zonder woorden.

'We gaan erheen,' zegt hij.

'Nee,' antwoordt Leo direct, alsof hij op die opmerking gewacht heeft. 'Er is nog meer.'

Lot steekt haar handen in haar zakken. Als er iets is waardoor ze de heftige emoties van ouders die hun dochter definitief verliezen kan skippen, heeft ze daar stiekem wel oren naar. Maar dat wil ze ook weer niet te veel laten blijken. 'Wat, eh,' zegt ze. 'Wat dan?'

'Ik ga zelf,' zegt hij. 'Naar de ouders van Lisanne, samen met een familierechercheur. En ik wil dat jullie Robbert Donkschot opsporen.'

Jaap knijpt zijn ogen toe. 'Robbert Donkschot?' Hij knipt met zijn vingers. 'Is dat niet...'

'Zeker, dat is onze lokale beroemdheid, de beruchte aanrander uit de jaren negentig. Zat vast voor ernstige zedendelicten en poging tot moord. Bijna zijn buurvrouw dodelijk gewurgd. Als de buurman destijds niet thuis was gekomen...'

'Maar,' zegt Lot, 'zei je nou "zát vast"?'

'Robbert Donkschot is wegens verwaarloosbare kans op recidive ruim een jaar geleden vrijgekomen, vlak voor de verdwijning van Krista Wolff.'

Jaap houdt zijn hand voor zijn mond. 'Dit meen je niet...'

Leo knikt. 'Een absolute schande dat we dat destijds gemist hebben. We zijn niet op de hoogte gesteld van zijn vrijlating. Ze waren bang voor negatieve berichtgeving in de media.'

'Jezus,' fluistert Lot.

'Komt nog bij,' zegt Leo, 'dat hij de afgelopen twee weken niet is komen opdagen bij zijn reclasseringsambtenaar.'

'Holy shit,' zegt Jaap. En nog eens: 'Holy shit. Kom, Lot, we gaan.'

Lot staat nog even stil en laat haar bovenkamer ratelen. Een tbs'er met een ernstig zedendelict. Hij had gelegenheid. En blijkbaar hield niemand de man in de gaten. Toch springt ze niet gelijk in de auto. Ze weet nog te weinig van hem.

'Hier,' zegt Leo, die haar gedachten lijkt te lezen. 'Zijn dossier. Dit is hem, ik voel het aan alles.'

'Ho, ho,' zegt ze. 'Laten we niet op de zaken vooruitlopen. Het ziet er niet best uit voor de man, maar dat hij toevallig omtrent die periode vrij is gelaten, maakt hem nog niet de moordenaar die we zoeken. Hoe zit het met Zacharias? Is hij al opgehaald voor nader verhoor?'

Leo schudt zijn hoofd. 'De arts heeft nog geen toestemming gegeven, maar zodra hij wordt ontslagen, wordt hij naar het bureau gebracht.'

Jaap rammelt ongeduldig met zijn autosleutels. 'Laten we gaan.'

'Nee,' zegt Lot. Ze past ervoor om als een kip zonder kop op die ex-tbs'er af te stormen. 'Niet voordat we zijn dossier allebei van begin tot eind gelezen hebben.' Ze negeert de protesterende blik van Jaap, en het ongeduld van Leo. 'Voorbereiding, mannen, informatie. Dat is voor nu de enige vuist die we kunnen maken.'

35

De kleurrijke tas die schuin over zijn borst hangt, contrasteert met zijn grauwe huid. Lot kijkt naar zijn onverzorgde handen, de zwarte randen onder zijn nagels. De pleister van al een paar dagen, die losjes aan zijn wijsvinger bungelt.

Robbert Donkschot haalt zijn neus op en kijkt met gebogen hoofd naar het legitimatiebewijs dat Jaap voor hem ophoudt. Zijn haren zijn nog nat van de douche. Hij klemt zijn vingers strak om het stuur van zijn roestige fiets. 'Wat is er?'

Op de bagagedrager rust een ruime tas in dezelfde kleur als die om zijn schouder. Jaap pakt een van de zijflappen nonchalant beet. 'Mag ik?'

Schichtig knikt de man. Jaap opent de tas.

Leeg.

'Ik eh,' stamelt de ex-tbs'er angstig, 'ik wil geen narigheid. Alsjeblieft, jongens. Ik ben op weg naar mijn werk.'

'Wat leuk,' zegt Jaap. 'Wat doe je voor werk?'

'Post,' antwoordt hij snel. 'Ik bezorg post en folders.'

Lot bekijkt de frons in zijn voorhoofd, het onophoudelijk slikken. Hij knippert vaker dan nodig. Nerveus, oprecht bang voor haar en haar collega. Iets te verbergen?

'Waarom was je niet bij je reclasseringsambtenaar de afgelopen twee afspraken?' vraagt ze.

'Is dat waarom jullie hier zijn?'

'Geef gewoon antwoord op de vraag, Robbert.'

'Ze sturen heus geen rechercheurs als ik mijn afspraken mis, toch? Waarom zijn jullie hier? Ik ga niet terug, hoor. Ik wil niet terug.'

'Het is belangrijk dat je in behandeling blijft,' zegt Lot. 'Gelet op je geschiedenis.'

'Luister, luister,' ratelt hij nu. 'Ik heb mijn leven gebeterd, hoor je. Ik heb werk, ik werk elke dag en ook op zaterdag. Ik doe mijn best, echt, ik doe er alles aan. Ik heb mijn portie gehad, geloof me nou. Ik...'

'Waarom was je er niet dan?'

'Ik wil het niet meer!' snauwt hij in een plotselinge explosie, terwijl hij angstig om zich heen kijkt. Snuivend van woede. 'Snap dat dan! Ik heb een leven opgebouwd hier, sommige mensen vinden me zelfs aardig. Ik wil er niet meer aan herinnerd worden.'

'Maar,' zegt Jaap, 'denk je zelf ook niet dat het een beetje verdacht is als je dan zomaar wegblijft, zonder bericht?'

'Verdacht? Hoezo verdacht?'

'Vlak na je vrijlating ruim een jaar geleden, is er een meisje in de omgeving verdwenen. Zij is onlangs vermoord aangetroffen. Net als een ander meisje, dat een maand later verdween. Lees je de krant niet? Kijk je geen tv?'

'Wat?' roept hij. 'Dat meen je niet. En daarom...' Hij schudt even met zijn hoofd. 'Nee, nee, nee, zijn jullie daarom hier? Wacht eens even, nee, nee, nee!'

En dan smijt hij zijn fiets tegen het hekje waar hij zelf behendig overheen springt.

Dit heeft hij vaker gedaan.

Hij zet het op een rennen, waarop Lot en Jaap de achtervolging onmiddellijk inzetten. Even overweegt Lot haar hand op haar wapen te leggen, maar dan beseft ze dat er onvoldoende reden is om haar wapen te trekken. Hij is gewoon bang. Bang om weer achter de tralies te belanden. En of die angst terecht is, daar is ze nog niet helemaal uit.

Ondanks zijn korte benen is Robbert Donkschot een snelle renner. Lot voelt haar hart al snel in haar borstkas bonzen. Dat is de adrenaline. Niet haar gebrek aan conditie.

Ademhaling. In, uit, in, uit... In, bonk, bonk, en uit, bonk,

bonk. Haar hart blijft bonzen als de zware bas van een drumstel. Ze gebruikt het als ritme voor haar pas. Als Robbert de hoek om stuift en een steegje in duikt, zet ze de versnelling in.

Jaap heeft hem nu bijna. Hij springt op zijn rug en samen vallen ze op de grond. Hij weet nog een klein stukje weg te krabbelen, maar dan grijpt Jaap hem bij zijn nek en schakelt hem definitief uit. Op zijn buik, handen op zijn rug, tegen de grond.

Als Lot niet doordrongen was van de ernst van de situatie zou ze moeten lachen om haar partner als lompe polderinterpretatie van een actieheld. Ze leunt met haar knieën op de onderbenen van Robbert, om er zeker van te zijn dat hij zich niet meer los kan wurmen.

'Meldkamer, hier de 3501,' schalt ze door de portofoon. 'Robbert Donkschot aangehouden in een steegje bij de Stenenburgerstraat. We gaan hem boeien en brengen hem naar het bureau voor verhoor.'

Door het raam naar de verhoorkamer ziet Lot toe hoe Robbert Donkschot door zijn advocaat wordt voorbereid op het verhoor. De twee kennen elkaar door en door. De angst hangt nog steeds als een zweem over zijn gezicht, maar inmiddels lijkt hij iets meer te ontspannen. Hij kucht veel en vaak in de hand met de pleister, maar kan ook af en toe glimlachen – waarschijnlijk om de vraagontwijkende trucjes die zijn raadsman hem weer eens uit de doeken doet.

Leo voegt zich naast haar en vouwt zijn armen bazig over elkaar. 'Ze krijgen nog een minuut,' bromt hij. 'Dan gaan we naar binnen.'

'Hoe ging het vanochtend?' vraagt Lot.

Hij tuit zijn lippen en trekt ze dan omlaag. 'Heftig,' mompelt hij aangeslagen. 'Heel erg heftig.'

Lot heeft de neiging om haar hand even op zijn rug te leggen, als een vorm van collegiale troost, maar luistert naar het onderbuikgevoel dat haar daar toch van probeert te weerhouden. Dat ze inmiddels serieus genomen wordt door haar meerdere, betekent nog niet dat het op prijs gesteld wordt als ze intiemer wordt dan het schudden van een hand.

'Lot,' zegt hij met een kuchje, 'we hebben Zacharias moeten laten gaan.'

'Wat?'

Hij knikt. 'Stefan en ik zijn na ons bezoek aan de ouders van Lisanne bij hem geweest in het ziekenhuis. Hij ontkent het verhaal van Stefanie. Het is nu zijn verhaal tegen het hare, dus we hebben niets meer dan vermoedens. Tenzij er meer getuigen van het incident opduiken. Met vermoedens mag je iemand niet vasthouden in dit land.'

'Nee, dat begrijp ik, maar...'

'We krijgen hem wel, Lot. We krijgen hem wel.'

Ze kijkt naar Leo. Ineens realiseert ze zich dat hij haar tot twee keer toe geen Lotje noemde. Hij zei Lot. Ze trekt haar wenkbrauwen op en glimlacht. Goed teken.

Dan gaan ze de verhoorkamer binnen.

Ze zitten nog niet of de raadsman begint al te praten. 'Ik eis onmiddellijke invrijheidstelling van mijn cliënt.'

'Dat kan wel zo zijn,' passeert Leo hem, 'maar zo vlug gaat dat niet. Wij hebben eerst wat vragen.'

'Mijn cliënt lag ten tijde van de verdwijning van Krista Wolff in het ziekenhuis voor een knieoperatie, beste mensen. Dat toont aan dat hij niets met de zaak te maken kan hebben.'

Lot denkt aan het razende tempo waarop hij ervandoor ging vanochtend. 'Dan ben je goed opgeknapt,' knikt ze. 'Fijn voor je.'

'We zouden graag een DNA-monster bij je afnemen,' zegt Leo. 'Wil je daaraan meewerken? Als je onschuldig bent, zal het DNA dat bewijzen.'

Hij zucht diep. 'Dat hebben jullie toch nog wel?'

'Werk je mee, of niet?' vraagt Leo.

Weer een zucht.

'En waar was je ten tijde van de verdwijning van Lisanne, precies een maand na het zomerfeest?' vraagt Lot, zonder haar blik af te wenden. Ze ziet het trekken van zijn wenkbrauw, de droge lippen, zijn handen friemelend onder tafel.

'Weet ik, weet ik niet,' zegt hij. 'Het is te lang geleden.'

Hij kijkt zijn advocaat wanhopig aan. Help me dan, lijkt hij te zeggen. Help me dan. Zijn raadsman knikt hem geruststellend toe, zoals een vader bij zijn zoon zou doen. Toe maar.

'Ik eh,' gaat hij verder. 'Ik geloof, ik denk, het zal, ik kan het me n-niet echt herinneren, maar ik denk dat ik eh... dat ik gewoon thuis was.'

'Is er iemand die dat kan bevestigen?'

Hij schudt zijn hoofd.

'Ik ben alleen maar thuis of aan het werk. Soms ga ik de deur nog uit voor een boodschap, maar dat is het wel zo'n beetje.'

Loner, denkt Lot. Een loner met een verleden als zedendelinquent. Hij heeft er de papieren voor om de dader te zijn die ze zoeken, maar iets vertelt haar dat ze toch niet aan het juiste adres zitten bij hem.

Leo staat ineens hoofdschuddend op. De vermoeidheid druipt van hem af. Zijn lichaamsgeur is nog sterker dan eerder deze week. Het lijkt wel alsof hij nooit doucht.

'Bedankt,' zegt hij.

Ze lopen de verhoorkamer uit, zonder haast bewegen ze zich door de lange gang, zij aan zij. Ondanks de geur vindt Lot het fijn dat hij haar erbij betrekt. Beetje bij beetje wint ze zijn vertrouwen.

Aan het eind van de gang blijft hij stilstaan. 'Wat denk jij?'

Ze schudt haar hoofd. 'Ik weet het niet zeker, maar ik denk niet dat dit de man is die we zoeken.'

'Hij heeft een degelijk alibi voor Krista.'

'Precies. Als het om meerdere daders zou gaan, dan sloot dat op zich nog niets uit, maar ik ben er stellig van overtuigd dat we met één enkele dader te maken hebben.'

'We laten hem gaan,' besluit Leo. 'Maar laat hem weten dat hij beschikbaar moet blijven voor nader verhoor. En dat hij het contact met zijn reclasseringsambtenaar weer moet oppakken.

Het is niet aan hem om dat zomaar te beëindigen.'

'Doe ik.'

'O, en dan nog iets,' zegt hij. 'Zou je iets voor me willen doen, Lot?'

'Tuurlijk.'

'Er staat beneden een groepje journalisten te wachten voor wat interviewtjes, een camera van het journaal, verder nog wat kranten, je kent het wel, voor een update van de zaak.'

'Ja...'

Hij kijkt op zijn horloge. 'Ik moet er helaas echt met spoed vandoor nu. Jij kunt dit vast wel even oppakken, toch?'

Nog voordat ze antwoord kan geven, loopt hij al verder.

36

Hij kijkt nieuwsgierig naar de koffer op wieltjes die moeder onhandig trede voor trede omlaagtrekt. Hij staat onder aan de trap, met Beer onder zijn arm. Ook al zegt moeder dat hij te oud is voor Beer, hij kan hem niet wegdoen. Tegen Beer mag hij eindeloos praten. Hij zegt niets terug, maar hij hoort hem wel. De lucht zet zijn woorden namelijk om in knuffeltaal die zo zijn oren binnenfladdert. Soms ziet hij Beer weleens een beetje lachen – dan weet hij het zeker, hij begrijpt hem.

Een koffer is voor vakantie. Dat weet hij wel. Vakantie lijkt hem echt leuk, hij hoort er weleens over op school. Dat zijn klasgenoten dan met hun ouders en broertjes en zusjes in de auto gaan of in het vliegtuig en dan heel ver weg gaan, naar waar ze ijsjes hebben in alle kleuren en de hele dag mogen zwemmen.

Hij is weleens op zwemles geweest. Alle andere kinderen van de zwemles hadden om hem gelachen, omdat hij van moeder een roze zwembroekje aan moest. Hij wilde het nog zeggen tegen haar, maar durfde het niet.

Toch lijkt het hem wel leuk om nog eens te zwemmen. Maar hij is ook bang om te verdrinken.

Vakantie. Hij zucht met een enorme glimlach. Eindelijk kan hij erover meepraten in de klas. Dan zal hij die opscheppers eens vertellen wat voor vakantie hij gehad heeft met moeder.

'Waar gaan we naartoe?'

Moeder antwoordt niet en rolt haar koffer tot aan de deur. Dan loopt ze naar de keuken met haar jas in haar hand. Ze wenkt hem. Nu gaat ze het vast vertellen.

Als hij bij haar is aangekomen aait ze hem over zijn bol. Het prikkelt overal van opwinding. Wat vindt hij het toch heerlijk als ze hem over zijn bol aait. Dat betekent dat ze hem weer lief vindt. En niet langer boos is vanwege zijn zusje.

Ze pakt een brood van het aanrecht. 'Dit is een brood,' zegt ze.

Ja, dat ziet hij ook wel. Hij houdt zijn hand voor zijn mond, hij houdt het niet meer van de spanning en moet lachen omdat moeder vast denkt dat hij niet weet wat een brood is. Hij is al groot, hoor. Heus.

'Er liggen twee broden op het aanrecht,' gaat ze verder. Dan pakt ze de pot die ernaast staat. 'En dit is een pot pindakaas.'

Nu proest hij het uit van het lachen. Alsof hij dát niet weet, kom nou toch. Pindakaas is zijn lievelingsbeleg. Hij mag het maar heel af en toe.

Dan loopt moeder naar de uittrekkast in de keuken, de hele lange kast met allemaal mandjes erin die je, als je al je spierballen gebruikt, open kunt trekken. Ze trekt aan het greepje en de kast rolt open. Er zit van alles in. Rommeltjes, noemt moeder het altijd. Boterhamzakjes, waar hij weleens ballonnen van probeert te blazen. Vuilniszakken. En dingen die moeder weleens voor het eten gebruikt. Zakjes om puree mee te maken, bijvoorbeeld, dat soort dingen.

'Hier liggen zakjes met noedels.' Vervolgens wijst ze naar de waterkoker op het aanrecht. 'Een dot heet water erover en je hebt avondeten.'

Dan wrijft ze in haar handen en aait hem nog maar eens over zijn bol.

Hij sluit zijn ogen en geniet van haar aanraking. Dan omhelst hij haar, zoals hij al heel lang niet meer heeft mogen doen. Het mag van moeder, eindelijk mag het weer van moeder. Hij voelt haar warmte, zo heel dicht tegen zich aan en hij moet er bijna van huilen, zo blij is hij dat hij dat weer voelen mag.

Die hand, die zo kriebelt door zijn haar. Haar ademhaling heel dichtbij. De geur van haar parfum heel sterk in zijn neus. Hij moet er haast van niezen, maar wiebelt een beetje met zijn neus heen en weer en het trekt gelukkig weg. Niezen zou vervelend zijn, straks komt er viezigheid op haar schone jurk.

Dan maakt hij zich los uit de omhelzing en kijkt naar haar op. 'Waar gaan we naartoe?' vraagt hij nog maar een keertje.

Hij begrijpt het maar niet dat ze het grote nieuws steeds zo uitstelt. Hij kan niet wachten. Hij begint te springen van ongeduld. Toink, toink, toink, als een stuiterbal voor moeder. Toink, toink, toink.

'Domkop,' zegt ze dan grinnikend. 'Wíj gaan helemaal nergens naartoe, jongen!'

Toink, toink... Hij stopt abrupt met springen.

Terwijl hij zijn ogen ronddraait, probeert hij ergens in zijn gedachten te vinden wat moeder nu precies bedoelt. Wij gaan helemaal nergens heen? Huh, gaan ze helemaal niet op vakantie? Krijgt hij toch geen ijsjes in alle kleuren? Gaan ze toch niet zwemmen?

'Maar...' het leek hem zo heerlijk. Alleen moeder en hij, samen op stap, het avontuur tegemoet.

Ze wijst op haar borst. 'Nee, jongen. Wij gaan nergens heen. Ik ga op vakantie, sufkop.' Ze ademt diep in. 'Ik ben daar echt aan toe, begrijp je. Ik ga logeren in een luxe kuuroord in Zwitserland, met alles erop en eraan. Precies wat ik nodig heb. En jij blijft lekker hier, kuuroorden zijn niet voor kinderen.' Ze schudt haar hoofd. 'Nee, kinderen in een kuuroord zijn een beetje als duiveltjes in de hemel. Geen optie!'

'Maar...' fluistert hij nog eens. 'Ik wilde zo graag een ijsje kiezen in alle kleuren.'

Moeder steekt haar armen in de mouwen van haar jas. Dat betekent dat ze bijna weggaat. Hij voelt haar wegglippen, ook al staat ze nog voor hem.

'Nee, nee, niet gaan,' jammert hij. 'Moeder, niet gaan, hoor. Laat me niet alleen.'

Hij trekt aan haar mouw en ze schudt hem wild van zich af. 'Hè,' moppert ze. 'Altijd moet je moeilijk doen. Wat ben je toch een vervelend rotkind.'

Hij blijft stilstaan en slaat zijn ogen neer. Als hij nou maar niet vervelend was geweest, misschien had hij dan wel mee gemogen naar het kuuroord van moeder. Hij vraagt zich af of er ook ijsjes zijn in dat kuuroord.

'Ik heb je net laten zien wat ik voor eten voor je heb gehaald. Wees er zuinig op, want je moet er twee weken mee doen.'

Ze ritst haar jas dicht. Dit is het afscheid.

Ze loopt weg. Zonder zoen. Zonder aai over zijn bol. Zonder gedag. Hij hoort alleen nog de deur die langzaam in het slot valt. En dan is het stil.

37

Ze concentreert zich op haar ademhaling en verlegt haar grens voet voor voet. Als ze naar haar lichaam zou luisteren, was ze allang gestopt, maar ze wil dat lijf de baas zijn. Door de lange dagen die ze maakt, ligt verslechtering van haar conditie op de loer. Haar bed lonkt, of de lekkere bank van Hieke.

'Kom op,' gromt ze fluisterend. 'Kom op, stoppen is geen optie.'

Haar conditie moet echt op peil blijven. Elke stap die ze langs de bosrand zet voelt zwaarder. Het zuur in haar kuitspieren. Tinteling in haar bovenbenen. De druk op haar borst wordt heviger.

Ademhaling. Focussen op haar ademhaling. Puffend ademt ze uit, steeds luidruchtiger, ook al hoort ze dat niet door de muziek die uit haar oordopjes komt.

Ze draait de Kings of Leon, altijd lekker tijdens het lopen.

Ze denkt aan de lange interviewsessie waar Leo haar mee opzadelde. Ze verbaast zich keer op keer over die man. Hoe haalt hij het in zijn hoofd om zijn afspraken zomaar op haar af te schuiven? Toen ze doorhad om hoeveel gesprekken het ging, heeft ze hem nog geprobeerd te bereiken, maar hij nam de rest van de dag niet meer op.

Het uitzicht trakteert haar troostend op een waterig zomerzonnetje, zo een die rechtstreeks op haar bureaubladachtergrond zou kunnen. Ondanks haar frustratie over de interviews en de pijn van het grenzen verleggen, lukt het haar te lachen. Het was zo gek nog niet om hiernaartoe te verhuizen. Wat een plek, zeg. Wat een rust. Wat een pracht.

En dan vliegt hij ineens uit de bosjes, als een kat op de vlucht.

Lot gilt. 'Jezus!'

Ze stopt met rennen, ziet hem praten, maar rukt dan pas de dopjes uit haar oren. Haar eigen gehijg hoort ze eerst, dan pas zijn stem. En de woorden die die stem produceren.

'J-j-jij ook al?' lacht hij. 'L-l-lekker weertje om t-t-te spo-spo-sporten, hè?'

Dit is verdomme de derde keer dat hij haar haast een hartverzakking bezorgt. Het moet stoppen. En gauw ook.

Ze heeft hem nog nagetrokken in het systeem, maar hij kwam er brandschoon uit. Niks fout gedaan in zijn leven. Althans, niets wat geregistreerd staat.

'Ben jij wel helemaal lekker?'

Ze bekijkt de lichtblauwe zweetband van badstof die zijn haar als een diadeem uit zijn gezicht houdt. Het vaalwitte shirt lijkt op het tenue van de plaatselijke club, maar dan van een jaar of dertig geleden. Het net iets te korte roze broekje eronder geeft zijn dunne, melkwitte benen prijs, alsof het de poten van een flamingo zijn.

'H-hoe bedoel je?'

'Je laat me schrikken, lul.'

'O, s-s-sorry.'

'Ja, rot op met je sorry, daar ben ik echt klaar mee,' hijgt Lot.

Ze begint weer te lopen, ze kan niet wachten om terug bij Hiekes boerderij te zijn, waar de vrouw waarschijnlijk al op haar zit te wachten met een kop thee.

'Het s-spijt me, het was echt niet mijn be-be-be-doeling.'

Ze blijft stilstaan en bekijkt de journalist aandachtig. Wat is er toch met dit figuur? Waarom duikt hij overal op waar zij ook is? Achtervolgt hij haar? Is dit echt toeval?

'Jij...' zegt ze, zoekend naar woorden, 'je bent overal. Ik vind het maar niks.'

'Het is een k-k-k-k-k-k-klein do-dorp.'

'Ja,' knikt Lot. 'Zo ken ik er nog wel een paar.'

Hij komt een stap dichterbij. 'Nu ik je toch spreek,' zegt hij

– ineens soepel. ‘Is, is, is d-d-die informatie n-nog een beetje v-v-van pas gekomen?’

‘Over de manendiefstal?’

Hij knikt.

Ze haalt haar schouders op. Het is zeker van pas gekomen, want het heeft ze geattendeerd op iets wat ze zelf nog niet hadden ontdekt, maar ergens voelt ze zich te trots om dat toe te geven aan de stotterende stalker. ‘We hebben het ter info aangenomen. Hoe kom je er eigenlijk bij dat dit relevant is voor de zaak? Daar ben ik meer in geïnteresseerd.’

Hij knikt zomaar.

‘D-d-denk je dat d-d-de dader ook d-d-de manenjatter is?’

‘De manenjatter,’ herhaalt Lot. ‘Mooi woord is dat. Heb je dat helemaal zelf verzonnen?’

Hij grijnst zijn tanden bloot. ‘Ja,’ lacht hij. ‘Vond ik ook. Ik g-g-ga het als kooo-kop gebruiken.’

‘Doe vooral wat je niet laten kunt.’

‘Ik eh, ik h-heb nog wel wat voor je ge-ge-gevonden.’

Ze slaat haar armen over elkaar. Hij heeft nog wat gevonden, hoor...

‘Ja,’ knikt hij veelbetekenend. ‘Ik weet heus wel h-h-hoe ik d-d-d-d-d-de vrou-vrouwtjes blij moet maken.’

‘De vrouwtjes?’

Onhandig wijst hij naar haar. ‘J-ja, j-jou in eh, in dit geval.’

‘Mij...’

‘Ik weeeeet v-v-van wie d-d-dat hutje is.’

‘Jij weet van wie...’

‘H-h-het hutje, ja. In het b-b-b-b...’

‘Bos.’

Hij knikt.

Het lijkt Lot sterk dat Rens Groenewoud daar sneller achter is gekomen dan de rechercheurs die belast zijn met die vraag, maar ze spreekt in stilte met zichzelf af om de man een kans te geven.

‘I-i-ik heb wat docu-docu-documentaaaatie ge-gevonden,

over het h-huisje.' Hij steekt zijn vinger op. 'Ik w-w-was namelijk zo slim om mmme te her-her-her-her...'

'Herinneren?'

'Her-her-herinneren dat ik er ooit over gelezen heb in het d-d-dorpsarchief. Daar ha-hangt een oude f-f-f-f-foto van de heer Derksen.'

'Wie is dat?'

Hij glimlacht, trots. 'D-d-d-at is de eigenaar! Van het huisje, die heeft het ooit gekocht toen het tot monu-monument werd verklaard.'

'Meneer Derksen. Van de foto in het dorpsarchief.'

Wat is dat überhaupt? Een dorpsarchief?

Hij knikt. 'M-m-maar die is d-d-d-d-d-d-dus al ge-ge-ge-geruime tijd, eh, d-d-d-dood.'

Jezus, denkt Lot. Hier hebben we wat aan.

'Wat bedoel je met geruime tijd?'

'Z-zeker twintig jaar.'

'Bedankt,' zegt Lot. 'Ik zal er eens in duiken.'

En dan doet hij nog een stap naar voren. Op een onbewaakt ogenblik pakt hij Lot bij haar schouders en drukt van het ene op het andere moment zijn lippen op die van haar. Zijn greep is sterk, dus het lukt haar niet direct om zich los te wurmen. Ze trapt hem met haar knie vol in zijn kruis en ze schreeuwt het uit.

Ze herinnert zich haar training. Ben je alleen, zonder wapen, en word je aangevallen door een man...

Wegwezen.

Even overweegt ze nog om hem aan te houden, maar dan zet ze het toch op een rennen. Zo hard als ze kan, met hernieuwde energie door de adrenaline die door haar lichaam kolkt.

'Lot!' roept hij.

Ze kijkt achterom en ziet dat hij de achtervolging heeft ingezet. Verdomme, waarom is ze ook zonder telefoon van huis gegaan? De oordopjes bungelen onhandig over haar shirtje en slaan door de snelheid op en neer tegen haar kin. Met een goede ruk trekt ze de dingen los en ze smijt ze naast zich neer. Wegkomen nu, weg van die maniak.

Ook al maakt rennen haar gedachten normaal rustig en overzichtelijk, nu spookt er van alles door haar bovenkamer. Wat een engerd! Hoe hij haar zo vastpakte, zomaar begon te zoenen. Wat denkt hij wel? Ze spuugt naast zich. De gedachte dat zijn speeksel in haar mond zit... Gadverdamme.

Ze kijkt nog eens om. Hij blijft maar rennen. 'Lot!' roept hij steeds. 'Lot, kom nou hier!'

Nu stottert hij ineens niet meer. Wat moet ze daar nou weer van denken?

Vlak voor de boerderij van Hieke blijft ze staan. De vrouw zwaait naar haar van achter het keukenraampje. Nu ze weet dat Hieke haar gezien heeft en elk moment alarm kan slaan, voelt ze zich krachtiger. Ze wijst dreigend naar Rens, die sjokkend komt aangehold.

'Ik dacht d-d-dat je het wihihilde...' hijgt hij.

'Ach, rot op!' schreeuwt ze. 'Viezerd! Heel gauw nu!'

Hij draait zich om en loopt weg, zijn schouders buigen omlaag, zijn nek kromt een beetje. Hij kijkt naar de grond en verdwijnt. Precies zoals ze hem toegeschreeuwd heeft.

Ook zij draait zich om en stort zich in de bezorgde omhelzing van haar lieve gastvrouw.

De volgende middag zitten Jaap en zij bij elkaar met nog een aantal collega's, om wat zaken door te spreken. Als vergaderzaal hebben ze de tuinbank in de patio achter het bureau gekozen. De zon lokte ze naar buiten, allemaal met een glaasje versgeperst sap van Lot.

'Als je nou aangifte doet, dan zullen we hem eens even aan de tand voelen,' zegt Stefan. 'Die smeerpijp van een Groenewoud. Altijd al een irritant ventje gevonden, met dat gestotter.'

'Nee,' mompelt Lot. 'Laat maar gaan.'

Jaap kijkt serieus. 'Het is gewoon aanranding, hè? Wat als niet jij daar had gelopen, maar iemand anders, minder goed getraind, minder fit. Dat was een makkelijk slachtoffer geweest.'

Lot schudt haar hoofd. 'Ik geloof niet dat hij het nog eens doet.'

Ondertussen twijfelt ze direct aan die gedachte. En gaat ze haar profiel in gedachten nog eens langs.

Een man alleen, die stottert. Onhandig is in sociale contacten. Hij was op de plek van het hutje. Hij duikt steeds overal op waar zij is. Hij heeft informatie die enerzijds vrij voorhanden is, maar ook heel goed kan worden gezien als daderinformatie. Wie is zijn bron? Bestaat die bron eigenlijk wel? Het haar dat van manege Altena gejat is. De eigenaar van het huisje die hij zich ineens herinnert.

'Er is wel een steekje aan hem los,' mompelt ze. 'Hij zou zelfs de dader kunnen zijn, als ik mijn eigen profiel mag geloven.'

Jaap knikt. 'Mijn gedachte. Laten we hem ophalen.'

Lot schudt haar hoofd. 'Ho, ho, niet zo snel. Hij heeft me geprobeerd te zoenen, dat past dan weer niet in het daderprofiel. Onze dader zou zoiets niet durven. Hij overmeestert zijn slachtoffers niet voor niets van achteren.'

'Maar het blijft opvallend dat hij zoveel weet over de zaak.'

Ze vertrekt haar gezicht in een grimas. 'Dat is ook wel een beetje wat bij zijn werk hoort...'

'Ja hoor, straks gaat hij zich nog onderzoeksjournalist noemen. Tot voor kort schreef hij alleen nog maar over de wekelijkse brand in het wokrestaurant op de Hengelosestraat.'

Iedereen barst in lachen uit.

'De informatie waarmee hij komt is wel degelijk,' zegt Stefan, met zijn heerlijke accent. 'Die oude Derksen blijkt inderdaad eigenaar van het monumentale zouthuisje. Hij was dat en is dat feitelijk nog steeds, als hij niet onder de groene zoden zou liggen.'

'En niemand heeft zijn eigendom opgeëist? Of geërfd?' vraagt Lot. 'Ook de gemeente niet?'

'Gek genoeg niet,' zegt Stefan. 'Het is een soort niemandshut geworden, verlaten en vervallen. Totdat onze dader er een nieuwe bestemming voor vond.'

'Onvoorstelbaar...' fluistert ze.

Iedereen staat op. 'Stof tot nadenken,' concludeert Jaap. 'Dat ga ik maar eens doen in de tuin, met een biertje.'

De instemmende geluiden om haar heen verbazen Lot enigszins. Het loopt dan wel tegen het einde van de dag, en de zon schijnt, maar om nou midden in een van de grootste moordzaken in de geschiedenis wat eerder naar huis te gaan voor een biertje in je tuinset? Ze schudt haar hoofd en stapt in de auto. Ook zij gaat ervandoor. Maar wel met een heel andere bestemming.

38

Hieke wacht straks met haar befaamde zomerstamppot, dat weet ze, maar ze betwijfelt of ze het gaat halen om dat eten warm op te eten. Van een onopvallende afstand bestudeert ze de bedrijvigheid op Manegebedrijf Altena. Ze moet hier zijn, ze heeft heel sterk het gevoel dat ze hier moet zijn. Deze plek, vol paardenkak en stoffig stro, heeft te veel raakvlakken met haar zomermeisjes.

Bob Altena, Zacharias Verheijen, de paardenmanen. Ze komen allemaal hiervandaan.

Haar auto heeft ze verderop geparkeerd, te voet is ze verder gelopen, tot hier, tot aan de rand van het bos waar ze zich achter een paar dikke bomen schuilhoudt.

Ze zoekt Bob. Ze zoekt naar Zacharias.

Ze ziet de oude heer Altena, die volgens haar ook iets te verbergen heeft. Maar wat?

Haar blik glijdt langs de hekken, die schots en scheef uit het gras steken. Achter de hekken krijgen jonge meiden paardrijles. Er hangen wat ouders omheen, die puffend van de hitte staan te kijken naar de dressuurkunsten van hun kroost. Meneer Altena volgt de meisjes aandachtig, alsof het zijn eigen kinderen zijn.

Einde middag, checkt Lot op haar horloge. In gedachten ziet ze Jaap en de rest van haar collega's met een biertje in hun achtertuin zitten.

Bob Altena zal ook wel aan de borrel zitten in zijn kantine. Ze kijkt nog eens goed, maar ziet hem nergens. Die gast zit haar absoluut niet lekker. Op het eerste gezicht zou hij door kunnen gaan voor een opgeschoten puber met een lastige dronk, maar ergens voelt ze dat hij iets probeert te maskeren met dat gedrag. Hij verbergt iets waar ze haar vinger niet op kan leggen. En dat irriteert haar mateloos.

Dan valt haar oog op een gestalte, die op het veldje achter de stallen in beweging komt. Ze had niet eerder gezien dat daar iemand zat. Hij staat op.

Het is Zacharias.

Hij begint wat in de rondte te slenteren, zonder dat iemand aandacht aan hem lijkt te schenken. Klaar met werken, waarschijnlijk. Genietend van de namiddagzon.

Er zijn onvoldoende feiten en omstandigheden voor een redelijk vermoeden van schuld, maar Zacharias weigert een DNA-monster af te geven. Dat is zijn recht, dat beseft ze terdege, en het mag hem officieel niet hoger op het verdachtenlijstje plaatsen, maar voor Leo is hij hierdoor verdachte nummer één. Lot is niet helemaal overtuigd, maar wel zo gefascineerd door de militair dat ze hem nu staat te observeren.

De dader die nog rondloopt is levensgevaarlijk. Hij verliest de controle en de macht over zijn slachtoffers en heeft daarvan enorme stress, hij is ontregeld. Ze weet zeker dat hij fouten gaat maken. Hij zal proberen de controle terug te krijgen en weer toeslaan. In die zin is zijn gedrag voorspelbaar. Maar wie wordt zijn volgende slachtoffer? En wanneer besluit hij om toe te slaan?

Zouden ze niet alle meisjes in het dorp moeten waarschuwen?

Het kippenvel staat op haar armen als ze hem in haar richting ziet bewegen. Ze houdt haar adem in. Hij zal haar toch niet gezien hebben? Ze kucht stilletjes en hurkt dan neer achter een dikke boom, voor de zekerheid.

Zacharias struint verder, kijkt nog eens achterom naar de les en loopt dan door.

Ziet ze een grijns op zijn gezicht? Ja.

Hij loopt recht op het stuk bos af waar zij zich verschuilt.

Is dit een grap? Een spel? Een manier om haar bang te maken?

Eigenlijk zou ze nu dapper het bos uit moeten lopen en hem aan een kritisch vragenvuur moeten onderwerpen. Maar iets in haar zegt dat ze juist helemaal niets moet. Gewoon stilzitten. En doen alsof ze er niet is. Hopen op de kans dat hij haar toch niet gezien heeft.

Maar waarom komt hij dan haar kant op?

Hij is nu vlakbij, zo vlakbij dat ze zijn brede grijns duidelijk kan zien. Zijn ogen turen nog altijd even leeg de wereld in. Leeg en verlaten van alles wat een blik levend maakt. Dan staat hij stil, en kijkt nog even om. Er is nog steeds niemand die zich druk maakt om Zacharias Verheijen, maar dat lijkt hij toch even te controleren. Een blik naar links, een blik naar rechts.

Hij knielt neer, Lot volgt zijn beweging, nog steeds van achter de boom, nog geen tien meter van hem vandaan. Ze durft niet te ademen. Ze zet zich schrap voor wat gaat komen. Zal hij ineens op haar af komen stuiven? Zal hij haar proberen te wurgen? Net als zijn andere slachtoffers? Zal hij haar slaan, zoals zijn bloedeigen zus?

In zijn handen houdt hij een grote stok. En daarmee staat hij op.

Lot slikt de angst die ze tot haar eigen frustratie voelt weg. Ze voelt even met haar hand op haar holster. Dat kalmeert haar. Het was nou niet haar bedoeling om de dader naar zich toe te lokken. Bij lange na niet zelfs.

Weer dat kippenvel. Tegelijkertijd voelt ze het zweet tussen haar borsten druipen. Bloedheet is het.

Hij stapt het bos in, dat ergens voelde als haar terrein. Hij op het gras, zij in het bos. Zo was het. En zo is het nu niet meer. Hij begint te lopen, een paar meter van haar vandaan. Ze houdt haar adem in. Hij kijkt voortdurend om zich heen, als de getrainde militair die hij is. Maar er is niemand in het bos. Niemand, op Lot na.

Maar ik ben ook getraind, denkt Lot. Ze voelt haar zelfvertrouwen groeien als ze haar vuist balt. Hij loopt langs de boom waarachter ze schuilt. Ze perst haar lippen op elkaar zodat ze geen enkel geluid kan produceren. Twee stappen dichterbij en dan weer verder. Door. Steeds verder. Hij loopt door.

Hij heeft haar niet gezien. Of althans, zo lijkt het. Het kan ook een slimme zet zijn om haar op het verkeerde been te zetten.

Voor de zekerheid blijft ze gehurkt zitten, achter haar schild van schors. Voorzichtig steekt ze haar hoofd langs de stam, om zijn bewegingen te blijven volgen. Hij is gestopt met slenteren, met struinen. Doelgericht loopt hij nu het bos in, een route die hij vaker heeft afgelegd.

Verderop, bij de manege, hoort ze wat meisjes lachen. Even twijfelt ze. Met een paar stappen is ze terug in de wereld van de onschuldigen. Maar haar nieuwsgierigheid wint. Ze kijkt weer naar Zacharias. Ze ziet hoe hij de stok speels tegen wat takken slaat. Speels, maar angstaanjagend krachtig.

Ja, ze doet het. Ze staat op en zet de achtervolging in. Voorzichtig, op haar hoede, maar ze maakt wel tempo, want hij heeft inmiddels een flinke voorsprong. Hij heeft een doel. Dat is duidelijk. Hij loopt niet zomaar wat.

Lot wil weten wat dat doel is.

Ze achtervolgt hem, van boom naar boom. Schuilen, lopen, schuilen, lopen. Hij is kennelijk zeker van zijn zaak, hij denkt dat hij niet gevolgd wordt, want hij kijkt geen moment meer over zijn schouders. Recht vooruit, alleen maar recht vooruit, met die stok nog altijd bungelend in zijn hand.

Zweetdruppels druipen in haar ogen. Ze veegt ze af met haar shirt.

Waar is die stok voor? vraagt Lot zich af. Heeft hij die uit een soort verveling opgeraapt, om maar wat in zijn handen te hebben, of iets dergelijks? Of heeft de stok een functie?

Ze denkt aan haar dader. De dader die de meisjes van achteren heeft overmeesterd en ze met een stomp voorwerp heeft geslagen. Dat voorwerp kan heel goed een stok zijn.

Zacharias beklimt een klein bergje naar het hogere deel van het bos, vlak bij een andere bosrand, waaraan slechts uitgestrekte weilanden grenzen. In de verte klinkt het kabaal van een maaimachine, die luidruchtig over de maisvelden trekt.

Lot maakt gebruik van de herrie door zich wat vlugger voort te bewegen. Zacharias kan haar stappen nu onmogelijk horen. Hij is even uit beeld en ze wil hem zo snel mogelijk weer in het vizier hebben. Met handen en voeten beklimt ze het bergje, op dezelfde plek als Zacharias. Hij sloeg af naar links. Ze houdt zich nog even laag bij de grond en oriënteert zich.

Geen Zacharias.

'Shit,' fluistert ze.

Het lawaai van de machine wordt steeds luider, dreigender, dichterbij. Even kijkt ze paniekerig om zich heen. Hij zal haar hier toch niet opwachten? Hij zal haar toch niet proberen te overmeesteren?

Daar.

Ze ziet hem.

Hij heeft een flinke spurt gemaakt en loopt langs de rand van het bos naar zijn doel. Lot krabbelt op en volgt hem weer, van boom, naar boom, naar struik, naar boom, boom, boom. Steeds een beetje sneller, om zijn voorsprong in te halen. Ze kan hem amper nog zien.

Ondertussen probeert ze zijn doel voor ogen te krijgen. En terwijl ze het bos dat zich voor hem uitstrekt afspeurt, ziet ze ineens iets ongewoons tussen al dat groen, bruin en zwart.

Ze veegt haar voorhoofd nog eens droog, blaast wat koele lucht in haar shirt en knijpt haar ogen tot spleetjes. Ze gaat bij zichzelf na of ze het echt goed ziet. Maar ze is er vrij zeker van. Op een kleedje, midden in het bos, ziet ze nog net twee blanke benen liggen. De rest van het lichaam is niet te zien, vanwege de dichte begroeiing.

Lot voelt haar hart in haar keel bonzen. Een naakt meisje.

Automatisch grijpt ze naar de portofoon. Ze klikt hem aan. Even staat ze stil en drukt als een wilde op het knopje.

‘Godverdegodver...’ fluistert ze.

Die rotdingen. Ze heeft al steeds geroepen dat het nog eens levens zal kosten als ze de technische problemen niet oplossen. Maar nooit heeft ze gedacht dat het haar eigen leven zou kunnen kosten. Met haar hand op haar wapen begint ze te rennen, in de richting van Zacharias, die juist wat langzamer is gaan lopen.

Hij heeft zijn doel natuurlijk in zicht. Hij is bijna bij haar.

Jezus. Dus toch. Heeft Leo gelijk?

Ze weet niks van de situatie, maar ze moet erheen. Dan maar alleen. Het slachtoffer kan nog in leven zijn. Het slachtoffer kan nog gered worden.

Ondertussen probeert ze haar mobiele telefoon uit haar zak te wurmen. De meldkamer moet weten waar ze is en ze moet versterking vragen. Want dat er versterking moet komen, lijkt haar duidelijk.

‘Jaap, lul,’ fluistert ze verbeten. ‘Met je biertje. Waar ben je nou?’

Ze toetst het doorkiesnummer van de meldkamer in en houdt de telefoon aan haar oor terwijl ze doorloopt. Zodra ze de vertrouwde stem van de meldkamer hoort, begint ze te fluisteren.

‘Bosgebied tussen Managebedrijf Altena en maisvelden. Ik zit achter Zacharias aan, mogelijk slachtoffer ter plaatse, stuur een ambulance. Ik ga hem aanhouden. Porto is dood. Graag versterking, zo snel mogelijk.’

Dan begint Zacharias weer snel te lopen, alsof hij haar heeft gehoord en de eindspurt inzet. De stok rust op zijn schouder. Een makkelijke positie voor als je er een mep mee wilt verkopen.

Misschien gaat hij nu de fatale klap wel uitdelen. Wie is dit meisje? Leeft ze nog? Is ze bewusteloos, of al dood? Het is te ver om het te kunnen zien, de benen zijn als een blank streepje op het kleedje. Kan ze haar nog wel redden?

Zacharias moet gestopt worden. En wel nu. Nog een paar meter, dan is hij er.

In twee seconden neemt ze de beslissing. Alsof de maaimachine, die nu heel dichtbij rijdt en een soort draai maakt, met zijn herrie een besluit afdwingt. Ze gooit de telefoon van zich af, grist haar wapen en richt. 'Politie!' roept ze. 'Blijf staan of ik schiet!'

Zacharias kijkt niet op of om en loopt door. Hij hoort het niet. Shit, hij hoort het niet. Ze schraapt haar keel en roept luidkeels. 'Politie! Blijf staan of ik schiet!'

Geen reactie weer. Hij nadert het lichaam. Hij is nu heel dicht bij het lichaam. De benen. De blote blanke benen.

Lot legt haar vinger op de trekker. Hij moet gestopt worden. Die stok. Zijn wapen. Het lichaam op de grond. Hij is te dichtbij, ze heeft het niet onder controle. 'Politie! Blijf staan of ik schiet!'

Leo had toch gelijk. Hoe was het mogelijk dat zij het niet net zo duidelijk zag? Leo had gelijk. Zacharias is de dader. Hij reageert nog steeds niet op haar roepen. Hij hoort haar niet, of hij doet alsof hij haar niet hoort.

Het is te laat voor een waarschuwingsschot. Hij is al te dicht bij het meisje en heeft die tak nog steeds in zijn hand. Ze mag het risico niet lopen dat hij onder haar ogen de fatale klap aan dit slachtoffer uitdeelt.

Ze richt en denkt aan haar training. Ze staat bekend om haar vaste hand. Haar uitstekende schietkwaliteiten. In één keer in de roos als het moet. Ze richt op zijn been en haalt de trekker over.

Een oorverdovende knal klinkt door het bos. Zacharias schreeuwt het uit. De stok vliegt van hem af, hij valt voorover tegen de grond. De maaimachine stopt.

Het is even helemaal stil.

Dan zet Lot het op een rennen. Haar mobiliteit is nu in haar voordeel. Zacharias is gewond, maar nog niet uitgeschakeld. Ze moet snel zijn, voordat hij er alsnog een eind aan maakt.

Nog tien meter. Zacharias ligt kermend op de grond. Zijn handen, besmeurd met bloed, omklemmen zijn bovenbeen.

Goed gericht. Hij lijkt niet in staat om op te staan en zich nog tot het meisje te richten. Lot kijkt naar links, naar het kleedje, waar geen benen meer liggen. Ze ziet blote voeten. In slow motion bestudeert ze het lichaam, van voet tot kruin. Ze bijt op haar lip als ze doorheeft wie ze voor zich heeft. O god, nee.

Oog in oog staat ze met Bob Altena, die poedelnaakt op het kleedje staat. Zijn naakte spillepoten. Zijn handen voor zijn blote borst. Zijn geslachtsdeel in een halve erectie. Op het kleedje een fles wijn en twee glazen.

39

Ze voelt zijn hand op haar schouder rusten als hij zich naast haar op het bankje in de schemerige tuin van het bureau laat zakken. Een diepe zucht. Een kuchje. Hij weet ook niet waar hij beginnen moet. Hij weet ook niet wat hij vinden moet.

'Hoe gaat het met je?' vraagt Jaap.

Lot haalt haar schouders op en staart voor zich uit.

'Zacharias is geopereerd,' zegt hij kalm. 'De kogel is netjes verwijderd en het ziet ernaar uit dat die geen verdere schade heeft veroorzaakt.'

Ze knikt.

'Lot,' stamelt hij dan. 'Ik had hetzelfde gedaan. Denk ik...'

'Ik dacht...'

Hij knikt. 'Dat weet ik. Dat weet ik wel.'

'Leo zal daar wel anders over denken.'

'Ach, die baalt gewoon van alle publiciteit. Dat zijn kop er misschien af gaat in de evaluatie, zoiets.'

'Dat zou ook erg zijn. Als dat door mijn schuld zou...'

'Lot, die twee hebben een relatie. Hoe had je dat in godsnaam moeten weten? Bob Altena en Zacharias Verheijen. In dit dorp, vol boerenlullen en macho's. Natuurlijk deden ze het stiekem. Heb je die oude Altena weleens gezien? Denk je dat hij het zou tolereren als hij wist dat zijn zoon homo was?'

Lot schudt haar hoofd. Ze is volstrekt in de war, maar ook te moe om te bevatten wat er allemaal gebeurt. Een onverklaarbare spierpijn in haar hele lijf zeurt om aandacht.

'Bob is over de brug gekomen met een verklaring,' zegt Jaap dan. Hij knijpt met zijn hand in haar bovenbeen. Even grinnikt hij. 'Dat heb je toch maar mooi voor elkaar gekregen.' En dan weer serieus: 'Hij vertelde dat ze inderdaad allebei ruzie hebben gehad met Krista die avond van het zomerfeest. Ze had zich de laatste dagen ongevraagd bij hun vriendengroep gevoegd en ontdekte de twee op een onbewaakt ogenblik flikflooiend achter een schuurtje. Ze dreigde hun geheim openbaar te maken en genoot er kennelijk van de twee een beetje op te naaien. Het schijnt dat ze het aan Lisanne heeft verteld.'

Lot schrikt op. 'Meen je dat?'

Hij knikt. 'Daarom waren ze zo pissig.'

'Kun je nagaan,' fluistert ze. 'Dat die twee elkaar dus hebben gesproken. Lisanne en Krista. Niet wetende...'

'Dat ze niet veel later allebei slachtoffer zouden worden van dezelfde dader.'

Lot zucht diep.

'Eerst heeft Bob Krista de huid vol gescholden,' gaat Jaap verder. 'En vervolgens heeft Zacharias haar bedreigd, dat heeft hij inmiddels bekend.'

'Dat klopt met het verhaal van het zusje van Lisanne...'

'Precies. En volgens Bob was ze daar zo van onder de indruk, dat ze er huilend vandoor is gegaan, het bos in. Dat klopt dus ook.'

Lot kijkt Jaap aan. 'Het is haar dood geworden.'

'Ja,' knikt hij. 'Daar lijkt het wel op.'

Ze zwijgen een tijdje, terwijl haar gedachten afdwalen naar Krista, die overstuur door het bos rent. Deze verklaring pleit Zacharias en Bob misschien vrij van moord, maar ze hebben haar wel recht in de armen van de dader gedreven. Ze was onbekend in het gebied, sprak de taal niet of nauwelijks. En waarschijnlijk was ze doodsbang voor de ex-militair, die er op God weet wat voor manier voor heeft gezorgd dat ze liever wegrende dan zich weer bij het feestgedruis te voegen.

Dan verschijnt Leo in haar blikveld, met een ernstige uitdrukking op zijn gezicht. Hij wenkt met zijn hoofd, gebruikt geen woorden. Lot staat op en volgt hem naar binnen, haar ogen neergeslagen. Ze knakt haar vingers.

Hij gaat zitten, niet achter, maar op zijn bureau. Minder officieel dan ze dacht.

'Lot, hoe gaat het met je?'

Weer geen Lotje.

Ze knikt. 'Wel oké, nog een beetje in shock, geloof ik. Het is, ik weet het niet, het leek zo...'

'Ik zat ernaast, Lot. Ik was ervan overtuigd dat het Zacharias moest zijn, ik heb je misschien op het verkeerde spoor gezet.'

Ze schudt haar hoofd. 'Nee, dat was het niet, het was allemaal zo verdacht. Dit was in mijn ogen de enige manier om te handelen.'

'Het is een verschrikkelijk incident, Lot. Laat ik vooropstellen dat ik je een uitstekende rechercheur vind. Je bent van toegevoegde waarde voor het team, ook al zag ik dat in het begin niet per se zo. Ik heb je profiel nog eens gelezen, Lot, en je zei het al, Zacharias past er niet zo perfect in als ik dacht. Ik zal je suggesties vanaf nu dan ook zeker serieuzer nemen.'

'Die stok...' mompelt Lot. 'Hij had een stok.'

'Voor een vuurtje,' zegt Leo. 'Hij heeft verklaard dat die voor het vuurtje was.'

'Voor zijn vuurtje...' herhaalt ze, enigszins afwezig. 'Een maar,' zegt ze dan. 'In je vorige zin hoorde ik een maar.'

Hij knikt, zijn lippen even stijf op elkaar gedrukt, als blijk van medeleven. 'Er zal uiteraard een officieel onderzoek van de Rijksrecherche volgen, maar ik zal mijn uiterste best doen om ervoor te zorgen dat je niet geschorst wordt. De actie van vandaag was alleen niet zo handig. En dat verwijt ik ook mezelf. Ik heb namelijk al een tijdje het idee dat je te hard aan deze zaak werkt. Misschien heb je het gevoel dat je je moet bewijzen omdat je nieuw bent, om je kwaliteiten als profiler te tonen.'

'Nee.' Ze zoekt zijn blik. 'Nee, Leo, dat is het niet. Mijn gevoel zei gewoon...'

'Met gevóél,' onderbreekt hij haar, 'kunnen we nu even niets.

Het spijt me. Ik moet dit straks allemaal verklaren aan de pers, weet je wel.'

'Ik doe het met liefde zelf.'

'Alsjeblieft, zeg...' verzucht hij. 'Dat lijkt me wel het laatste wat we ons moeten wensen. Nee, Lot, wat ik je wilde zeggen: ik stuur je met verlof.'

Ze slaat met een vuist in haar hand. 'Je schorst me dus wel?'

'Nee,' corrigeert hij haar. 'En het is maar voor een paar dagen, totdat de boel hier een beetje is overgewaaid. Ik heb het al overlegd met de korpschef. Die journalisten buiten, die smullen hiervan, hoor. Vergis je niet. Ik wil dat je even niet meer met de zaak bezig bent. Maak je hoofd leeg, ontspan. En kom terug met een frisse blik. Dat heb je nodig, geloof me. En wij ook.'

Lot slikt een opmerking in. Ze weet dat hij gelijk heeft, dat afstand in dit geval kan helpen. Maar ondertussen loopt de dader nog vrij rond en kan hij elk moment een volgend slachtoffer maken, alle meisjes in het dorp lopen gevaar. Ze weet niet of ze zichzelf de rust kan gunnen om er een paar dagen tussenuit te gaan.

'Dat was het,' zegt Leo. Hij klopt nog even op haar schouder en loopt dan zijn kantoor uit. 'Tot na je verlof.'

Lot sloft naar de uitgang van het bureau, met lamme benen en slappe oogleden. Op links begint een afvaardiging van de pers te roepen. Ze kennen haar natuurlijk inmiddels bij naam. Snakken naar een update uit haar mond.

Ze zoeken het maar uit.

Haar auto staat gelukkig op rechts. Zonder aan de verleiding toe te geven om op die flitsende massa af te stappen en haar verhaal te doen, stapt ze in haar zwarte Audi A1 en rijdt plankgas weg.

Ze heeft geen zin om langs Hieke te rijden. Dan moet ze praten en haar woorden zijn voor even op. Ze wil eerst nadenken, de woorden in haar gedachten op een rijtje zetten. Ze kijkt naar de omgeving die zich in schemer hult. Ze telt de lantaarns langs de weg. Ze probeert te luisteren naar een stompzinnig verhaal van een lollige radio-dj. En ondertussen rijdt ze maar, zonder duidelijk doel.

Hoewel ze dat nooit doet in de auto, steekt ze een sigaret op. Ze inhaleert en staart naar de weg. Ze heeft rust nodig. Een plek om haar hoofd leeg te maken en alles weer helder te kunnen zien. Lot trommelt met haar vingers op het stuur, bijt op haar lip.

Gek idee. Maf idee.

Maar eigenlijk is er wat haar betreft maar één geschikte plek op aarde om die ultieme rust te bereiken. Ze slaat af en draait de juiste snelweg op. Ze ziet op het vliegveld wel of er nog een plekje vrij is op de laatste vlucht.

40

Haar foto beweegt op en neer, in hetzelfde ritme als zijn hand. Hij kijkt naar haar gezicht en fantaseert over hoe zacht haar wangen zouden voelen. Haar ogen kijken verleidelijk naar hem. Die lippen, hij verlangt naar de aanraking van die lippen op zijn, op zijn, op zijn...

Hij heeft de foto van het intranet geplukt. Stiekem geprint op school in de mediatheek. Niemand heeft hem gezien, gelukkig. En nu kan hij ongestoord van haar genieten.

Ze zit altijd rechts voor hem bij Duitse les. Af en toe kijkt ze om. Maar nooit zou hij haar durven aanspreken. Hij denkt er weleens over. Over hoe het zou zijn als hij iets tegen haar durft te zeggen. Als hij haar mee uit durft te vragen, of ze dan ja zou zeggen. Ze is niet het mooiste meisje van de klas, maar ze heeft schitterende bruine ogen, en lang zwart haar, net als moeder. Zij is de enige die aardig tegen hem is, af en toe. Dat kan maar één ding betekenen: ze vindt hem ook leuk.

Wat zou hij haar graag als vriendin hebben. Hij stelt zich voor dat ze bij hem is, op zijn bed. Dat ze hem niet uitlacht. Dat het haar opwindt wat hij doet.

De foto beweegt sneller heen en weer nu. Hij kan steeds minder goed nadenken. Alle aandacht is voor haar. Zijn hand omklemt zijn geslacht. En heen en weer en op en neer.

Die ogen, hij verdwijnt in die bruine ogen.

Hij zal haar... Hij zal haar krijgen, ooit, als hij de moed gevonden heeft.

Dan vliegt de deur van zijn kamer open. Hij hapt naar lucht. Stopt zijn piemel gauw in zijn broek. Hij wil de foto achter zijn rug verstoppen, maar het is al te laat. Met een verhit hoofd grist ze de foto uit zijn klamme hand.

Hij slikt. En ziet angstig hoe zij de foto bekijkt. Hij voelt zijn wangen vuurrood worden.

'Wie is dit?'

Hij durft het niet te zeggen en ontwijkt haar blik. Hij verbergt zijn rode wangen achter zijn handen. Dit is erg. Dit is heel erg.

Klats. Haar hand vliegt als vertrouwd tegen zijn wang, maar zijn hand dient als harnas. Aarzelend laat hij dat harnas zakken.

'Praat!' roept ze. 'Wie is dit?'

'Nadia,' fluistert hij.

'Nadia wie?'

'Nadia van school.'

'O, Nadia van school,' herhaalt ze spottend. 'Waarom heb je een foto van haar? Vind je haar knap?'

Hij knikt zachtjes.

'Ja?'

Ze houdt de foto verder van zich af en weer wat dichterbij. Dat herhaalt ze een paar keer. 'Knap?' roept ze dan lachend. 'Echt?'

Hij zwijgt.

'Geef antwoord...' gromt ze dan.

'J-ja,' fluistert hij. 'Ik vind haar echt knap.'

Weer barst ze in lachen uit als ze naar de foto kijkt.

'En jij dacht je eens even af te trekken op haar foto?' Ze tikt nerveuzig met haar vinger tegen het papier. 'Het is verdorie te smerig voor woorden. Ik wist al dat je een zielig figuur was, maar dat je zó zielig was, dat wist ik nog niet. Ik schaam me er gewoon voor dat je mijn zoon bent, weet je dat?'

Ja, dat weet hij.

Hij reageert niet. Als hij iets heeft geleerd in het verleden, is dat zwijgen in dit geval nog altijd het beste werkt. Minste kans op escalatie, minste kans op nog meer klappen. Maar het liefst wil hij verdwijnen, net als zijn zusje. Hij draait zich om naar de muur, trekt zijn benen op en sluit zijn ogen.

'Ik wil dit niet hebben, hoor,' zegt ze onverstoord. 'Niet in mijn huis. Dit soort smerige zaakjes.'

Hij kucht eventjes. Hij weet dat het nu juist wél handig is om iets te zeggen. 'Het zal niet meer gebeuren, moeder.'

Ze verfrommelt de foto van zijn Nadia tot een prop in haar hand en gooit die in de hoek van de kamer. Hij voelt een enorme woede opkomen, maar hij houdt zich in. Uit angst voor haar reactie, voor de pijn die zeker zal volgen.

En dan hoort hij haar weglopen. Hij rolt voorzichtig weer op zijn rug.

In de deuropening draait ze zich nog even om. Ze wijst naar de verfrommelde foto in de hoek van zijn kamer. Hun blikken kruisen elkaar in een stille minuut. Hij probeert te raden wat ze zal denken. Hoe ze naar hem zal kijken. Of ze ooit nog van hem zal houden.

'Vergeet die meid,' zegt ze dan. 'Je bent een loser. En er is geen meisje dat jou ooit zou willen. Knoop dat nou maar gewoon in je oren.'

41

De zon weerkaatst glanzend in de spiegel van het meer. Lot staart naar de donkergroene schaduw die de bomen tekenen in het licht golvende water. Haar billen bloot op het warme hout van de steiger. Haar voeten bungelen in het zachte, koele meer.

Af en toe glibbert er een vis langs haar tenen. Voorheen had ze daarvan gegruweld, maar nu doet het haar vertrouwd aan.

Steeds weer ziet ze zichzelf in wilde achtervolging op Zacharias. Het schieten, het verdomde schieten. Raak. En onterecht, ook al was het verdacht.

Het lijkt onterecht.

Voor even sluit ze haar ogen en ademt diep in. Dit is wel wat ze nodig had. Naar deze rust verlangde ze vurig toen ze haar auto op het vliegveld parkeerde gisteravond. De vraag is alleen of het haar ook echt gaat helpen. Of ze de rust kan binnenlaten.

Dan voelt ze zijn handen om haar kuiten klemmen. Ze gilt. Met een flinke ruk trekt hij haar het frisse water in.

Ze lacht. Voor even, tijdens het moment van onder water zijn, spoelt het meer haar zorgen weg. Voor even is haar hoofd vrij. En dan komt ze boven en is alles er weer. De zon, het geluid, de lucht, haar gedachten. En hij.

Ze vouwt haar benen om zijn middel en samen dobberen ze een tijdje door het water. Ze zijn de enigen hier, net als toen. Dit is hun plekje.

Haar liefste plek op aarde. Een weg-van-dit-allesplekje.

Hij kust haar, terwijl ze deinen en deinen en maar deinen. Ze zoent hem terug. Voor even is alles vergeten, voor even is de wereld alleen maar hij en zij. Ze wil helemaal in hem wegkruipen, onzichtbaar worden. Even helemaal weg van de wereld. Ze zoenen verder en draaien zachtjes met de stroming mee. Het water kietelt haar gevoelige huid. Ze beweegt haar bekken op en neer en legt haar hoofd in haar nek. Haar korte blonde haar golft door het water, glanzend als zijde.

Ze dobberen terug naar de steiger en klimmen erop. Daar glijdt hij soepel bij haar naar binnen. Haar tepels tegen zijn borst gedrukt. Zijn handen om haar billen geklemd.

Man, wat heeft ze hem gemist.

Dan weer zoenen, zijn lippen op die van haar. Ze klemt zich aan hem vast, zo stevig als ze kan.

Pas als de warme zon haar lijf helemaal heeft gedroogd, doet ze haar ogen weer open. Haar slanke lijf rust op de steiger. Ze draait zich naar Magnus en ziet dat hij zijn witte blouse alweer aanheeft. Hij houdt haar jurkje in zijn hand.

'Kom,' zegt hij, zoals alleen hij dat kan zeggen, met dat luchtige accent waar ze verzot op is. 'Kom, kom.'

Lot trekt haar kleren aan en schuift haar voeten in de slippers die ze kocht bij aankomst op Arlanda Airport. Hand in hand lopen ze naar zijn auto, die een eindje verderop in het bos staat te wachten.

Rozig van de seks, van de zon of van de vroege wijn zit ze naast hem, in zijn luxe fourwheeldrive. Geruisloos trekt hij op. Bochtje hier, bochtje daar. Ze gaan naar zijn zomerhuisje. Dat hebben ze niet afgesproken, maar ze herkent de route. En daar hoopte ze al op.

Na twintig minuten doemt het huisje op, kleiner dan in haar herinnering, maar nog net zo idyllisch als op de foto die ze naast haar bed bewaart. Op de veranda de schommelstoel waar ze uren in heeft doorgebracht. Een kaarsje op de brede armleuning, dossiers met cold cases op haar schoot. Werk, studie en privé liepen in die tijd moeiteloos door elkaar. Magnus was niet alleen haar baas, maar ook haar mentor. En haar geliefde.

Toch was dat niet vreemd. Het klopte aan alle kanten. Ze konden het ook goed scheiden. Zodra ze het over een zaak hadden, waren ze leerling en mentor, soms zelfs volwaardige collega's. Dan haalde geen van beiden het in zijn hoofd om de ander te kussen. Maar wanneer het kaarsje op de veranda doofde, was er alleen nog maar ruimte voor de liefde. Hij is er vrij in, in de liefde, als groot voorstander van open relaties.

Magnus opent de houten deur en ze stappen naar binnen. De specifieke geur herinnert haar aan de houten borden die hier in de keukenkast staan. Aan de lange tuintafel waar ze dineerden met collega's. Ze denkt aan het zachte matras in de kleine slaapkamer. En het donzige kleedje in de wc.

Alles komt terug. In één keer is ze hier weer, in lichaam en geest.

'Ik maak wat lekkers te eten.' Hij gebaart met zijn hoofd naar buiten. 'Ga jij maar zitten.'

Ze gaat zitten op de veranda, in die fijne, houten schommelstoel. O ja, dat geluid, van hout op hout. Een krakend herbeleven van de mooiste tijd uit haar leven. Dat ze hier mag zijn, dat ze hier is, voelt als een adventskalender van haar verleden. Er mag een klein deurtje open en een zoete herinnering komt tot leven.

Ze herinnert zich haar Zweedse collega Sara, met wie ze uren in de sauna doorbracht na het werk op het bureau in Stockholm. Lot had tien cold cases op haar bordje gekregen en werd weken achtereen opgeslokt door de gruwelijkste verhalen en moorden. De sauna was voor haar de ultieme ontlading, ontspanning. Ze kreeg een intense band met Sara.

Het is jammer dat ze helemaal naar het noorden is verhuisd. Anders had Lot haar kunnen opzoeken tijdens haar verplichte verlof.

Ze denkt terug aan die keer, die ene keer dat ze de controle over zichzelf helemaal verloor. Een gewone donderdagavond, na werk, in de sauna. Samen met Sara. Ze kletsten wat, over werk, over Magnus. Over een man die Sara op het oog had. Ze lachten en maakten flauwe grappen. En ineens begon het, een hevig trillen. Huilen. Lot zag zichzelf zitten, daar in die sauna.

Ze hoorde zichzelf huilen, ze zag hoe haar handen, benen, armen, hoe alles in haar lichaam beefde. Al die tranen, al dat huilen. Sara hielp haar de sauna uit, kuste haar wang, troostte haar. Het hield een minuut of tien aan. En toen was het over, klaar. Toen voelde Lot niets meer van die intense aanval van verdriet, van spanning.

'Vind je het gek?' had Magnus gevraagd toen ze 's avonds bij hem in bed kroop en vertelde over haar *nervous breakdown*. 'Ja, Lot,' zei hij nog eens, 'vind je het echt gek?'

Ze had hem wat onbenullig aangekeken.

'Ik vroeg me al af wanneer het zou komen,' vervolgde hij. 'Het duurde nog lang, bij jou. Denk je dat het normaal is, om weken achtereen, dag in dag uit met zoveel gruwelijks geconfronteerd te worden? Denk je dat je dat puur zakelijk en professioneel kunt blijven bekijken?'

Als ze hem op dat ogenblik had geantwoord, had ze waarschijnlijk ja gezegd. Ze had dat oprecht zo gedacht.

'Lot, deze uiting is normaal en gezond. Nu is het eruit. Je geest krijgt nogal wat te verwerken. Dat komt er een keer uit, op wat voor manier ook.'

Zijn geur trekt haar terug naar het nu. Magnus staat naast haar met een plank vol lekkernijen, een fles en twee glaasjes. Hij schenkt een bodempje bourbon in de glazen, gaat zitten en leunt achterover. Geamuseerd bestudeert hij haar. In de auto van het vliegveld naar het hotel gisteravond heeft ze hem alles al verteld, elk detail dat in haar opkwam, elk idee dat ze heeft gehad. Sprongen die haar gedachten maakten, ontdekkingen die ze deed. Hij reageerde nergens op. Hij luisterde eigenlijk alleen maar, zoals hij altijd doet. In stilte, dat observeren, het kan je gek maken, als verteller, maar bij hem maakt het je juist rustig. Alsof je al je sores in één lang verhaal zo over de schutting kunt smijten door het aan hem te vertellen. Hij lost het wel op. Hij weet wel wat te doen.

Pas bij het verhaal over haar achtervolging op Zacharias, het schietincident, het zogenaamde verlof waarop ze gestuurd is, meende Lot iets van een reactie te zien. Het leek haast alsof hij zich schaamde. Plaatsvervangend, misschien.

'Nu,' zegt hij. 'Vertel me nog eens een keer over je zaak, maar dan als de Lot die ik ken.'

'Als de Lot die je... Hoe bedoel je?'

'Ik ken jou als een slimme vrouw, met focus. Al die details in je hoofd, dat je dat allemaal kunt onthouden, dat is een kracht. Maar die heeft je nog nooit zo in de weg gezeten als nu. Dat geeft niet, maar je kunt ervan leren. Zie het als een rommelige boekenkast, een heel rommelige boekenkast, die je moet opruimen. Dat lukt niet in één keer. Je begint bij de bovenste plank, of juist de onderste. En als die er keurig uitziet, maak je de stap naar de volgende plank. Dan de volgende, en de volgende.'

'Ja, ja...' zegt Lot, terwijl ze een stukje gerookte zalm van de plank pakt. 'Ik vat hem al hoor.'

'Ongeduld,' gniffelt hij. 'Dat blijft een van je zwaktes.'

Ze lacht met hem mee. 'Ik kan hier toch ook niet een beetje in een meertje gaan liggen dobberen? Die dader loopt daar vrij rond.'

'Het is niet jouw verantwoordelijkheid dat hij die daden begaat.'

'Maar het is wel mijn verantwoordelijkheid om hem te pakken.'

'Ha!' Hij steekt zijn vinger op. 'Fout!'

'Ik kan eraan bijdragen...'

'Precies. Dat is iets anders. Het is de verantwoordelijkheid van het team, en als profiler kun je dat team bijsturen, de juiste kant op dirigeren. Ondersteunen. Lot, denk eraan, jouw rol is dienend, niet per se leidend.'

'Het een hoeft het ander niet uit te sluiten.'

Hij schudt zijn hoofd. 'Nee, daar heb je wel gelijk in. Het kan ook wel, als jij zo nodig de *superhero* wilt uithangen...'

Ze steekt haar tong uit en heeft direct spijt van dat zwaktebod. Hij antwoordt weer met die geamuseerde blik.

'Begin bij het begin, net als bij het opruimen van die boekenkast,' zegt hij. 'Wat weet je over hem? Wat is zijn specifieke handtekening? Wat drijft hem en wat kan hij niet weerstaan? Welk gedrag is niet functioneel om het delict te plegen, maar komt voort uit zijn verlangens en driften?'

Ze knikt. 'Dat is het voor zichzelf houden van de meisjes. Zonder dat ze hem afwijzen, of krenken, tegenspreken. Het begint bij zijn seksuele fantasieën over die meisjes. Ik denk gelijk aan de tekeningen in zijn dagboek. Hij tekent gewone meisjes, die haast bewusteloos stilliggen. En hij beeldt ze niet ordinair af, maar tekent ze in een gewone, alledaagse setting.'

'En wat zegt dat?'

'Dat hij verlangt naar een gewoon leven, met een gewone vriendin, maar dat lukt hem niet.'

Voorzichtig knikt hij. 'Zou heel goed kunnen. Maar waarom lukt hem dat niet? Wat is er met hem? Waarom zijn die fantasieën niet meer voldoende voor hem? Waarom gaat hij moorden? Wat is er veranderd in zijn leven vlak voordat hij het eerste meisje om het leven bracht? Welk trigger event heeft hem zoveel stress bezorgd dat hij tot die daden overging?'

Lot knikt. 'Hij zag maar één uitlaatklep door die gebeurtenis. Iets groots moet het zijn, iets groots in zijn leven...'

'Een trigger event kan een overlijden zijn, of het verbreken van een relatie. Ontslag. Je moet extra aandacht besteden aan verdachten die in je profiel passen én een jaar geleden iets dergelijks hebben meegemaakt.'

'Doe ik.'

Lot drinkt een slok van haar bourbon en laat de alcohol rusten op haar tong. Hij brandt niet. Ze slikt door. 'Of hij tekent iemand die hij kent,' oppert ze dan.

'Of die hij graag wil kennen. Iemand naar wie hij zijn leven lang al verlangt, maar die hij niet kan krijgen.'

Lot sluit haar ogen en neemt nog een slok. Ze voelt zich lichter. Praten met Magnus brengt structuur aan in de wirwar van haar gedachten. Of in haar innerlijke boekenkast, zoals hij het zo heerlijk poëtisch weet te omschrijven.

'Ik denk dat je nog eens moet kijken naar die tekeningen. Zijn verhaal ligt op de plaats delict, weet je nog?'

'Zeker...'

'En die tekeningen maakten daar een belangrijk deel van uit. Wat vertelt hij? Wat zegt dat over hem? Misschien kun je ze eens bekijken met een lokaal iemand, iemand die er verstand van heeft. Samen kom je misschien tot nieuwe inzichten.'

Terwijl Lot zichzelf zachtjes wiegt op de veranda van haar leermeester, neemt ze zich voor om toch eens naar iemand op zoek te gaan die haar kan helpen op dat gebied.

Magnus zet zijn glas op de balustrade, staat op en steekt zijn handen naar haar uit. Met een glimlach op zijn gezicht begint hij het liedje te neuriën dat ze vaak hebben geluisterd samen, een jaar geleden. Een leven geleden. 'Kom, lieve Lot,' zegt hij. 'Dans met me.'

42

Het hoge gras doet verwoed een poging het looppad in de lange voortuin te verbergen. Lot veegt wat zand van een houten bordje waarop GALERIE staat, dat tussen ontsproten onkruid in alle kleuren tevergeefs om aandacht vraagt.

Ondanks het feit dat er weinig leven te bespeuren is, loopt Lot verder, aangemoedigd door de verse bandensporen op de parkeerplaats voor de tuin. Misschien woont er nog een familielid, of iemand anders die de boel heeft overgenomen. Het zou tof zijn als ze een kijkje mag nemen in de galerie. Misschien hangt er wel werk dat lijkt op de tekeningen van de dader.

De sprietjes kriebelen langs haar benen als ze de gang over het pad waagt en even denkt ze terug aan de afgelopen dagen met Magnus. Ze had wel verwacht dat het fijn zou zijn, maar niet dat het haar zo zou raken om hem weer te zien. Ze geniet met volle teugen als ze samen met hem is, maar zodra ze beseft dat het slechts tijdelijk is, voor even, als uitstapje van hun echte leven, jaagt dat alle vlinders uit haar buik. Dat de liefde tegelijkertijd zo mooi en zo pijnlijk kan zijn. Ze willen wel samen zijn, maar het kan niet. Hij heeft daar zijn leven, zij wil daar niet wonen. Zij hoort hier, voelt zich hier senang. Ze heeft een fantastische carrière in het verschiet.

Dan herinnert ze zich die ogen weer, zijn aanraking, met zijn mooie handen.

Ze bewondert hem, en dan niet alleen om wie hij is, maar ook om wat hij weet. Om zijn intelligentie. Zijn oog voor net datgene wat niemand anders lijkt te zien. Als hij iets zegt, dan slaat het ergens op, dan heb je er wat aan. Misschien is dat het ook wat hem zo aantrekkelijk maakt.

Op slechte dagen troost ze zich met de gedachte dat het heel vaak voorkomt dat wie voor elkaar zijn bestemd, niet per se met elkaar hoeven te eindigen. En op dagen als vandaag schudt ze haar hoofd en denkt: ik heb gewoon een rebound nodig. Iemand die haar kan afleiden van de hypnotiserende werking van die gekke Zweed.

Op dit moment is haar grootste wens er een van een heel andere orde. Dat er iemand opendoet. Ze belt aan bij de galerie, maar de bel werkt niet, dus in plaats daarvan klopt ze drie keer op de deur. Zonder een reactie af te wachten, loopt ze naar het grote raam ernaast, waarvoor gesloten lamellen hangen. Ze stelt zich voor dat als die lamellen opzijschuiven, er mooie kunstwerken zichtbaar zijn. Ze is benieuwd naar de vrouw die de galerie runde. Het is jammer dat ze er niet is.

Lot kijkt wat rond, maar ontdekt geen verdere informatie. Ze had gehoopt iemand te treffen die de zaak heeft overgenomen terwijl de vrouw de hort op is. In de hoek van het raam alleen een vergeeld briefje met wat openingstijden. Ze kijkt op haar horloge. Die zullen niet meer helemaal up-to-date zijn, aangezien de galerie dan al twee uur geleden haar deuren had geopend.

Ze probeert door een smal spleetje tussen de lamellen naar binnen te kijken.

'Kan ik je helpen?' klinkt het ineens naast haar.

Lot kijkt op en staat oog in oog met een man van middelbare leeftijd, gekleed in automonteurstenue. Hij volgt haar blik. 'Ja,' zegt hij. 'Ik ben een beetje aan het sleutelen vandaag, is een hobby van me.'

Hij steekt zijn zwartbesmeurde hand uit om zich voor te stellen. Lot schudt hem. 'De buurman,' knipoogt hij.

'Lot van Dijk,' zegt ze. 'Recherche.'

Zijn mond valt een beetje open. 'Aha,' knikt hij. 'Toe maar.'

'Ik begreep dat de eigenaresse van de galerie hier weinig is, maar ik had gehoopt dat er iemand zou zijn die me de galerie zou kunnen laten zien. Is er iemand die de zaak waarneemt in haar afwezigheid?'

Hij begint snel zijn hoofd te schudden. 'Wacht even,' zegt hij. 'Wat zeg je nou? Dat ze hier weinig is? Zeg maar gerust: nooit meer.'

Lot knikt. Het valt haar op dat zijn toon enigszins gefrustreerd is. 'Ja, ik begreep zoiets.'

De man wrijft in zijn besmeurde handen en laat zijn blik vol afschuw over de verwilderde tuin glijden.

'Heb je enig idee waar ze is? En wanneer ze weer terugkomt?'

Hij haalt zijn schouders op. 'Nee, had ik dat maar.'

'Jammer.'

'Ja, kijk,' zegt hij als hij een pasje dichterbij komt staan, 'even tussen jou en mij, maar die vrouw heeft ze zeg maar niet helemaal op een rijtje, hoor. Type...' Hij pauzeert even terwijl hij met zijn vingers knipt. 'Type opgedirkte heks, tikkeltje verward, vaak aangeschoten. Dat verdwijnen, dat is gewoon wat zij doet, al jarenlang. Dan is ze ineens weg. Soms een week, soms een maand. Soms nog langer. Niemand weet waarnaartoe, of wanneer ze weer terugkomt. Krijgen wij al die snorfietsende echtparen weer aan de deur met de vraag hoe laat de galerie precies opengaat.'

'Ja, ja,' knikt Lot. 'Lastig. Maar hoelang is ze nu weg, dan?'

'Pfoe...'

'Ongeveer?'

'Ik moet je eerlijk zeggen...' stamelt hij ineens. 'Ik weet het niet precies. Maanden, in elk geval.' Hij knikt nog eens ter bevestiging. 'Ja, maanden.'

'Maanden,' herhaalt Lot. 'Oké.'

De man begint te gniffelen. 'Misschien komt ze wel nooit meer terug.'

Even kijkt Lot hem onderzoekend aan. En dan: 'Heb je toevallig een nummer waarop we haar kunnen bereiken?'

'Was het maar waar, joh! Dan had ik haar allang gebeld om haar een fikse uitbrander te geven. Ja, want haar galerie staat nog altijd in de kunstfietsroute van de regio, begrijp je? Dus...'

'Sorry,' onderbreekt Lot hem. 'Als je het niet erg vindt, ga ik weer even verder.'

Ze geeft de man vluchtig een hand en baant zich een weg terug door het wilde gras. Kletspraatjes horen erbij in een dorp, dat weet ze ook wel, maar nu heeft ze er even geen zin in.

Terug op het bureau treft ze Jaap in de keuken in de weer met haar sapcentrifuge. Hij glimlacht als hij haar ziet, met zijn vertrouwde pretoogjes, maar ook een licht blosje op zijn wangen.

'Betrapt,' knipoogt hij.

'Ga je het toch leren? Een gezonde levensstijl.'

'Ik miste je gewoon. Met zo'n sapje ben je er toch een beetje bij, lieverd.'

'O, lieverd?'

Hij gromt als een beer. 'Jaaaa!' roept hij, terwijl hij haar optilt en een klein rondje met haar danst. 'Tuurlijk heb ik je gemist. Wat moet ik zonder mijn partner...?'

Lot wordt onhandig tegen het aanrecht gelanceerd, maar is positief verrast door dit welkom. Had ze niet verwacht. Met een glimlach begint ze hem te helpen.

'En ik heb bestellingen,' zegt hij. 'Kijk, die zes lege glazen staan daar niet voor niets. Ze wachten op zo'n fijn vitaminebommetje van je. Die sapjes van je zijn hier een gat in de markt.'

'Mooi zo, nemen jullie me toch nog een keertje serieus.'

'Ja, zo zie je maar dat je kwaliteiten toch echt aan het aanrecht blijken te liggen...'

Ze kietelt hem in zijn zij. 'Oppassen, nou. Anders vreet ik je zak chips op.'

'Niet doen, krijg je dikke billen van.'

'Ik ga even naar het archief,' zegt Lot dan. 'Even lezen in het dagboek. Ben benieuwd naar je sapje straks, chef.'

'Je zult verrukt zijn.'

Lachend loopt Lot de archiefkamer binnen, waar ze het bewijsmateriaal verzamelen. Ze trekt handschoentjes aan en loopt naar de computer voor algemeen gebruik die in de archiefkamer staat. Ze bladert door het dagboek, gewoon, om weer een beetje feeling te krijgen met haar dader.

Overzicht heeft ze nodig. Het verhaal van de dader, levensgroot voor zich.

Ze logt in op de computer. Daar selecteert ze het mapje met de foto's van het dagboek, op pagina genummerd. Ze print ze.

Met een dikke stapel A4'tjes loopt ze de archiefkamer weer uit en stapt direct op de lange muur af in de grote vergaderzaal. Ze smijt het boekwerk op tafel. Uit een bakje tovert ze een rol ducttape en dan begint het plakken. Eerst de bovenste rij, denkt ze, dan die eronder. En zo brengt ze langzaam structuur aan. Ze kan het niet laten om even aan de boekenkastsymboliek van Magnus te denken, maar dan komt Jaap binnen met haar sapje en ze stuurt de sprookjes haar kop uit.

'Hulp nodig?'

Lot kijkt naar de resterende stapel. 'Ja. Ik heb het uitgerekend. Op deze muur kom ik tot veertig pagina's, dus als jij de rest op de volgende muur plakt, zijn we compleet.'

'Gaan we doen.'

Jaap sleept een stoel naar de muur, gaat erop staan en begint met plakken. Hij vraagt niet waarom. Hij kijkt haar niet vreemd aan. En hij verklaart haar ook niet voor gek. Hij doet het gewoon, hij helpt haar. Zonder dat hij het doorheeft, bestudeert ze hem, terwijl hij een pagina zo recht mogelijk naast de vorige probeert te plakken. Hij begint op zijn best en luidkeels een liedje te zingen dat haar vaag bekend voorkomt als een nummer van de Editors. Hij lijkt oprecht zijn best te doen als leadzanger Tom Smith te klinken.

En ze moet toegeven, zijn poging is niet gek.

Ze betrapt zichzelf op een glimlach. Dan zucht ze zachtjes en gaat verder met plakken.

43

Hij ziet haar lopen, met dat haar, wapperend lang. Haar heupen wiegen zo uitdagend in haar strakke spijkerbroek, dat het lijkt alsof ze schreeuwen om zijn aanraking. Wieg, wieg. In zijn fantasie heeft hij het al tig keer gedaan, zijn handen op die billen. Mmmm.

Dan draait ze zich om. Het duurt niet lang, of haar ogen zien hem. Hij ziet zichzelf weer op zijn kamer met haar foto, diezelfde ogen, dat gevoel van, van...

Heerlijk.

Zij is heerlijk. En ze wil hem ook, anders kijkt ze niet zo naar hem. Dat is niet mogelijk. Hij verstaat de taal van haar blik, dat is zijn enige talent.

Lang durft hij niet terug te kijken. Hij slaat zijn ogen neer. Maar dan vermant hij zich, want dit is het moment. Hij kijkt om zich heen. De gang is verlaten. Er zijn geen kapers op de kust. Dit is het moment waarop hij heeft gewacht. Hij kan haar nu vragen. Eindelijk gaat het gebeuren.

Ze steekt de sleutel in het slot van haar kluisje. Langzaam schuifelt hij haar kant op, ook al weet hij nog niet precies wat hij zeggen moet.

Misschien iets van: hoi, hoe gaat het? Of iets over de les. Dat kan natuurlijk ook, iets over de les. Welke les hadden ze ook alweer?

Genoeg nu! Niet zo onzeker, jongen. Niet zo onzeker.

Hij staat vlak bij haar en het begint wel een beetje tijd te worden dat hij iets tegen haar zegt. Ze kijkt even op, en doet dan haar kluisje dicht.

'Hohoi...'

Ze glimlacht. Die ogen. Ach, kijk nou die ogen. Zie je nou, zijn droom komt uit. Dit is precies hoe ze in zijn fantasie ook naar hem kijkt. Mag het dan eindelijk werkelijkheid worden?

'Hai!' zegt ze. 'Alles goed?'

Hij hapt even naar adem en voelt zijn wangen rood worden. Heeft hij weer. Niet aan denken. Beter om er niet aan te denken.

Hij knikt. 'Met eh, met j-jou?'

'Prima.'

Weer knikt hij. Zijn ogen beginnen te knipperen. Zeg iets. Uit alle macht probeert hij het knipperen te stoppen, maar het lukt niet zo best. Zeg dan iets!

'Ben je v-v-rij?'

Even kijkt ze hem aan.

'N-nee, ik bedoel gewoon van school, hoor. Niet, niet, niet of je vrijge-gezel bent.'

Ze lacht zachtjes. Prachtige lach. Prachtige tanden. Beeldschoon.

'Ik ben uit, ja. En ik ben vrijgezel, voor als je het wilde weten.'

'O.'

Ze zegt dat ze vrijgezel is. Dat kan maar één ding betekenen. Dat kan maar één ding betekenen. Hij voelt zijn geslacht harder worden, zo stiekem in zijn broek. Wat nu. Wat nu. Wat nu.

'Wil je...'

'Wat?'

'Zou je...'

Ze lacht nu. 'Wat?'

En dan doet hij het gewoon. Hij stapt naar voren. Grijpt haar polsen, drukt ze tegen de kluisjes. Hij zoent haar vol op haar mond, precies zoals hij het zo vaak gedroomd had. Zijn piemel drukt hij tussen haar zachte dijbenen. Haar warmte, het is een genot. Precies, het is precies zoals hij het gedroomd had. Hij en zij, hij en zij, samen, zoenend, innig verstrengeld.

'Wat doe je?!' schreeuwt ze.

Ze probeert hem weg te duwen. Maar zo was het niet. In zijn droom. Nee, nee, ze begrijpt het niet. Hij moet het haar nog laten inzien. Hij duwt harder. Hij zoent harder. Zijn grip op haar polsen verstevigt.

Nu begint ze te gillen.

Even hapt hij naar adem. Zijn ogen knipperen. Dit was niet hoe het moest gaan. Ze zou hem terugzoenen. Ze zou gewillig terugzoenen. Zo was het.

'Hé!' hoort hij de stem van mevrouw Verhoef door de gang roepen. 'Hé, blijf van haar af!'

Van schrik laat hij los. Nadia begint hard te huilen en mept hem tegen zijn wang.

Alle vrouwen zijn hetzelfde.

Hij mept haar terug.

'Hé!'

Mevrouw Verhoef grijpt hem bij zijn arm en trekt hem met zich mee. 'Nadia,' zegt ze. 'Rustig maar, lieverd. Wacht hier op me, ik kom je zo halen.'

Mevrouw Verhoef brengt hem naar een kamer. Ze zegt dat ze moeder zal bellen om hem te halen. En misschien ook wel de politie.

44

Het propje vliegt rakelings langs haar hoofd als ze de vergaderzaal in loopt. Een berg papierwerk en dossiermappen op tafel die ze de afgelopen dagen nog maar weer eens hebben doorgenomen. Geeltjes met aantekeningen op minstens de helft van de dagboekprints. Lege kopjes en vuile borden, met restjes pizza.

Jaap zit op een stoel en leunt met zijn benen op een andere. Op zijn schoot de schematische weergave die hij heeft getekend van alle verdachten die in deze zaak in beeld zijn. Rechts naast hem op tafel een hoop met propjes van eerdere pogingen tot overzicht. Een voor een jaagt hij de bolletjes door de ruimte.

'Het eh...' mompelt Lot. 'Het ruikt hier niet zo fris.'

Jaap kijkt op. 'Lekker dan, heb je nog iets aardigs?'

Ze haalt glimlachend haar schouders op. 'Sorry, het is de waarheid.'

Jaap legt zijn hand op zijn borst en haalt diep adem. Omdat Lot een nieuwe Marco Borsato-imitatie vreest, trekt ze hem aan zijn arm.

'Ho, ho, wat doet u nu, rechercheur Van Dijk? Wat gaan we doen?'

'Barbecueën.'

'Barbe...'

Lot trekt hem overeind. 'Kom nou maar gewoon.'

Gewillig laat hij zich meetrekken. En samen lopen ze het zo goed als uitgestorven bureau uit.

Even later schenkt Hieke met haar prachtige, glanzende rimpelhandjes drie glazen rosé in. Op het lage tuintafeltje staat een schaaltje borrelnootjes. 'Wat ontzettend gezellig,' zegt ze. 'Dat jullie vrijdagmiddag komen vieren.'

'Ja,' zegt Jaap, terwijl hij Lot een duwtje geeft. 'Ze leert het wel, hoe het echte Twentse leven werkt.'

'Ik pak even de kip,' zegt Lot. 'Dan kan ik die vast marineren voor de barbecue.'

Jaap schudt zijn hoofd. 'Stilzitten, dat is iets wat je volgens mij nooit zult leren.'

Hieke hobbelt achter haar aan de keuken in. Daar fluistert ze in haar oor: 'Wat een leuke man! Is dat je nieuwe vlam?'

Lot lacht. 'Nee, joh. Echt niet.'

Hieke knikt. 'Ik ben oud genoeg om het te zien als er twee mensen om elkaar heen draaien. En jullie,' ze blijft knikken, 'jullie twee draaien om elkaar heen.'

'Ach, wat een onzin...' zegt Lot, terwijl ze de kip vlug in stukken snijdt. Ondertussen verzamelt ze stokjes, ketjap, knoflook, sambal en een citroen. Buiten op het kleed in de schaduw zal ze de kip marineren en rijgen. Ze heeft geen zin om de hele tijd binnen te staan – dat heeft ze de hele dag al gedaan.

'Nou, lieve meid, je komt er vanzelf wel achter. Hij lijkt me een goede man.'

'Ja, ja...'

Hieke giebelt. 'Ik hou al op.'

'Mooi,' zegt Lot als ze met een snijplank vol spullen door het kralengordijn stapt. 'Dan ga ik nu weekend vieren.'

Jaap grijnst naar haar, vanuit het gras. Ze kijken elkaar een paar seconden stilletjes aan. 'Kan ik je helpen?'

Lot schudt haar hoofd. 'Nee, ik vind het fijn om te koken. Het maakt me rustig.'

De zon brengt lichte zweetdruppeltjes op zijn voorhoofd. Jaap sluit zijn ogen eventjes en vraagt dan: 'Waarom ging je eigenlijk bij de politie?'

'Avontuur,' antwoordt Lot direct. 'En ik ben gefascineerd door wat mensen drijft om ernstige delicten te plegen. Maar het leek me ook mooi om mensen te helpen die het moeilijk hebben.'

'Maar je bent afgestudeerd als jurist.'

Ze knikt. 'Ik werkte al op een advocatenkantoor in Amsterdam. Maar ik wist altijd al dat ik niet op mijn plek zat.'

'Maar hoe haalt een jurist het in haar hoofd om zich aan te melden voor de politieacademie?'

Lot glimlacht. 'Mijn moeder.' Ze zucht diep. 'Ik zat tegen een burn-out aan, de druk op het advocatenkantoor was hoog, de concurrentie moordend, de sfeer niet bepaald collegiaal. Ik zat erdoorheen. Toevallig had ik die dag mijn moeder aan de telefoon die me vertelde dat ze een brief op zolder had gevonden, van vroeger. Het was een nooit verstuurde brief die ik had geschreven naar de politieacademie, met het verzoek om meer informatie over de opleiding. Ik geloof dat ik toen een jaar of tien was.'

'Je kinderdroom.'

'Ja,' lacht Lot. 'Het was alsof ik het me ineens weer herinnerde. O ja: dát was wat ik altijd wilde doen.'

'Bijzonder.'

'De dag erna zegde ik op bij het kantoor en schreef ik me in bij de academie.'

'Je moeder,' zegt Jaap. 'Ze zal wel trots zijn.'

Lot zwijgt een tijdje, af en toe knikkend. Ze slikt. 'Mijn moeder is dood.'

Dan ziet ze Jaap kijken, met zijn rechercheursogen in de richting van de oprit. Als Lot zijn blik volgt, laat ze het stokje dat ze aan het rijgen was uit haar handen vallen. 'Het lef...' fluistert ze. 'Waar haalt hij het lef vandaan?'

Jaap staat al op. Hij wrijft in zijn handen, klaar om hem een lesje te leren. 'Zal ik dit even afhandelen?'

'Nee,' antwoordt Lot direct. 'Geen denken aan. Ik ga zelf, ik ben geen klein kind.'

'Goed dan,' zegt Jaap, enigszins twijfelend. 'Maar hou je rustig. Hij is het allemaal niet waard.'

Maar Lot stevent, gedreven door verbolgenheid en verbijstering, al woedend op hem af. Haar handen veegt ze gedachteloos af aan haar broek. De laatste keer dat ze hem zag, schold ze hem de huid nog vol. En deze keer is ze niet van plan om hem anders te bejegenen. Hardleerse klojo.

'Hoe haal je het in je hoofd om je hier te vertonen?' roept ze. 'Wie denk je dat je bent? Ik heb je een gunst verleend door geen aangifte te doen, en dan waag je het om me nog een keer thuis op te zoeken? Wat een debiel ben jij!'

Hij gebaart sussend met zijn hand. 'R-r-r-rustig nou.'

'Rustig nou?' roept Lot uit. 'Rustig nou?' Ze schudt haar hoofd. 'Ga gewoon weg. Flikker een eind op.' Ze pauzeert even, komt op adem. En dan rustig: 'Ik wil je hier niet zien. Ik wil niets met je te maken hebben. Je bent een grens over gegaan.'

'Ik kw-kwam alleen maar m-m-mijn excusssssss-es aanbie-aanbieden.'

Lot draait zich om. 'Dat zal wel, maar ik heb geen interesse.'

'Lot!' roept hij. 'A-a-alsjeblieft.'

Ze zucht diep en kijkt hem aan. 'Wat?'

'Het s-s-spijt me, echt,' zegt hij, met zijn blik verlegen naar de grond gericht. 'Ik eh, ik w-w-weet niet wat me bezielde. Het is, het is, eh, het is gênant, ik s-s-s-schaam me ka-ka-kapot.'

'En terecht.'

Hij knikt.

'Het is niet normaal, Rens,' zegt Lot. 'Om een vrouw zo te benaderen. Niet gezond.'

Weer knikt hij. 'Ik w-w-weet het.'

Ze draait zich nu helemaal naar hem toe en bestudeert hem. 'Is dat vaker voorgekomen?'

Hij kijkt weg, richting het niets.

'Rens?'

'Tja,' zegt hij alleen maar. 'Ik b-b-ben g-g-geen he-held b-b-b-b-bij de vrou-vrou...'

'Zeg alsjeblieft geen vrouwtjes, Rens. Misschien kun je dat

woord met een reden niet uitspreken. Het is namelijk nogal respectloos.'

Hij knikt weer. 'S-s-sorry.'

'Als dit vaker voorkomt, is het misschien geen gek idee om eens met iemand te praten die je kan helpen met het beheersen van dit soort impulsen.'

'Ik eh, ik ben al in the-he-rapie, ja.'

'Rens, waar was jij tijdens het zomerfeest, een jaar geleden?'

'Tij-tijdens... Hoezo?'

'Gewoon, een vraag.'

'B-b-ben ik nu ineens ve-verdachte?'

'Zoals ik zei, het is gewoon een vraag.'

'We kunnen ook even naar het bureau,' zegt Jaap ineens achter haar. 'Dan nemen we je verklaring gelijk op.'

Rens kijkt geschrokken naar zijn verschijning, ook al heeft hij hem moeten zien aankomen.

'Ik was thuis.'

'Thuis?'

Hij knikt.

'Is er iemand die dat kan bevestigen?'

Hij lijkt na te denken, maar begint dan langzaam zijn hoofd te schudden. 'Nee,' fluistert hij. En dan slikt hij.

'Precies, ja...' mompelt Jaap.

'Ik eh, ik ga maar weer eens.'

Lot knikt. Ze is allang blij dat hij uit zichzelf vertrekt, die creep.

Terwijl Jaap weer bij Hieke in het gras gaat zitten, blijft zij nog even staan en ze kijkt Rens Groenewoud na. Journalist. Stotteraar. Vrouwenaanrander.

Ze knakt met haar vingers. Wat is zijn motief om zich hier op vrijdagmiddag onaangekondigd te melden? Als het hem werkelijk om excuses te doen was, had hij haar ook een brief kunnen schrijven. Of langs het bureau kunnen komen, een afspraak kunnen maken. Hij maakt de keuze om haar nogmaals te irriteren door in haar privédomein te verschijnen.

Dit begint verdacht veel op stalking te lijken.

Een rilling trekt langs haar rug. Hoezeer Lot ook in haar werk opgaat, ze is gesteld op haar privéleven. Dat koestert ze als een beschermde cirkel, haast heilig, waarin ze zich terug kan trekken, zich veilig kan voelen en waar ze tot bezinning kan komen. Ze is ervan overtuigd dat het bestaan van zo'n cirkel haar in dit werk staande houdt. En als dan iemand ongevraagd die cirkel betreedt, maakt dat haar pissig. Bovendien maakt deze vent een gevoel bij haar los waar ze niet geruster op wordt.

Maar goed, ze heeft inmiddels geleerd zich op dat vlak aan de feiten te houden. Puur op basis van gevoel zal ze niet zo snel meer handelen. Straks kost dat haar nog haar baan.

Ze kijkt Rens na tot hij een klein poppetje aan de horizon is, tot hij de bocht om loopt en uit het zicht verdwenen is. Pas dan slentert ze terug naar Jaap en Hieke.

'Laat het los,' zegt Jaap op zijn kenmerkende kalme toon. 'Die gek is gewoon...'

'Gek?' knipoogt Hieke.

Lot schudt haar hoofd. 'Ik krijg het mijn kop niet uit dat we hem nader moeten onderzoeken. Het kan geen kwaad, in elk geval. Misschien heb ik er in eerste instantie wat laks over gedacht, maar ik vind het toch een beetje toevallig dat hij zoveel van de zaak weet.'

'Ja, verdacht is het zeker. Maar toch lijkt hij me een te gewone man, zoals er zoveel van zijn in dit dorp.'

'Gewoon, ja? Heb jij weleens een vrouw aangerand dan?'

'Ho,' zegt Jaap, enigszins beledigd om het feit dat ze zo'n vraag überhaupt stelt. 'Rustig maar. Natuurlijk niet.'

'Nou dan.'

'Je bent onredelijk, Lot. En je zei zelf al: als journalist hóór je veel te weten over de zaak waarvan je verslag doet. Je kunt de man moeilijk verwijten zijn werk goed te doen. Hij wilde je helpen, met zijn informatie.' Hij neemt een slok wijn en laat zijn lege glas bijschenken door Hieke, die met gespitste oren meeluistert. 'Eigenlijk nog best aardig ook,' gaat hij verder. 'Dat zou hij toch nooit doen als hij zelf de dader is?'

Lot staart voor zich uit en zwijgt een tijdje.

Dan zegt ze: 'Juist wel. Er zijn daders die daarop kicken. Die denken dat ze boven alles staan, dat ze toch nooit gepakt worden. Dat ze ons te slim af zijn. En,' zegt ze met opgestoken vinger, 'dat ze van de verdachtenlijst geschrapt worden als ze zich betrokken tonen bij het onderzoek. Alleen past dat weer niet bij onze dader, die is niet zo arrogant, maar eerder onzeker. Bang.'

'Ik denk gewoon dat je de zaken bij hem niet helemaal helder ziet, door wat er tussen jullie is voorgevallen. Laat je daardoor niet verblinden.'

Lot pakt een stokje en begint de blokjes kip eraan te rijgen. 'Ja,' mompelt ze. 'Je hebt vast gelijk.'

Haar blik is gericht op de lege oprit.

45

Het lawaai komt van beneden. Het bulderen herkent hij, van eerdere bezoekjes. Hij buigt over de balustrade op de overloop en kijkt naar beneden. Zijn grote, modderige laarzen staan keurig op de deurmat.

Het bezoek begon dus vriendelijk.

Moeder is nu aan het woord. Hij sluipt de trap af, tot halverwege, om beter te kunnen horen waar ze het over hebben. Hij heeft nog nooit iets tegen de man durven zeggen. Ook al weet hij, al heel lang, dat de man zijn vader is.

Het moet wel. Moeder heeft het vaker benoemd, als hij langskwam. En nooit sprak hij haar tegen. Vaak gaf hij haar geld, want daar vroeg ze dan om. Soms gingen ze samen naar haar slaapkamer. Dan kreeg hij ineens limonade. Of een koekje. En moest hij beloven heel stil te zijn, omdat ze 'even grotemensenzaken moesten bespreken'.

Alsof hij gek was.

De man heeft hem nog nooit aangekeken. Recht in de ogen. Weleens vanuit zijn ooghoek. Hij noemt hem altijd 'dat kind'. Hij heeft de man weleens willen vertellen hoe hij werkelijk heet, maar dat durfde hij niet. Nu weet hij dat het hem niet eens had geïnteresseerd.

Geruisloos gaat hij zitten op de bovenste traptrede, trekt zijn knieën op en luistert met ingehouden adem.

'Nee,' zegt de man nors. 'Het is voorbij. Hij is volwassen nu, je krijgt niks meer.'

'Hij wóónt toch nog steeds hier?' gilt moeder. 'Hij eet nog steeds. Zit nog steeds op school. Hij drinkt. Hij poept. Hij draagt kleren. Alles kost geld. Of ben je te dom om dat te snappen?'

'Vergeet het maar,' antwoordt hij. 'Ik ben hier om te vertellen, op een rustige manier, dat er een einde aan moet komen. Hij is achttien nu. Het is mooi geweest.'

'Bespottelijk!'

'Dat mag je vinden, maar je moet toegeven, ik heb je elke maand keurig betaald en nu is het afgelopen met die onzin. Mijn andere kinderen krijgen ook niks meer. Laat die gast zijn eigen geld maar verdienen.'

'Nee, nee, je kunt dit niet maken,' jammert ze paniekerig.

Hij voelt de neiging om naar haar toe te gaan en haar te troosten. Om een glaasje wijn voor haar in te schenken. Maar nee, dat laat hij wel uit zijn hoofd. Hij blijft stug op de trap zitten. Straks moet hij nog iets tegen de man zeggen. Dat lijkt hem vreselijk eng.

'Alsjeblieft...' smeekt ze. 'Laat me niet zo stikken.'

'Ach, mens,' buldert hij. 'Ik roep dit al jaren. Je wist dat er een eind aan zou komen, en dat moment is nu. Het is over en uit. Je moet je eigen broek maar ophouden met die schilderijen van je.'

Moeder haalt luidruchtig haar neus op. Ze is kennelijk klaar met jammeren. 'Dan vertel ik het Melissa. Ik vertel haar alles.'

Er klinkt een klap. Moeder slaakt een kort gilletje en barst uit in een onderdrukt snikken.

'Je vertelt helemaal niks aan mijn vrouw,' snauwt hij haar toe. 'Hoor je dat?' Weer klinkt een klap, gevolgd door eenzelfde gil van moeder. 'Helemaal niks! Jij gefrustreerd wijf! Eerst luis je me er achttien jaar geleden in, en nu wil je nog een potje gaan lopen stoken in mijn huwelijk?'

'Nee, nee, nee...' Moeder hapt naar adem. 'Niet sla...'

Weer een klap.

'Ik zou je tot moes moeten meppen,' zegt de man die zijn vader is. 'Er is niemand die je zal missen.' En na een korte stilte: 'Op dat joch na dan, misschien.'

Er klinkt een tijdje alleen nog maar het zachte huilen van moeder. Hij knippert met zijn ogen. Hij wil naar haar toe. Hij wil er voor haar zijn. Verdorie. Hij durft niet. Wat een zwakkeling is hij toch.

Hij haakt zijn nagels in het versleten tapijt van de trap. Hij knippert, om het motje in zijn oog te verjagen.

'Ik red het niet,' jammert ze zachtjes. 'Ik red het niet zonder dat geld.'

'Zie ik eruit alsof me dat iets kan schelen?'

'Geef hem dan werk...' zegt ze – iets zekerder van haar zaak. Iets meer als de moeder die hij kent. Een vrouw die weet wat ze wil. Die weet wie ze is.

De man zucht diep. 'Werk?'

'Ja,' zegt moeder. 'Hij heeft twee handen, twee voeten. Hij luistert goed. Hij kan werken voor je. Het hoeft niet veel te zijn, wat hij verdient, als het maar iets is. Het huis is afgelost, maar ik heb wat leefgeld nodig. Dat begrijp je toch?'

'Zuipgeld voor jou, zal je bedoelen.'

'Alsjeblieft,' zegt ze huilend. 'Alsjeblieft. Ik smeek het je. Geef hem wat te doen. Maakt niet uit wat. Al is het stront scheppen...'

Hij voelt een knoop in zijn maag. Het lijkt hem niets om stront te scheppen.

Maar goed, als het moeder zal helpen, dan doet hij dat natuurlijk.

De man kucht. 'Ik eh, zal erover nadenken. Maar hou alsjeblieft op met dat gejank. Ik krijg er koppijn van.'

'O, dank je wel, dank je wel,' roept moeder uit. 'Je weet niet hoeveel dit voor me betekent. Dank je wel.'

'Zoals ik al zei,' onderbreekt hij haar, 'ik zal erover nadenken. Ik zeg nog niets toe.'

Dan sluipt hij de trap verder af. Bij de mat wurmt hij zijn schoenen aan, met zijn linkerarm leunend tegen de muur, terwijl hij kijkt naar de grote laarzen. Zo stilletjes mogelijk haalt hij zijn neus op, een paar keer. Dan schraapt hij zijn keel zachtjes en spuwt een kwats in de rechterlaars van de man die zijn vader is.

Jas aan. Das om.

Hij glipt de deur uit en rent weg, nog voordat de man die zijn vader is ook naar buiten komt en hem ziet. Na een paar honderd meter is hij bij het bos, waar hij als geen ander de weg kent. Hij loopt over dode takken en door sponzige modder. Zijn voeten drukken glibberige bladeren plat. Van het pad af hier. Schuin vooruit blijven lopen, onder dekking van de hoge bomen die hem verwelkomen. Liefst komt hij hier 's avonds pas, als het donker is. Maar dit zijn speciale omstandigheden. Hij kan niet wachten.

Na twintig minuten lopen is hij er. Nog precies zoals hij het achtergelaten heeft.

Hij zoekt in zijn broekzak naar het kleine sleuteltje dat hij altijd bij zich heeft. Voor noodgevallen als nu. Hebbes.

Het slotje gaat stroef. Steeds stroever de laatste tijd, door het weer. Dan klikt het open.

De deur van het hutje piept als hij hem opentrekt. De geur die daarbinnen hangt, brengt hem al tot rust. Hier kan hij zichzelf zijn. Hier heeft hij rust.

Hij ploft neer op de houten vloer van het zouthuisje. Zijn zouthuisje. En dan haalt hij de joint uit zijn binnenzak. Met zijn duim en wijsvinger trekt hij langzaam langs het verkreukte staafje, hij trekt een beetje, hij kneedt een beetje, totdat ie weer zo recht mogelijk is. Hij plakt hem op zijn onderlip en zoekt naar de aansteker.

De vlam licht het halfdonkere hutje tijdelijk op. Hij kijkt niet om zich heen, maar blijft gefocust op de joint. Die eerste hijs, oef, zo fijn. Alsof hij dan pas ademen kan.

Nog een hijs.

Nog een hijs.

Nog een hijs.

Langzaam laat hij zich zakken, achterover, totdat hij ligt, plat op de vloer. Het voelt koud, maar dat maakt niet uit. Het is hard, maar dat geeft niet. Hier heerst de rust. Hier kan hij de gierende gekte die door zijn hoofd woekert tot stilte manen.

Nog een hijs. Hij sluit zijn ogen.

Hij denkt aan de man die zijn vader is. Hij denkt aan moeder. En hij denkt aan het scheppen van stront. Het is allemaal wat.

Dan denkt hij aan Nadia, zijn mooie lieve Nadia. Hij pakt het dagboek uit de binnenzak van zijn jas en begint te tekenen.

46

Ze doet het echt. Ze legt haar hand op zijn kruis. Hij voelt zijn hart bonzen, zijn ogen knipperen. Even is daar een impuls, de reactie van zijn lichaam waarop hij gehoopt had. Die fantasie, de ultieme fantasie dat hij hier op de juiste plek is. Hier kan ze hem bevredigen, zoals hij het zelf niet kan.

Hij verlangt hiernaar, zo hevig, dat hij haast uit zijn vel barst. Voorzichtig begluurt hij haar borsten, nog verstopt in haar zwarte bh. In gedachten mag hij ze aanraken, in het echt durft hij niet. Zachtjes, heel zachtjes, voelt hij zijn balzak samentrekken, met korte schokjes. Als vanzelf stroomt het bloed naar de zwellichamen. Er ontstaat al een flinke bolling in zijn broek. Ja, zo gaat ie goed.

Dan pakt ze hem met haar andere hand bij zijn kin. 'Waar heb je zin in?' vraagt ze.

Haar schelle stem verstoort de zalige stilte, het kabbelen van de tijd. Het maakt kapot wat hij opbouwde, de spanning in zijn geslacht. Zijn ademhaling versnelt als hij haar blik ziet. Vragend. Dwingend.

Ze maakt het kapot.

Het bonzen wordt erger, het knipperen vaker. Het wordt allemaal heviger. Hij voelt paniek opkomen, langzaam komt die op, en dan ineens bevliegt die hem als een wild beest. Hij begint te zweten. De bloedtoevoer stagneert, zijn geslacht wordt weer slap.

Hij weet niet wat hij moet zeggen. Hij weet niet wat hij moet doen.

'Kom op, jongen, ik heb niet de hele dag de tijd,' zegt ze. 'Waar heb je zin in?'

Het liefst zou hij zijn beide handen tegen zijn oren willen drukken. Dat afschuwelijke geluid dat uit haar mond komt, het praten, het maakt alles stuk wat hij in zijn hoofd had gecreeerd. Ze moet niet praten. Geen vragen stellen. Ze moet niet zo kijken als ze doet. Hij knijpt zijn ogen dicht en hoopt dat hij daarmee kan ontsnappen.

Dan voelt hij haar hand een beetje sjorren, daarbeneden. Ze kriebelt hem van onderen, met haar slanke vingers, versierd met donkerrode nagellak. Maar het doet hem allemaal niets, dat gefriemel. Zijn slappe lul hangt moedeloos in haar hand.

'Och, wil die niet meer?' grinnikt ze. 'Is dat het soms? Krijg je hem niet omhoog?'

Beschaamd kijkt hij naar de grond. Hij voelt het zweet overal druipen nu. Een stap naar achteren. Gulp dicht, knoop dicht.

Moet hij haar nu betalen? Hoe werkt dit?

Hij komt maar niet af van dat gebonk in zijn borstkas.

Ze begint harder te grinniken. Het lijkt verdomme wel alsof ze hem uitlacht.

Hij zegt niets. Hij weet niet wat, hij kan het niet bedenken, in geen duizend jaar niet. Hij weet maar één ding en dat is dat hij zo snel mogelijk weg wil van die plek.

Diep haalt hij adem, om moed te verzamelen. En nog eens, diep in. Ze loopt naar hem toe en legt haar handen nonchalant op zijn kruis. Grinnikend, giebelend. 'Lieverdje, kom maar hier.'

Nee, het lukt niet. Niet nog een keer. In een wilde stoot duwt hij haar van zich af. Ze gilt eventjes, maar begint dan alweer te giebelen.

Ja, echt. Ze lacht hem gewoon uit, die vuile hoer.

Dit gebeurt niet echt. Dit gebeurt niet echt. Dit gebeurt niet echt.

Diep haalt hij adem, door zijn mond in, door zijn neus weer uit, als een stier zo woest is hij nu. Hij kan haar wel wat doen. Hij wil haar wat doen.

Zijn handen jeuken. Zijn ogen knipperen.

Hij stuift op haar af, bespringt haar en samen vallen ze tegen de vloer. Ze gilt, maar dat hindert niet, want de roes van alcohol vertelt hem wel wat te doen. Zijn handen omklemmen haar hals, zo strak als hij kan. Hij kijkt haar in de ogen, wijd en groot. Ze gilt nog steeds, maar nu met minder kracht. Dan ineens voelt hij een stekende pijn in zijn geslacht. Ze heeft er met haar knie tegenaan gebeukt.

Pijn! Wat een pijn! Het lijkt alsof de tijd even stilstaat. Hij hapt naar adem.

Zijn greep verslapt, ze duwt hem van zich af. Ze slaat alarm door op een of andere bel te drukken.

Vlug staat hij op en strompelt de peeskamer uit. Weg daar. Hij moet weg daar.

47

Ze is komen lopen. En nu schuilt ze achter een muurtje in zijn achtertuin. Het is voorbij elke vorm van zinnig handelen. Het is onverstandig en niet rationeel. Tegen het protocol.

En dan rekent ze het gegeven dat ze vanavond drie wijntjes heeft gedronken nog niet eens mee.

Ze weet het allemaal wel, dat ze dit eigenlijk niet moet doen. Dat ze er feitelijk beter aan zou doen om gewoon onder haar dekbed te kruipen en maandag weer een nieuwe werkdag te laten zijn. Maar laten kan ze het ook niet. Ze moet gewoon.

Hieke sliep, Jaap vertrok. En zij ging.

Hij intrigeert haar. Ze moet weten wat hem bezighoudt. Ze moet zien wat hij doet. Pas dan kan ze beoordelen of hij een gewone freak is, of dat hij hoger op hun prioriteitenlijst gezet moet worden.

Geen officieel verhoor zal haar meer vertellen dan dit. Eerst wilde ze gewoon verhaal halen, bij hem aanbellen en hem flink de oren wassen over zijn handelen, en over zijn lef. Over zijn op zijn minst opmerkelijk te noemen gedrag. Maar toen ze hier zo aankwam, toen ze hem zo zag zitten in zijn woonkamer, liep ze in een onbezonnen moment lukraak door naar de achtertuin. Vanwaaruit ze hem nu al een uur lang observeert.

Misschien is ze zelf wel knettergek.

Het is in elk geval hartstikke verboden en op geen manier uit te leggen.

Rens plant zijn voeten op de tafel voor zich en grijpt naar de afstandsbediening. Het fletse licht maakt schimmige schaduwen op zijn gelaat. Hij kijkt boos, of zo lijkt zijn gezicht er in volledig ontspannen toestand uit te zien.

Zou hij nog aan haar denken? Aan zijn mislukte poging iets van sorry te zeggen?

Ze gaat verzitten, van de ene op de andere knie. Haar been slaapt een beetje. Prikkelingen. Ze voelt dat ze naar de wc moet, maar onderdrukt de neiging om simpelweg haar broek naar beneden te trekken en haar behoefte te doen.

Dat gaat echt te ver.

Hij beweegt. Afstandsbediening naast zich op de bank. Voeten een voor een op de grond. Armen in de lucht. Hij rekt zich uit, ogen gesloten, gezicht verkrampt.

Hij gaapt.

Dan staat hij op.

Ze zet zich schrap. Nu wordt het interessant. Waarom precies, dat weet ze nog niet.

De avond wordt koeler, er trekt een kil briesje langs haar nek. Ze had een jas aan moeten trekken. Ze voelt aan haar blote armen. Klam van de kou.

Rens loopt naar rechts, in de richting van zijn keuken. Bij het aanrecht blijft hij stilstaan. Koelkast open. Fles eruit, lijkt op sinas van een huismerk. Keukenkastje open. Pakt glas. Schenkt glas vol. Laat fles op aanrecht staan. Drinkt wat.

Dan loopt hij met zijn glas terug naar de bank.

Afstandsbediening. Televisie gaat uit. Glas op de tafel voor zich.

Opeens staat hij snel op en loopt als een razende op de glazen pui af. Lot kijkt om zich heen. Ze slikt even en schuilt wat verder achter het muurtje. Voorzichtig, uiterst voorzichtig kijkt ze om het hoekje en dan ziet ze hem aandachtig naar buiten kijken.

Ziet hij haar nou? Kijkt hij naar haar?

Hij staart voor zich uit, wel haar kant op, maar er is geen oogcontact. Zij zit in het pikkedonker, het is theoretisch onmogelijk dat hij haar kan zien vanaf het punt waar hij staat, maar toch twijfelt ze. Ergens. Waarom kijkt hij anders zo?

Dan, met een ruk, trekt hij de gordijnen dicht. Het weinige licht dat bij hem in de woonkamer brandt, valt nu helemaal weg, waardoor de achtertuin zich hult in een matzwarte deken.

Lot durft niet te ademen. Ze verroert zich niet, blijft voor een paar minuten precies zo zitten waar ze zit. Haar blik onophoudelijk op de achterdeur. Als die opengaat, dan weet ze dat ze rennen moet. Als die opengaat, dan heeft hij haar gezien.

Het is stil. En het blijft stil.

Voorzichtig gaat ze in hurkpositie zitten, om haar knie te ontlasten. Dan gaat ze rechtop staan en strekt haar benen. Eerst links, dan rechts. Tergend langzaam loopt ze terug naar het huis, door de donkere tuin. De gedachte dat ze niet weet waar Rens zich op dit moment bevindt maakt haar nerveus. Misschien is het beter als ze ervandoor gaat. Naar huis, naar Hieke, naar bed.

Niet meer over praten.

Ze haalt het tot de zijkant van het huis. Tot daar is ze al gekomen. Nog steeds niet gezien. Misschien gaat hij gewoon slapen, deed hij daarom de gordijnen dicht. Zou goed kunnen. Geen gekke gedachte.

Dan kijkt ze naar boven, naar de smalle raampjes die hoog in de muur zitten. Er komt nog steeds licht door. Hij slaapt dus nog niet.

Even kijkt ze om zich heen. Naast zich een boom met lage takken. Ze zou...

Nee, ze zou wel gek zijn.

Maar dan kan ze wel...

Ze loopt door, klaar om naar huis te gaan. Maar net als ze bij de voortuin aankomt, nog maar een meter of vijf verwijderd van het weggetje dat voor zijn huis langs loopt, kijkt ze toch weer om naar die boom.

De spieren in haar arm verzuren bijna, maar dan lukt het haar ineens om dat laatste stukje omhoog te klauteren. Met ingehouden adem knielt ze neer op de tak die uitzicht biedt op het raampje, zo hoog in de muur van Rens Groenewoud. De gast die ze niet vertrouwt. De journalist die stottert. De aanrander die beschikt over daderinformatie.

Ze ziet Rens zitten, van achteren nu. Hij zit op dezelfde plek op de bank, zijn voeten weer rustend op tafel. Nu met op zijn schoot een laptop, waaruit wazig wit licht schijnt.

Ze knijpt haar ogen tot spleetjes om te zien waar hij naar kijkt. Eerst probeert ze het nog een beetje te kaderen, te rijmen, maar ineens dringt het besef door.

Naakte lijven op zijn scherm. Bewegende naakte lijven.

En nu ze Rens wat beter bekijkt, ziet ze ineens dat hij zijn piemel uit zijn broek heeft. Zijn stijve piemel.

Hij kijkt porno. Gordijnen dicht. Natuurlijk. Jezus, Rens Groenewoud kijkt porno. En zij, Lot van Dijk, rechercheur, zit in de boom naast zijn huis te kijken hoe Rens Groenewoud porno kijkt. 's Avonds laat.

Te. Ziek. Voor. Woorden.

Ineens weet ze niet hoe gauw ze weg moet komen uit die boom. Dit was zo'n verschrikkelijk slecht idee dat ze zichzelf verbaast ook echt hier te zijn. Dat ze gehoor heeft gegeven aan haar eigen debiele impuls.

Precies zoals ze gekomen is, probeert ze haar weg naar beneden weer te vinden. Een tikkeltje onhandig, omdat ze inmiddels enigszins trilt van de zenuwen. Door het donker ziet ze bovendien slecht waar ze haar voeten kwijt kan. Was het de linker- of de rechtertak? Kan ze vanaf hier al springen, eventueel? Oef, die armen beginnen te verzuren.

Dan gaat het snel. Ze vliegt omlaag. En met een flinke smak komt ze op de grond terecht.

48

Met het dienblad voor zich loopt hij de trap op, slof, slof, met de dikke sokken die in zijn laarzen passen. Hij heeft zijn werkkleding al aangetrokken. Normaal is ze net zo vroeg op als hij, maar vandaag is moeder zo laat dat hij haar wel wakker moet maken voor haar ontbijt: anders komt hij wéér niet op tijd aan op het werk. En dan wordt de man die zijn vader is wéér pissig. Dat is hij al jaren, pissig. Jaar in jaar uit wordt hij door hem uitgefoeterd.

De koffie walst rondjes in de mok, maar hij let goed op dat die niet over het randje gutst. Dan moet hij weer terug en is hij nog langer bezig. Op de boterham heeft hij kaas gedaan. Dat vindt moeder altijd lekker. Hij heeft het precies zo gedaan zoals ze het lekker vindt. Met de plakjes overdwars, en niet in de lengte op de boterham gelegd. Hij glimlacht als hij ernaar kijkt. Ja, dat heeft hij zo keurig gedaan. Het zal haar vast een plezier doen.

Vlak voor de deur nu. Hij kucht, als een voorzichtige aankondiging van zijn komst. Misschien heeft ze wel weer een van die erge hoofdpijndagen, waarop ze geen voet buiten het bed kan zetten. Dan moet hij oppassen. O wee, of ze slingert nog een leeg wijnglas naar zijn hoofd. Moet hij dat weer uitleggen aan zijn collega's.

De collega's houden van praten, iets waar hij niet van houdt. Dat lijkt ze niet te interesseren. Ze praten veel tegen hem en dan verwachten ze dus dat hij ook weer terugpraat. Gats, wat heeft hij daar toch een hekel aan.

Voorzichtig laat hij het dienblad op zijn rechterhand rusten en hij klopt zachtjes op de slaapkamerdeur van moeder. Er komt geen respons. Hij klopt nog een keer, maar weer blijft een reactie uit.

Hij zou het dienblad voor haar deur kunnen zetten. Maar als ze dat niet verwacht en straks misschien onwetend haar kamer uit loopt, struikelt ze erover. En dan heeft hij dat weer als hij thuiskomt vanmiddag. Krijgt ie alsnog een pak rammel, ook al is hij inmiddels een kop groter dan zij.

Hij klopt nog één keer, erg hard ditmaal.

Geen reactie.

Dan doet hij de deur open. 'Moeder?' zegt hij. 'Moeder, ik heb een ontbijtje.'

Hij ziet moeder liggen in bed. Op haar ogen de felblauwe make-up die ze altijd draagt, dag en nacht. De wimpers die hij haar er zo vaak op heeft zien plakken, ronden haar gesloten oogleden sierlijk af. Haar wangen kleuren roze, maar de rest van haar gezicht heeft die kenmerkende bruinige kleur van de crème die ze uit zo'n tube haalt. Haar armen boven het dekbed. Haar nagels in een lichte kleur gelakt.

Ze verroert zich niet.

'Moeder?' probeert hij nog eens, als hij na een tijdje tot helemaal vlak naast haar is gelopen.

Ze blijft nog net zo kalm liggen als toen hij de deur opendeed. Vreemd. Ze slaapt wel erg vast vandaag. Fijn is dat, daar staat hij dan met het dienblad.

Hij kijkt naar de lege fles die naast haar bed staat. Niet ongewoon dat ze veel heeft gedronken, dat doet ze vaker. Maar meestal is ze rond deze tijd wel op, aan het douchen, of al druk in de weer met haar kunst.

Hij knielt naast haar neer en zet het dienblad op het nachtkastje. Het zal haar verrassen als ze straks wakker wordt. Hij is er dan zelf niet meer, want dan staat hij al stront te scheppen. Even neemt hij de tijd om te fantaseren over het gezicht dat moeder zal trekken als ze het ontbijtje ontdekt. Ze zal eindelijk eens aan hem denken met een glimlach. Ze zal zich herinneren hoeveel ze ook weer van hem houdt. Dat hij heus niet altijd een lastpak is, die alleen maar rommel maakt. Een lieve zoon, zo zal ze vanochtend voor even aan hem denken, als aan een lieve zoon, die een lekker ontbijtje voor haar heeft gemaakt.

Op zijn tenen sluipt hij de kamer weer uit. Hij sluit de deur op zijn zachtst.

Dan maakt hij een ontbijtje voor zichzelf. Even kijkt hij om. Nu moeder toch niet rondloopt om hem op de vingers te kijken, smeert hij een extra dikke laag met pindakaas op zijn boterham. Af en toe mag hij zichzelf best verwennen, helemaal als hij er zeker van kan zijn dat hij er niet mee in de problemen komt. Niemand die het ziet, dus wat scheelt het?

Staand aan het aanrecht, terwijl hij voor zich uit staart in het niets, neemt hij gretig een hap van zijn boterham. De pindakaas smelt zacht op zijn tong.

49

Het is al donker als hij thuiskomt. Moeder zal wel kwaad zijn dat hij niet heeft laten weten dat hij later zou zijn. Ze heeft daar een hekel aan. Dat ze dan maar alleen zit, in het donker. En dat ze dan niemand heeft om zich tegen te beklagen over alles wat haar vandaag weer heeft dwarsgezeten.

Hij hoopt met heel zijn hart dat hij het op een bepaalde manier goed kan maken. Dat ze bijvoorbeeld extra blij was met zijn ontbijtje vanochtend, waardoor ze het hem gauw zal vergeven.

Zijn hoofd tolt lichtelijk, want hij is nog even naar het café gegaan, samen met wat collega's. Ze hebben gedronken, want het was de verjaardag van een van die jongens. Hij moest mee. Dus tja, dat deed hij dan ook maar.

Het drinken gaat hem goed af. Hij is gesteld op het gevoel dat het hem geeft. Hij voelt zich losser als hij drinkt. Alsof hij minder streng voor zichzelf hoeft te zijn. Ook al blijft het knipperen, het stotteren wordt minder naarmate hij meer drank nuttigt, en dat is wel zo makkelijk als hij met zijn collega's moet praten. Eigenlijk, weet hij, is het eerder noodzaak dan luxe om wat te drinken voordat hij met andere mensen in aanraking komt. En als er dan een gelegenheid is waarbij de drank openlijk gedronken wordt, maakt dat zijn leven weer een tikkeltje makkelijker. Dan hoeft het niet stiekem.

Met zijn kiezen op elkaar steekt hij de sleutel in het slot van de voordeur. Het zou goed kunnen dat het schreeuwen gelijk al begint. Als hij zich nog niet eens heeft omgekleed. Als hij zijn werklaarzen nog moet uittrekken.

Deur open. Hij spitst zijn oren. Met zijn ogen speurt hij de gang alvast door. Maar het geluid blijft uit. Het is schemerig.

Hij voelt zijn schouders wat zakken, de spanning verlaat hem zoveel het gaat. Hij durft adem te halen, voorzichtig, en begint aan het sjorren aan zijn laarzen. Hink, hink, eerst de linker. Hink, hink, oef. Hij valt. Toch iets te veel gedronken.

Hij betrapt zichzelf op een glimlach. Het moet er gek uitzien, zoals hij daar in de gang zit met maar één laars aan. Maar goed, als hij dan toch zit en moeder laat zich nog niet zien om hem een lesje te leren, blijft hij gewoon nog even lekker zitten.

Hij begint aan de knoopjes van zijn overall. Hij zal vast stinken. Naar paardenmest, naar zweet. En naar rook van het café. Alles waar moeder een hekel aan heeft.

Nu dan toch maar even die laars. Met een stevig trekken aan de hak weet hij zijn voet eruit te wurmen. Stinksokken, ook maar uit.

Blootvoets staat hij op en wandelt de woonkamer in. Alles is donker.

Vreemd.

Hij klikt het licht aan en kijkt rustig om zich heen. Moeder zit niet in de kamer op hem te wachten. Dat is merkwaardig. Hij betrapt zich op een gevoel van teleurstelling. Hij was natuurlijk bang geweest voor haar uitbrander, maar ergens is het ook wel vertrouwd.

Ze zal boven zijn, in haar kamer, druk met een nieuw schilderij.

Ach, hij weet wat. Hij zal koffie voor haar zetten. Dat zal haar positief verrassen, voor een tweede keer vandaag. Hij wandelt naar de keuken. Zijn voeten maken kleverige en zweterige afdrukken op de linoleumvloer.

Zal wel weer wegtrekken.

In de keuken zet hij koffie. Net genoeg voor twee kopjes. Het pruttelen kan hem niet snel genoeg gaan. Hij is benieuwd voor welk schilderij moeder haar kamer niet verlaten kan. Dat zijn vaak de prachtigste werken, de kunst die haar opslokt terwijl ze die maakt. Ze is niet de leukste, dat moet hij toegeven, als ze werkt aan zo'n prachtstuk. Maar het oog wil ook wat, zo is het dan wel weer. Bovendien waren de grootste kunstenaars uit de geschiedenis ook niet per se de vriendelijkste mensen. Dat zegt moeder altijd. Dat ze misschien niet altijd aardig is tegen mensen, maar dat was Michelangelo ook niet. Het gaat om de kunst, die is verheven boven alles. En iedereen.

Twee kopjes in zijn hand. Oef, hij moet voorzichtig lopen, met zijn tollende hoofd en zijn slaperige ogen. Dat doet hij. Hij loopt voorzichtig. Naar de trap. De trap op. Halverwege blijft hij even staan om op adem te komen. En dan sjokt hij verder.

De deur van moeder is gesloten, zoals altijd. Hij klopt aan, net zoals hij vanochtend deed. Maar weer hoort hij geen reactie. De hete koffie brandt door de mok heen tegen zijn vingers, dus hij heeft niet veel zin om lang te wachten.

Hij opent de deur. Krijg nou wat, ook hier brandt geen licht. Hij drukt op het knopje, vlak naast hem in de muur.

Moeder ligt alweer te slapen in bed. Ogen dicht, mond open.

Hij zucht diep. Dan zal ze wel erg moe zijn. Een kop koffie zal haar goeddoen.

'Moeder,' zegt hij. 'Ik heb lekkere koffie meegenomen. U moet wel wat drinken, hoor. U heeft uw ontbijt ook al niet aangeraakt.'

Hij zet de koffie op het dienblad van vanochtend. Voorzichtig legt hij zijn hand op haar koude arm.

'Moeder,' zegt hij. 'Wakker worden, moeder. We gaan even koffiedrinken.'

Hij helpt haar omhoog in bed, zet het kussen rechtop, zodat ze daar fijn tegen kan leunen. Dan schuift hij de koffie tot heel dichtbij, zodat ze er makkelijk bij kan, zo vanuit bed.

Hij neemt zijn eigen kopje in de hand en gaat op de rand van het bed zitten. Hij neemt vast een slokje. Van drinken krijgt hij dorst.

'Ik was in het café,' knikt hij. 'Met collega's.'

Dan neemt hij nog een slok en kijkt om zich heen. Waar zou dat schilderij staan waar ze zo druk mee is? Straks maar eens op onderzoek uit.

Nog een slokje. 'Het was best leuk,' zegt hij zachtjes. 'We hebben bier gedronken.'

50

Jaap wijst naar zijn wang. 'Wat heb jij nou?'

Lot trekt haar jas uit en hangt hem over haar stoel. Ze wuift met haar hand. 'Beetje domme actie,' zegt ze. 'Gevallen in een struik, met hardlopen dit weekend.'

Jaap kijkt haar onderzoekend aan en knikt. 'Oké.'

Het valt haar ineens op dat het uitzonderlijk druk is. 'Wat is er aan de hand? Waarom is iedereen op het bureau?'

'We houden vergadering met de heren van de gouden gang,' zegt Jaap met een glimlach. 'Groot actieplan, de druk wordt opgevoerd, ze willen resultaten zien. Heb je die speciale nieuwsuitzending gezien dit weekend?'

'Ja, ze hadden me nog gebeld voor een quote, maar ik ben blij dat ik er niet aan heb meegewerkt.'

'Het lijkt wel alsof ze ons korps opzettelijk zwart willen maken,' verzucht Jaap. 'En dat noemen ze dan journalistiek.'

'Zo zie ik het niet,' zegt Lot. 'Ergens hebben ze natuurlijk een punt, dat we onderbezet zijn. Het is gewoon een feit dat we hier met te weinig mensen een groot gebied moeten dekken.'

'Tuurlijk is dat zo, maar daarmee hebben we toch niet ineens een seriemoordenaar gecreëerd?'

Lot schiet even in de lach. 'Dat is ook niet wat ze zeggen, partner, je moet je niet zo aangesproken voelen. Dit is juist goed, als dit hogerop komt, krijgen we misschien wel meer mensen. Betere techniek.'

'Ik las gisteren al dat er Kamervragen gesteld gaan worden.'

'Kijk, mooi toch?'

Pretoogjes van Jaap. 'Vindt ze mooi, hoor,' mompelt hij. 'Dat ze gelijk krijgt vanuit de politiek. Wacht maar tot je zo in de vergadering zit. Hier worden ze altijd erg zenuwachtig van de bemoeizucht van Den Haag.'

'Oeh,' zegt ze. 'Dat wordt gezellig.'

'Kom,' dirigeert hij, 'we moeten al.'

Onderweg naar de vergaderzaal gaat hij lieflijk met zijn duim over de schram op haar wang. Hij vertrekt zijn gezicht. 'Ziet er pijnlijk uit.'

Ze haalt haar schouders op.

Dick Rademaker en Silvester van Schoonbeek zitten al aan het hoofd van de tafel, als directeuren van een bedrijf. Ze zijn druk in gesprek, maar ondertussen knipoogt Dick wel eventjes naar Lot. Ze steekt haar hand op om hem te groeten. Je ziet ze niet vaak hier op de afdeling, die mannen van de gouden gang.

Jaap gaat zitten, Lot wandelt nog even rond om haar benen te strekken. Het rondje hardlopen vanochtend was korter dan normaal – ze zat er niet lekker in door de pijnlijke spier in haar bovenbeen en ze raakte algauw buiten adem. Ze neemt zich dapper voor morgen een nieuwe poging te wagen.

Tussen nog wat andere collega's ziet ze Jan zitten, en Stefan. De ruimte zit inmiddels bijna vol. Door de aanwezigheid van de korpschef en het vroege uur is iedereen wat timide, praten gaat rustig, papierwerk wordt alvast op tafel gelegd. Roerstaafjes schrapen verveeld over de bodem van bekertjes lauwe koffie.

Even stil. 'We wachten weer op Leo,' zegt Silvester – uitermate geïrriteerd. 'Het is te hopen dat hij er gauw is.'

Leo weer te laat. Dit past absoluut niet bij hem, denkt Lot. Wat is er toch met die man?

Het geroezemoes van haar collega's vult de zaal. Lot denkt aan de val uit de boom in de tuin van Rens. Ze is door het oog van de naald gekropen. Het is een ongekend geluk dat ze niet is gesnapt, door hem of door een van de buren.

Ze is naar huis gesprint, met het schaamrood op haar kaken, en een stekende pijn in haar been – waar ze bovenop is gevallen. De schade komt later wel, had ze gedacht, de schade komt later wel.

Met voorzichtige vingers betast ze de schram op haar gezicht, als aandenken aan de dikke tak die erlangs striemde in haar val. Ze voelt hem al een tijdje kijken, maar dan kruist haar blik die van Jaap. Hij zegt niets, staart alleen. Vlug kijkt ze weg. Ze heeft geen zin in kritische vragen.

Ze ziet Dick en Silvester om beurten op hun horloge kijken. De klok geeft aan dat Leo officieel een halfuur te laat is. 'Laten we maar beginnen dan,' zegt Dick. 'Dit duurt te lang.'

Iedereen gaat zitten. Lot ook, terwijl nog steeds die onderzoekende blik van Jaap aan haar kleeft. Haar lippen vormen zonder geluid: 'Wat kijk je nou?'

Pretoogjes. Alleen maar die pretoogjes.

Dan vliegt de deur open. Leo, met het zweet op zijn bovenlip en een lichte blos op zijn wangen, staat in de deuropening. Hij hoest. 'Sorry.' Nog meer hoesten. 'Het eh...' zegt hij. 'Het spijt me zeer, ik eh...'

Silvester kijkt hem niet aan als hij zegt: 'Ik hoop niet dat dit een gewoonte wordt.'

Dick kijkt boven zijn leesbrilletje uit en wijst naar een stoel, naast die van hem en Silvester. 'Ga zitten, Leo, goed dat je er bent.'

Lot volgt de korpschef met bewondering, hoe respectvol en vriendelijk hij is. Andersom, als Leo op zijn plek had gestaan, dan had de laatkomer op zijn minst een fikse uitbrander gekregen – en plein public. Wat geeft Dick een goed voorbeeld van hoe je óók leiding kunt geven.

'De ouders van Lisanne stappen met hun verhaal naar de pers,' vertelt Dick dan. 'Er komt vanavond een groot interview op televisie bij *Live aan tafel*, met de ouders en het zusje.' Hij leest van een briefje. 'De redactie heeft ons verzocht om een afgevaardigde van het onderzoeksteam te sturen.' Zijn hand gaat in de richting van Leo, die hijgend zit bij te komen van zijn haastige tocht naar de vergaderzaal. 'Leo, ik denk dat het een juiste zet is om jou hierheen te sturen.'

Zwijgend kijkt Leo hem aan. Lot meent paniek in zijn ogen te zien.

'Nietwaar, Leo?' vraagt Dick. 'Logisch, toch, als onderzoeksleider?'

Hij begint te knikken. 'Ja,' zegt hij. 'Jazeker.'

'De vraag is,' gaat Dick verder, 'hoe stellen we ons op?'

'We kunnen het moment aangrijpen om het publiek in te schakelen als hulp bij ons onderzoek,' oppert Lot. 'Misschien kunnen we mijn profiel gedeeltelijk openbaar maken, en mensen uit de omgeving vragen om zich te melden als ze iemand kennen die in het profiel past. Dan betrekken we het publiek erbij en geven we gelijk een inkijkje in hoe we te werk gaan, wat weer goed is voor het begrip.'

Dick beweegt zijn hoofd dan voorzichtig instemmend. Daarop zegt Leo: 'Misschien is het dan een beter idee om Lot te sturen.'

Nog voordat ze kan reageren, besluit Dick de schaamteloze poging van Leo om dit klusje te lozen, in de kiem te smoren. 'Uitgesloten,' zegt hij. 'Met alle respect voor Lot, ik denk uiteraard dat ze dat uitstekend zou kunnen, maar het gaat nu om het signaal. Er is zoveel te doen over deze zaak. Den Haag begint zich er al mee te bemoeien. We moeten nu autoriteit tonen, de onderzoeksleider is de beste zet.'

Leo slaat zijn ogen neer, gaat nerveus met zijn vingers langs zijn ongeschoren kaaklijn. 'Prima.'

Lot bestudeert hem kort. Wat is er toch met hem? Hij lijkt volledig uit zijn rol. Geïntimideerd door de twee heren boven hem? Slecht geslapen? Griepje onder de leden? Ze is er nog niet achter. Die rode ogen... Te veel alcohol in zijn systeem misschien?

Vandaar ook het verslaapdebacle van vanochtend.

Dan staat Dick op en loopt naar de flap-over die bijna niet meer gebruikt wordt door alle beschikbare digitale middelen. 'Laten we eerlijk zijn,' zegt hij ernstig, terwijl hij een groot vraagteken over het papier trekt. 'Het onderzoek is vastgelopen. Zeker voorafgaand aan zo'n tv-optreden, Leo, en voor jullie als onderzoeksteam, lijkt het me goed om alles nog eens door te nemen. Bovendien moeten we prioriteiten stellen: wat gaan we als eerste doen, wat levert de meeste kans op succes op. Lot, hier komt jouw profiel van pas, om sturing te geven aan ons onderzoek. Want die dader,' hij tikt met de stift op het papier, 'die loopt nog steeds vrij rond. Terwijl wij hier zitten, kan hij een volgend slachtoffer maken. Kan hij plannen smeden, fantasieën creëren.' Hij wijst naar Lot. 'En zoals Lot al heeft gewaarschuwd: die fantasieën móéten er een keer uit. Het uiten blijft niet bij één, twee keer, maar dat moet telkens perfecter. Hij zal weer toeslaan, dat staat feitelijk vast. Laten we hem deze keer voor zijn.'

Dan wijst hij naar Jaap. 'Neem jij ons even mee op reis door de jonge geschiedenis van het onderzoek, wil je? Gewoon summier, maar wel van begin af aan. Laten we allemaal scherp zijn. Wat weten we, wat moeten we nog weten, wat missen we?'

Lot staart nog steeds naar Leo, ondanks de kriebel in haar buik. Door de woorden van Dick voelt ze een hernieuwde energie door haar lichaam gieren om de dader te ontmaskeren, maar ze krijgt haar oog niet van de man die dat gevoel eigenlijk teweeg zou moeten brengen. De korpschef speelt plaatsvervangend onderzoeksleider, terwijl die als een zoutzak in een bureaustoel hangt.

Jaap staat op, wandelt ontspannen naar de flap-over en pakt de stift over van de korpschef. Hij tekent sterretjes en begint te schrijven.

'We hebben twee jonge meisjes, vermoord. Een van hen gevonden in een vervallen zouthuisje in het bos. Naakt, opgehangen aan een haak. De ander ook naakt en gedumpt in een graf. De dader werd vermoedelijk gestoord toen hij haar probeerde te begraven. Beide slachtoffers zijn ongeveer een jaar geleden vermist geraakt. De een precies een jaar geleden – tijdens het zomerfeest, dat dit weekend weer plaatsvindt. De ander een maand later, na een kroegavond met haar vriendinnen. Ze zijn allebei in een uitgaanssituatie verdwenen.'

Lot steekt haar hand op. 'We weten dat het eerste slachtoffer, Krista, het bos in is gejaagd door Zacharias Verheijen, nadat hij haar bedreigd heeft. Er zijn twee getuigen die dat bevestigen en Zacharias zelf heeft dat inmiddels ook verklaard. Wat we ook weten is dat het tweede slachtoffer, Lisanne, in haar eentje met de laatste bus naar huis wilde gaan, omdat ze een lekke band had. Haar vriendinnen namen de fiets naar huis. Ze wachtte niet op de bus bij de halte voor het café, omdat die wegens wegwerkzaamheden buiten gebruik was, maar liep naar een halte verderop.'

Jaap neemt het weer over. 'We weten dat de bushalte verderop die van de begraafplaats is, aan de rand van het bos.'

'En dat je,' voegt Stefan toe, 'daar ook ongeveer uitkomt als je van het zomerfeestterrein het bos in gejaagd wordt, en in een rechte lijn doorloopt.'

'De dader heeft dus een vaste route,' zegt Dick, 'zouden we kunnen vaststellen.'

'Mogelijk,' knikt Lot. 'Het lijkt erop dat hij ze vanaf het bos of de begraafplaats heeft geobserveerd. Opgewacht, misschien wel. Komt nog bij dat dit dezelfde begraafplaats is als waar hij het tweede slachtoffer heeft geprobeerd te begraven in een leeg graf.'

'Doodsoorzaak,' schrijft Jaap verder, 'is in beide gevallen mogelijk hersenletsel door een stomp voorwerp op het achterhoofd, in combinatie met verwurging. Omdat we niet weten welk stomp voorwerp gebruikt is, maakt dat het zoeken lastiger. Het kan van alles zijn, een stok, een steen, een stuk gereedschap. In elk geval is onze dader zo goed georganiseerd dat hij de slachtoffers lange tijd bij zich heeft kunnen houden zonder ontdekt te worden en heeft hij ze op een onbekende locatie laten indrogen.'

'Door dat indrogen werkte hij het verval tegen,' zegt Lot. 'Hij hield ze mooi, als een echte vriendin met wie hij kon doen wat hij al heel lang wilde, namelijk seks hebben. Op een normale manier lukt hem dat niet, daar is hij te bang voor.' Ze zucht. 'Maar waar hield hij ze al die tijd vast?'

Jaap onderstreept het woord locatie. 'Dit lijkt me prioriteit nummer één: het vinden van de locatie waar hij ze bewaarde vóór het zouthuisje. Als we die weten, dan hebben we hem.'

'Ferdinand Lopes vertelde me dat de slachtoffers waarschijnlijk in een kelder zijn ingedroogd,' zegt Lot. Pas als ze Leo ziet kijken, realiseert ze zich dat hij niet wist van haar afspraak met de patholoog. Ze wendt haar blik af en gaat verder. 'Mijn gedachte: onze dader heeft de slachtoffers al die tijd in zijn kelder bewaard. Door de zomerstorm is de Dinkel overstroomd en zijn veel kelders in de omgeving ondergelopen. Ik vermoed dat die van hem daar ook toe behoort.'

Jaap begint nerveuzig te wiebelen met de stift tussen zijn vingers. 'Water is essentieel voor ontbinding.'

'Precies,' zegt Lot. 'Dus hij moest ze wel verplaatsen. Om ze te kunnen behouden.'

'En dan kies je een zouthuisje?' merkt collega Jan op. 'Dat lijkt me een tikkeltje onlogisch.'

'Behalve als dat een vertrouwde plek was voor hem,' werpt Lot tegen. 'Behalve als hij zich daar veilig voelt. En vergeet niet dat de overstroming hem waarschijnlijk overviel. Hier had hij geen rekening mee gehouden, dit paste niet in het plaatje. Hij handelde in paniek, want zijn ritueel werd verstoord.'

Jan schudt zijn hoofd. 'Het blijft van de zotte. Om daar een lichaam te verbergen.'

'Maar het ís gebeurd, Jan,' zegt Lot, enigszins geïrriteerd door zijn nutteloze inmenging in de discussie. 'Het is een feit dat we daar het eerste lichaam hebben gevonden. De slaapzak, het eten, dat impliceert dat hij er in elk geval een tijdje wilde verblijven. De zaag, de horren, die suggereren dat hij er ventilatie wilde aanbrengen. Essentieel om een ingedroogd lichaam te kunnen behouden. Hij werd alleen gestoord in zijn handelen, niet in de laatste plaats door die joekel van een boom die op het huisje viel, maar natuurlijk ook door ons. Wij ontdekten het meisje door de melding van Zacharias. Dus voor de ander moest hij ineens een nieuwe plek vinden. Hij wist zich geen raad, ze is gaan ontbinden en toen moest hij van haar af. Zo had hij zich zijn vriendin nooit voorgesteld in zijn fantasie. Dat graf was een eenvoudige gedachte, en het had effectief kunnen zijn als de zwerver en de collega's van de surveillancedienst hem niet in de weg hadden gezeten.'

Jan haalt zijn neus op. 'Jaja, je weet het allemaal briljant in te vullen met je hocus pocus pas. Ik lach me de broek uit hier. Zeg, waar bewaar je die glazen bol, eigenlijk?' Dan richt hij zich tot Dick. 'Misschien kunnen we door met de briefing in plaats van naar haar Hollywood-theorieën luisteren? We zijn hier gewoon in Twente...'

'Ja,' onderbreekt Lot hem, 'waar vrouwen achter het aanrecht horen. Die kennen we nu wel en daar schiet niemand iets mee op.'

Jan vliegt overeind, zijn stoel valt om. 'Mijn vrouw gaf haar les!' roept hij uit. 'Mijn vrouw gaf haar lés, ja! Misschien dat jij dit allemaal kunt zien als een interessant nieuw projectje waar je je in vast kunt bijten met die geniale studie van je. Maar hier,' hij tikt zich tegen de borst. 'Hier! Hier! Bij mij thuis is er verdriet. Ja, daadwerkelijk verdriet! Er is namelijk een meisje dood. Veel te jong, verdomme! Een meisje dat wij hier allemaal kénnen.'

Een ijzige stilte trekt door de ruimte. Geen mens durft te ademen. Iets te zeggen. Of te bewegen. Iedereen staart verwonderd naar de altijd nukkige Jan, die kennelijk meer geraakt is dan iedereen denkt.

Hij ademt luidruchtig en lijkt te overdenken wat hij er net uit heeft gegooid.

Lot ziet een traan over zijn wang lopen. Het is er slechts één, maar die ene traan vertegenwoordigt wel de pijn die haar collega's moeten voelen door aan een gruwelijke zaak te werken waarbij het slachtoffer een bekende is.

'Ik weet het.'

Haar woorden breken de kilte in de zaal en brengen een collectieve hap naar lucht teweeg. 'Ik weet het, Jan, maar ik ben de vijand niet. Ik ben een van jullie.' Ze slikt een brok weg. 'En ik wil die klootzak net zo graag oppakken als jullie. Het is prima als je me niet mag als persoon of als je moet wennen aan mijn manier van werken. Maar alsjeblieft, Jan, wil je daar alsjeblieft op vertrouwen?'

Langzaam gaat Jan weer zitten. Hij knikt, al is het haast niet te zien. Fluisterend: 'Het spijt me, Lot. Ik verloor mijn zelfbeheersing. Het zal niet meer gebeuren.'

Dick schenkt, onhandig, alsof hij het nooit doet, een bekertje water in en brengt het naar Jan. 'Het is begrijpelijk dat het ons af en toe wat te veel wordt. Drink wat, loop even naar buiten en kom tot jezelf.'

Jan knikt, sloft weg en gaat op een stoel in de gang zitten, zijn bekertje water in de hand.

Als de deur weer dicht is, zegt Dick zakelijk: 'Laten we verdergaan. Het belang is maar weer eens duidelijk geworden.' Dan tegen Lot: 'Wat had je nog willen zeggen?'

Na een korte stilte zegt Lot: 'Dat ik in elk geval alle meldingen van ondergelopen kelders nog eens zou nalopen.'

Stefan knikt. 'Het lijkt me alleen niet dat onze dader melding maakt van de overstroming in zijn kelder.'

'Maar zijn buren misschien wel,' zegt ze tegen Stefan. 'Ik heb het ondergelopen gebied al in kaart laten brengen. We zouden alle adressen een bezoekje kunnen brengen, gewoon om te zien wat we er aantreffen. Om er een gevoel bij te krijgen.'

Bij het uitspreken van die laatste zin kijkt ze eventjes angstig naar Jan op de gang. Misschien maar goed dat hij haar dat niet hoort zeggen.

Dick stemt in. 'Goed plan, dit komt hoog op de actielijst. Want wat Jaap zegt is waar: zodra we de locatie vinden waar hij die meisjes heeft vastgehouden, dan hebben we hem. Dit wordt prio één.'

Silvester knikt instemmend.

Lot steekt haar vinger op. 'Ook lijkt het me verstandig om alle verdachten met zedendelicten op hun naam nog eens door te lopen. Ik blijf erbij, deze dader moet in het verleden al meer hebben uitgespookt.'

'Dat is al gebeurd,' zegt Leo ineens. 'Dus dat lijkt me een beetje onzinnig.'

Ze haalt haar schouders op. 'Misschien hebben we iets gemist. We zijn ook maar mensen.'

'Ga jij het doen?' verzucht hij. 'Mevrouwtje van de werkverschaffing.'

Ze kijkt van Jaap naar Leo. Het is de eerste keer in dagen dat hij haar weer denigrerend benadert, misschien aangemoedigd door het gemopper van Jan? Ze probeert oogcontact met Leo te krijgen, maar dat vermijdt hij opzettelijk. Dan besluit ze het lekker te laten, hij zoekt gewoon een pispaaltje, omdat hij met zijn chagrijnige kop op televisie moet.

'Prima hoor,' knikt ze vriendelijk. 'Ik ben niet vies van een beetje werken.'

'Het lijkt me niet nodig om zo tegen collega's te praten,' merkt Silvester op – in de richting van Leo. 'Lot levert een zeer waardevolle bijdrage aan het onderzoek. Dat hoef ik jou toch niet te vertellen?'

Nu begint zijn pafferige gezicht te kleuren. 'Je hebt gelijk, excuus, Lot. Ik eh, ik heb mijn dag niet zo.'

'Geen punt.'

'Wat zijn overigens de opmerkelijkste resultaten van het buurtonderzoek?' vraagt Dick.

Op dat moment komt Jan binnen. Hij heeft zich weer herpakt. 'Helaas,' zegt hij. 'Niemand heeft iets gezien, iedereen zat natuurlijk binnen vanwege die storm.'

'Die paardenharen...' Jaap schrijft met een peinzend gezicht op de flap-over. 'Dat blijft ook een merkwaardig gegeven.'

'Gejat van Manegebedrijf Altena...' zegt Lot.

Dick slaat zijn armen over elkaar. 'Waar die Zacharias en Bob allebei werken, toch?'

'Jep.'

'Misschien ook de rest van de medewerkers natrekken?' zegt ze.

'Ja!' zegt Jan. 'Dat lijkt me een goed plan.'

'Wie werken er?' gaat ze verder. 'Wie hebben er in het verleden gewerkt? Wie stallen hun paard daar? Het zou mooi zijn om eigenlijk iedereen die een relatie heeft tot die manege op een lijst te krijgen.'

'Dan kunnen we die lijst vervolgens door jouw profiel filteren,' knikt Jaap. 'En kijken wat daaruit komt.'

'Tot slot wil ik graag nogmaals de tekeningen in het dagboek bestuderen. Ik weet het,' zegt Lot als ze het geschrokken gezicht van Jaap ziet, 'we hebben dat al uitgebreid gedaan, en nog eens en nog eens, maar ik heb het gevoel dat we iets missen.'

'Gaat op de lijst,' zegt Dick, 'maar geen eerste prio. We gaan voor het vinden van de bewaarlocatie en het screenen van de manege. En we schakelen het publiek in, dus er moet ook capaciteit vrijgemaakt worden om de meldingen die na de uitzending binnenkomen nader te onderzoeken.'

'Goed,' zegt Silvester, kijkend op zijn horloge, 'zijn we er dan?'

'Het interview vanavond,' zegt Leo. 'Wat eh, wat moet ik zeggen?'

Die onzekerheid, denkt Lot. Stuitend...

'Lot,' dirigeert Dick, 'jij maakt een publieke versie van je daderprofiel. We vragen mensen uit de omgeving of ze iemand kennen die aan meerdere kenmerken van het profiel voldoet. En Leo, verder praat je alleen in algemene termen. Inhoudelijk kun je nergens op ingaan, maar vertel bijvoorbeeld dat we met man en macht aan de zaak werken. Vertel dat we een profiler hebben ingezet, en dat ik me er persoonlijk mee bezighoud. Verder niks, geen woord over de inhoud, ik wil niet nog meer daderinformatie op straat dan al het geval is.'

'De ouders van Lisanne beginnen vast en zeker over die Zacharias,' zegt Leo. 'Wat is mijn reactie daarop?'

'Dat je uiteraard begrijpt en ook waardeert dat de ouders actief meedenken, maar dat je in het belang van het onderzoek niet inhoudelijk op namen ingaat.'

'Och, wat zullen ze je een saaie pief vinden,' lacht Jaap. 'De man uit Twente die niks kwam vertellen.'

Hij had geen slechtere opmerking kunnen kiezen. Mokkend staat Leo op en sjokt de kamer uit. Hij laat een stille vergaderzaal achter.

51

Ze is zwaarder dan hij dacht. 'Eén, twee, hups.'

Halverwege, ergens tussen het bed en de stoel houdt hij haar bijna niet meer. Hij ademt in en houdt zijn adem vast. Kiezen op elkaar. Met een krachtige stoot weet hij haar op de stoel te krijgen.

Haar lichaam voelt stijf. Ze is grauw. Ze stinkt.

Even houdt hij zijn handen voor haar, voor het geval dat ze weer voorover tuimelt, maar gelukkig: ze blijft stokstijf zitten op de stoel. Voor de vorm schuift hij de versgezette koffie naar haar kant van het tafeltje in de slaapkamer, waar ze zo vaak heeft zitten schetsen in zijn jeugd.

Hij loopt naar het raam dat uitkijkt op de uitgestrekte weilanden, een stukje Dinkel op links. Bomen in de verte. Hij zet het raam op een kiertje, misschien gaat het dan wat frisser ruiken hier, maar niet te ver. Ze houdt niet van tocht. En muggen, voor je het weet cirkelen die rotbeesten overal rond.

'Ik ben vrij vandaag,' zegt hij. 'De baas is met vakantie en er zijn geen lessen. Dus ze doen het met minder.'

Hij gaat zitten op een stoel naast haar en drinkt van zijn kopje. 'Lekker.' Nog een slokje. 'Ik vind het wel lekker om even vrij te zijn. Kunnen we wat meer tijd doorbrengen samen.'

Hij kijkt naar haar grauwe gelaat. De make-up op haar gezicht is op de een of andere wijze vervaagd. Hij vraagt zich af of hij zijn moeder ooit zo bleek heeft gezien. 'Zal ik het anders even voor je bijwerken?'

Hij staat al op en loopt aarzelend naar haar kaptafel. Daar staart hij naar de uitdossing van spulletjes, van parfum tot oogschaduw, van lippenstift tot nagellak. Het is zoveel dat het hem begint te duizelen. Hoe weet hij nou welke ze altijd gebruikt?

Hij pakt een flesje parfum en spuit zomaar wat in de rondte. Misschien verdringt het de vieze geur in haar kamer een beetje.

Zomaar pakt hij een potje, schroeft het dopje ervanaf en ruikt aan het lichtbruine goedje. Hmm, nee, dat vindt hij niks. Geen idee ook waar dat voor dient.

Een doosje oogschaduw dan. Hij doet het klepje omhoog en kijkt naar de inhoud. Zes strookjes met blauw, in een steeds lichtere tint. Van donkerblauw naar heel licht, bijna wit. Daar kan hij wel wat mee.

Terug bij moeder. Voorzichtig veegt hij met het kwastje langs de tint blauw die het meest past bij wat ze altijd draagt. En dan, eerst wat onwennig, gaat hij met het kwastje naar haar ogen. Ze staan leeg, een beetje zoals bij de begrafenis van zijn zusje, maar dan nog wat minder bereikbaar. Een eerste streepje blauw. Wat gaat dat poeder snel op, hij veegt nog eens langs het blauw in het doosje, maar drukt nu wat harder, zodat het een beetje verkruimelt. Nog eens langs de oogleden van moeder. Ja, zo gaat het beter, dit is mooi. Nu het andere oog nog.

Hij doet wat passen achteruit en bekijkt het resultaat. Prachtig, al zegt hij het zelf. Prachtig.

Dan kijkt hij naar de nagels aan haar vingers, die met een lichtroze glans zijn bedekt. Hij trekt eventjes zijn neus op. Niet zo fraai.

Met de kriebel in zijn buik staat hij weer voor de kaptafel en bewondert moeders uitgebreide collectie nagellak. Van alle kleuren is er wel een potje, soms staan er zelfs meerdere, net als de oogschaduw, in verschillende tinten van dezelfde kleur. Zijn oog trekt naar de potjes rood. Lichtrood, felrood, bordeauxrood. Allemaal bijzonder, allemaal uitdagend mooi. Hij kiest er één waar BLOODY RED op staat. Dat klinkt zo lekker.

Hij pakt de koude, stijve hand van zijn moeder en legt hem op het tafeltje. Haar vingers zijn wat gekromd, dus makkelijk gaat het niet. Maar daar laat hij zich niet door afschrikken. Hij weet zeker dat ze het mooi zal vinden straks, als ze het zal zien.

Even kijkt hij haar aan. Het blijft merkwaardig dat ze hem niet afsnauwt. Dat ze helemaal niets zegt. Hij haalt diep adem. Rustig is het wel.

Zalig rustig.

De stank dringt zijn neus weer binnen, ondanks de parfum die hij zo rijkelijk door de kamer heeft gespoten. Even kucht hij. Het zal wel wennen.

Hij schroeft het dopje van het potje en doopt het kwastje nog eens goed in de lak. Eerst laat hij op haar pinknagel een goeie dot van de lak druppen. Voorzichtig bestrijkt hij haar hele nagel en bedekt hij het lichtroze, totdat er helemaal niets meer van te zien is. 'Zo,' mompelt hij. 'Dit is veel mooier.'

De volgende vinger. En de volgende en de volgende. Hij maakt haar hele hand mooi en daarna ook de andere hand. Om het wat sneller te laten drogen blaast hij warme wolkjes adem tegen haar vingers. Ja, denkt hij. Dit is mooi.

Lieflijk aait hij moeder over haar prachtige lokken. Normaal zou ze dat niet toelaten, maar nu mag hij dat gewoon. Het lijkt wel alsof er meer lucht door zijn longen stroomt, alsof hij zich vrijer voelt. De rust, de allesomvattende rust die hij voelt, dat zou hij altijd wel willen.

Die stank alleen, daar moet hij nog wat op verzinnen. Met een plannetje in zijn hoofd haast hij zich naar het toilet beneden. Hij dacht, hij dacht, hij dacht dat daar... Ja! Zie je, zegt hij in gedachten tegen zichzelf, zie je, dit is precies wat ik zoek.

Met de bus lavendelspray, speciaal tegen vieze geurtjes, loopt hij terug naar moeders kamer. Eerst moet ze terug in bed, want als hij straks weg is en ze wil slapen, dan is het wel zo handig als ze er vast ligt.

Kiezen op elkaar, adem inhouden en hup, hij hijst haar zo van de stoel, met zijn armen onder haar oksels geklemd. In twee stappen is hij bij het bed en hij ploft haar terug op het matras. Beetje schuiven nog. Het haar weer netjes uit haar ogen, zodat de oogschaduw goed te zien is. Ziezo, daar ligt ze weer.

Dan pakt hij de lavendelspray en drukt op de knop. Tergend langzaam loopt hij ermee door de hele kamer, terwijl hij de gassen in de lucht laat ontsnappen. Het ruikt al een stuk frisser. Fijn. Hij doet hier goed aan. Tot aan de deur blijft hij de knop ingedrukt houden en dan zet hij de bus op de grond naast de muur. Deur dicht. Vanavond als hij terugkomt, dan zal het vast geholpen hebben.

52

De kop thee walmt nog als Hieke hem aanreikt. Ze ploft naast Lot op het okergele bankje, vol zachte kussens met kanten ruches. Haar opgetrokken benen voelen warm onder een plaid die Hieke ooit nog eens haakte voor het ledikantje van haar jongste zoon. De televisie staat aan, met gedempt geluid. Na de reclame begint de talkshow waar Leo zijn zegje mag doen naast de ouders en het zusje van Lisanne. Hij was er nerveus voor, dat zag Lot aan hem. Hij zag het helemaal niet zitten.

Ze hoopt maar dat hij dat inmiddels van zich af heeft kunnen zetten.

Hieke houdt haar een schaaltje bitterkoekjes voor. 'Wil je er eentje? Ze zijn zalig.'

Normaal is de vrouw nooit zo laat nog op, maar toen ze hoorde dat Lot de uitzending van vanavond wilde kijken op haar televisie, besloot ze dat ze voor de gezelligheid mee wilde kijken. Lot pakt een koekje, omdat ze het gebaar niet kan weerstaan. 'Dank je.'

Als Lot een hapje neemt, denkt ze aan soortgelijke koekjes die haar collega's in Stockholm vaak aten. Stelletje zoetekauwen zijn het daar. Zelfs als gezondheidsfreak moest ze er af en toe wel in mee, want ze wilde ook niet altijd degene zijn die nee zei.

Koekjes, Stockholm, Magnus. Zo is ze toch weer bij hem met haar gedachten. Ze denkt aan zijn stem, zijn aanraking. Zijn geur, zijn lippen die haar kussen. Even slikken, dat gemis. Af en toe is het best even slikken.

Hieke zet het schaaltje terug op tafel en laat haar hand moederlijk op haar knie rusten. ‘Heb je nog wat van hem gehoord?’ vraagt ze.

Lot kijkt naar haar op.

‘Van Magnus,’ knikt Hieke. ‘Ik zie heus wel dat je aan hem denkt.’

‘Hoe zie je dat?’

‘Ach, meis,’ verzucht ze dan. ‘Een vrouw met liefdesverdriet. Die hoef je alleen maar in de ogen te kijken en je weet wat ze doormaakt. Denk je dat ik altijd zo’n ouwe vrijster ben geweest? Nee toch, hoop ik?’ grinnikt ze. ‘Ik ben ook jong geweest, heb ook zo mijn belevenissen achter de rug op liefdesgebied.’

‘Heb je ook een Magnus gehad?’ knipoogt Lot.

‘O ja,’ zegt ze. ‘Ik had zeker een Magnus.’

‘Daar wil ik dan weleens over horen.’

‘Komt wel,’ grinnikt ze. ‘Dan zoek ik de foto’s erbij in de doos en vertel ik je over hem.’

‘Leuk.’

Dan ineens serieus, met een zachtaardig kneepje in haar knie: ‘Lot, ik kan alleen maar zeggen: doe jezelf een plezier en vergeet die man. Het wordt niets. Je verliest kostbare jaren van je leven als je nog langer blijft hangen in de illusie dat het iets kan worden tussen jullie.’

‘Illusie...’

‘Sorry, meid, ik wil niet hard overkomen.’

De kop thee verwarmt haar handen, haar onderbuik, waar ze hem tegenaan drukt. Ook al heeft ze geen zin om haar gedachten die kant op te sturen, ergens weet ze wel dat Hieke gelijk heeft. Het is een onmogelijke situatie. Verstandelijk weet ze ook wel dat er tussen Magnus en haar geen toekomst is. Maar haar hart droomt roekeloos verder, en visualiseert een prachtig leven, vol liefde, aan het meer. Elke dag dobberen samen, elke avond urenlang praten op de veranda. Goede seks. Lekker eten.

Het leven. Ze zou het leven willen leven met Magnus.

‘Je verdient iemand die wel wat van zich laat horen. Die er

is, hier en nu. Je leeft nu, lieve meid. Voor je het weet is het allemaal voorbij, hoor, en dan zit je er net zo bij als ik.'

'En wat is daar mis mee?' vraagt Lot met een knipoog. Ze wiebelt wat met haar billen op de bank. 'Ik vind het best lekker zitten hier.'

'Je weet wat ik bedoel. Er zijn genoeg leuke mannen voor je. Je moet er alleen wel oog voor hebben.'

'Ja, jij bedoelt Jaap zeker?'

De vrouw wappert haar handen speels door de lucht. Ze lacht. 'Als dat de eerste persoon is die in je opkomt...'

'Ja,' onderbreekt Lot haar met protest, 'ho eens even, dat komt doordat jij daar steeds zo op zit te hinten!'

'... misschien betekent dat dan iets,' gaat Hieke onverstoord verder. 'Misschien moeten jullie eens op date.'

Nog voordat Lot kan reageren, zet de vrouw het geluid van de televisie aan. 'Wat toevallig,' grinnikt ze. 'Je show begint net. Goed stil zijn, hoor. Anders hoor ik het niet.'

Lot schiet in de lach, maar is al snel afgeleid als ze het gespannen gezicht van Leo op de beeldbuis ziet verschijnen. Ze hebben iets met make-up gedaan, waardoor hij er sowieso anders uitziet, maar zijn ogen staan nerveus. Naast hem de ouders van Lisanne, en het zusje Stefanie. Tegenover de ouders een journalist die altijd aanschuift als het om dit soort onderwerpen gaat. Die man heeft een verleden bij de politie, wat hem zogenaamd de autoriteit geeft zijn mening te verkondigen, maar het gerucht gaat dat hij nooit verder is gekomen dan surveillant.

De presentator leidt in. Somt de onderwerpen van de avond op. Er wordt een stuk van een liedje gespeeld door de band en dan schakelt de camera over op de ouders. De moeder voert als eerst het woord, vader zit – een beetje zoals Lot hem kent – met zijn armen over elkaar te knikken in haar kielzog.

De moeder vertelt over hoe ze hun dagen vullen. Over hoe groot het verdriet is.

'Die ex van haar,' zegt de vader dan ineens stellig, als uit de lucht gegrepen. 'Die moeten ze hebben. Zacharias heet hij.'

De journalist annex ex-politieman pakt zijn opmerking gretig op en richt zich tot Leo.

'De vader van Lisanne heeft het over Zacharias V., een ex-militair met een gewelddadig verleden. Hebben jullie die man ook daadwerkelijk als verdachte in beeld?'

'Helaas kan ik niet inhoudelijk ingaan...'

'Ja,' zegt de vader, 'ze hebben hem al een paar keer van zijn bed gelicht, maar hij loopt weer vrij rond. Het is godgeklaagd.'

'Klopt dat, inspecteur De Graaf?'

Leo zwijgt. Het beeld zoomt in op zijn gezicht. Hij lijkt te tandenknarsen.

Lot gaat rechtop zitten en zet de beker voor zich op tafel. Onbewust omsluiten haar handen haar mond, ze houdt haar adem in en kijkt naar het beeld. 'Niks zeggen,' fluistert ze. 'Niks zeggen.'

Leo kijkt recht in de camera en draait zijn hoofd vervolgens geschrokken weg, omdat waarschijnlijk iemand erachter gebaart dat hij dat niet moet doen. 'Tja, wat zal ik zeggen...'

'Nou, we kunnen in elk geval vaststellen dat de man verdacht is, nietwaar?' vat de interviewer nog eens samen.

'Ja, moet je luisteren, ik vind het ook een rare snuiter,' zegt Leo dan, 'maar dat doet er niet toe. In een politieonderzoek gaat het om bewijs, om hard bewijs. En dat hebben we niet.'

Inhoudelijke informatie. Op straat. We hebben geen bewijs tegen Zacharias. Leo, wat zég je?

'Maar jullie hebben hem dus wel degelijk in beeld als verdachte.'

'We hebben zoveel mensen in beeld als verdachte. Ik bedoel...' Hij verschiet van kleur, kijkt nog eens recht in de camera en bedenkt zich ineens. Hij schudt zijn hoofd. 'Nee, ik hoop dat je begrijpt dat ik in belang van het onderzoek geen...'

'Dan nog iets anders, inspecteur De Graaf, van een anonieme bron kregen we opmerkelijke informatie door, namelijk dat de slachtoffers zouden zijn ingedroogd. Dat wil zeggen, dat er een soort mummie van hun lichaam...'

‘Wel verdomme, hoe komen jullie daar nou toch weer aan?’ buldert Leo.

‘Nee...’ fluistert Lot vanaf de bank. ‘Niet doen nou...’

‘U bevestigt deze informatie?’

‘Ik bevestig?’ Leo schudt verward zijn hoofd. ‘Weet je, ik had hier helemaal niet naartoe moeten komen. Wat een poppenkast! Dit was niet de afspraak.’

Hij staat op, blijft hangen aan zijn microfoontje, maar rukt het ding dan los en beent het beeld uit. Dat was het dan. De presentator pakt het gesprek met een ongemakkelijke uitdrukking op en stelt een vraag aan het echtpaar. Lot hoort het al niet meer. Ze schakelt de televisie uit. En zucht diep.

53

De korstjes van de pizza laat hij in de doos zitten. Met een verdrietig gezicht staart hij naar moeder. 'Ze hebben me niet uitgenodigd,' fluistert hij. 'Voor het zomerfeest.'

Er borrelt een boer naar boven. Normaal heeft ze daar een hekel aan, maar nu kan ze er toch niets meer van zeggen. Een harde bulderboer verlaat zijn mond.

Hij neemt nog een slokje bier om de vieze smaak weg te spoelen.

'Ik dacht dat ze me wel aardig vonden, al was het maar een beetje,' gaat hij verder. 'Maar ik ben nog steeds alleen, net als altijd. Niemand heeft eraan gedacht om mij mee te vragen. Niemand.'

Moeder zegt niets. Natuurlijk zegt moeder niets.

Hij weet het ook wel, waarom.

Ze is dood, maar het is fijner om te doen alsof dat niet zo is.

Hij zucht diep. Dood. Net als zijn zusje.

Hij vindt het zo gemeen dat ze zomaar gewoon dood is gegaan. Zonder iets te zeggen, zonder te vragen wat hij ervan vond. Zonder het aan te kondigen. Wat moet hij nou? Nu is hij pas echt eenzaam. Nu is er echt niemand meer die zegt wat hij moet. Wat hij kan en wat hij niet kan.

Ze heeft hem alleen gelaten. Weer.

Maar nu voor altijd.

De geur die van haar afkomt wordt alsmaar erger. De lavendel ruikt eventjes lekker, maar blijft niet goed genoeg hangen. Hij maakt zich zorgen dat de buren haar gaan ruiken. En dan komen ze hierbinnen, dan komen ze kijken. De politie, de mensen. De buitenwereld. Hij weet zeker dat als ze haar zien, ze haar dan van hem afpakken. Hij weet niet precies wat hij dan zal doen, maar hij weet wel dat hij dan gek wordt. Hij kan niet zonder haar, maar dat begrijpen ze vast niet. Bij de gedachte alleen al moet hij zo ontzettend knipperen, alsof er wel tien motjes in zijn ogen fladderen. Hij wil dat ze bij hem blijft, zo graag, dat hij er alles voor overheeft om dat zo te houden.

Hij heeft er al over nagedacht. Tijdens zijn werk, tijdens zijn rit naar huis. Hij dacht aan zijn zusje dat onder de grond begraven ligt. Dan ruik je het vieze niet meer, als het onder de grond ligt. Dus dat is zijn plan.

Gelaten begeeft hij zich naar beneden en stapt de donkere tuin in. De schep had hij al klaargelegd, die heeft hij uit de schuur van de buurman gepikt. Bij moeder en hem thuis liggen alleen maar van die kleine schepjes, voor haar kruidentuintje, maar daar komt hij niet zo ver mee. Hij moet best een eind de grond in graven. Hopelijk komt die man er niet achter dat zijn schep weg is.

Hij kijkt wat om zich heen en kiest een mooi plekje, zo vlak bij de deur, niet te ver van huis. Zijn vingers omklemmen de schep. En hup, hij steekt het ijzer in het gras. Beetje wrikken, beetje wiebelen en hop, een flinke hap aarde eruit. Er overvalt hem iets, een drift, waardoor het vlugger moet. Dan is het maar klaar en voorbij en over, als het toch moet.

Hij schept en schept, als een dolle in het donker. Niemand kan hem zien, daar heeft hij wel voor gezorgd. Anders pakken ze haar alsnog af en dat zou ondraaglijk zijn.

Na een tijdje, als hij helemaal glad is geworden van zijn eigen zweet, staat hij voor een graf van ongeveer een meter diep – dat zijn de normen, dat heeft hij uitgezocht. Normaal gesproken moet er 65 centimeter tussen de kist en het maaiveld zitten. Maar aangezien hij geen kist heeft voor moeder, zal dit wel ongeveer goed zijn. Hij steekt de schep in de zandhoop naast het graf en stapt vermoeid naar binnen. Eerst nog een biertje.

Met het blikje in zijn hand wandelt hij naar boven. Hij laat een spoor van aarde achter, maar dat geeft niet, want hij is de enige die het ziet. Hij giet het blikje in één teug achterover en trekt een witte sprei uit de kledingkast van zijn moeder. Hij aait even met zijn modderige vinger langs de stof. Ja, dit is wel wat. Het blikje deukt hij in met zijn hand. Hij gooit het achter zich neer.

Dan wappert hij de sprei over het gedeelte van het bed naast moeder. Beetje duwen, beetje rollen en ze ligt erop, met haar gezicht naar beneden gericht. Het resterende deel van de sprei vouwt hij over haar heen. En dan, met al zijn kracht, tilt hij haar op en laat het lichaam op zijn schouder rusten.

Voetje voor voetje wankelt hij de trap af. Hij is bang om te vallen. Straks maakt hij haar stuk. Hij is ontzettend blij en tevreden dat hij haar nog mooi heeft kunnen maken, zo vlak voordat hij haar zal begraven. De oogschaduw mooi fris, de nagellak netjes. Zo kan ze met een gerust hart naar de hemel.

Daar is het graf. En hier staat hij dan, met zijn moeder in een sprei gewikkeld, op zijn schouder. Hoe gaat zoiets, vraagt hij zich af. Hoe doe je zoiets netjes? Langzaam schudt hij zijn hoofd, hij heeft geen idee.

Er zit maar één ding op. Met zijn handen onder haar oksels verlost hij zijn schouders van haar gewicht en werpt haar in het gat. Met een doffe plof komt ze neer.

Hij kijkt nog even of ze wel goed ligt, maar eigenlijk ziet hij niet zoveel. Het is donker en ze is gewikkeld in die sprei.

Om hem heen is het stil. De stilte van de nacht. De stilte van de dood.

Scheppen maar weer. Zand erover, heel veel zand erover. Dan is het maar klaar en kan hij nog een biertje drinken. En dan kan hij naar zijn zusje, om haar te vertellen dat moeder dood is.

54

Hij schrikt wakker, zonder dat hij beseft waardoor. Zijn rug voelt stijf aan van de frisse zomernacht. Een jas is hij vergeten, hij had het er te warm voor toen hij met zijn busje van huis ging. Rechtop zitten, eerst maar. Hij proeft het opgedroogde zweet op zijn lip. Zand in zijn mond.

Hij leest voor de duizendste keer de naam op de grafsteen van zijn zusje. Het meisje dat hij nooit mocht kennen. 'Moeder is ook dood,' jammert hij. 'Nu ben ik alleen.'

Hij snikt een beetje, maar algauw kalmeert hij. Het maakt hem rustig dat hij hier is, met niets anders dan dode mensen onder hem in de grond en boven hem die veilige, donkere nacht. In de verte klinkt muziek, dreunende bassen, onder het geroezemoes van stemmen. Aan de andere kant van het bos is het zomerfeest, een feest waar hij geen deel van uitmaakt. Er wordt gedronken, maar niet door hem. Er wordt gelachen, maar niet door hem.

Als hij zo voor zich uit kijkt, probeert hij zich voor te stellen hoe het zou zijn om alleen verder te leven. Zonder moeder, zijn blik even op de grafsteen, en zonder zijn zusje. Als zij nou niet gelijk dood was gegaan, had hij tenminste nog iemand. Nu heeft hij niemand meer. En als hij moeder moet geloven, zal hij ook nooit een vriendin krijgen. Een loser is hij. Niemand zal hem ooit willen.

Het is eenzaam.

Plotseling schrikt hij op, van een geluid dat hem doet denken aan het snikken van moeder, als ze weer eens zo'n bui had. Verward draait hij zijn hoofd van links naar rechts en speurt de omgeving af, in de hypnotiserende verwachting de geest van moeder rond te zien zweven. Hij denkt terug aan de tuin, aan het wilde scheppen dat hij deed. Hij ziet haar weer, moeder, gewikkeld in de bedsprei, en het zand waarmee hij haar heeft toegedekt. Het is onmogelijk. Onmogelijk dat moeder hier ook is.

Toch?

Aan de rand van het bos verschijnt ineens iets wat beweegt. Een beest, een mens? Blanke huid, blond haar. Het is een jonge vrouw, klein. Een tienermeisje. Ze huilt en zoekt naar hulp, naar een oriëntatiepunt.

Ze is verdwaald. Ze is duidelijk verdwaald en ziet geen hand voor ogen in de duistere nacht. Hij wel. Hij is gewend aan het donker, hij leeft het liefst in het donker.

Gespannen blijft hij zitten op het graf van zijn zusje. Een meisje, een echt meisje, zomaar, zo vlakbij. Hij volgt haar handelingen, roekeloos, eerst de ene kant op, dan weer snikkend de andere kant. Ze zoekt de weg, misschien. Een uitweg.

Dat herkent hij wel.

Langzaam staat hij op. Hij voelde zich zo eenzaam, maar dat nare gevoel begint weg te ebben, nu hij weet dat hij niet meer alleen is. Er is nog iemand hier. Een meisje. Ze dwaalt en is op zoek naar iets. Naar hem?

De lucht vloeit door zijn longen. Hier, denkt hij, hier ben ik.

Moeder heeft hem vaak genoeg in de oren geknoopt dat hij nooit een meisje zou krijgen. Misschien, heel misschien, is dit wel zijn kans om haar te bewijzen dat ze ongelijk had. Dat er heus wel een meisje is dat bij hem wil blijven.

Hij begint te lopen, over de graven, over de zoden, eerst traag, dan wat vlugger. Het meisje dwaalt maar door, langs de bosrand, op weg naar de bushalte misschien. Hij zal haar helpen. Ze moet zo huilen, zo snikken steeds. Hij zal haar helpen rust te vinden.

Kriskras door de haag van de begraafplaats, een hups, een sprong en hij bereikt hetzelfde pad als zij. Ze heeft niets door, ze weet niet dat hij daar is. Hij kan haar nog steeds verrassen.

Al lopend ziet hij een ronde kei liggen langs het pad. Hij bukt en grijpt het ding, niet zwaar, te tillen met één hand. Dan sluipt hij verder, achter haar aan. Zachtjes, zonder dat ze hem horen kan. Ze heeft de weg in het zicht, de bushalte vlak voor de begraafplaats. Daarom wandelt ze nu, al een stuk rustiger dan ze was. Waar was ze zo bang voor? Waar rende ze voor weg? Het geeft allemaal niet, hij zal haar troosten, hij zal lief zijn voor haar, voor zijn vriendin, voor zijn cadeau.

In de verte op de weg raast een auto voorbij. Ze steekt haar hand op en zwaait, ze springt en roept iets wat hij niet verstaat. Maar de auto zoeft gewoon door, stopt niet, remt niet eens een beetje. 'We lopen in het aardedonker,' fluistert hij, 'gekke meid. Niemand die je ziet, behalve ik.'

Het is zaak wat sneller te lopen nu, om op tijd bij haar te zijn. Hier kan hij haar goed de zijne maken. Vlak bij de weg is het lastiger, met het fietspad, de auto's die voorbij kunnen rijden. Ze mogen niet gestoord worden. Het zal hem toch niet gebeuren dat ze al van hem wordt afgenomen, door iemand, door de mensen, nog voordat hij van haar kan genieten.

Parfum, hij ruikt haar parfum heel sterk en krijgt er kriebel van in zijn broek. Hij voelt zijn geslachtsdeel ontwaken, van slap naar harder. Van harder naar hardst. O, op haar heeft hij zo lang gewacht. Op een vriendin, een echte vriendin, zoals in zijn dromen. Ze kwam zomaar uit het bos gelopen, speciaal voor hem. Ze moest het gevoeld hebben, dat hij daar zat. Dat hij verdrietig was. Dat hij getroost moest worden. Wat fijn, daar is ze dan. Zijn meisje, zijn vriendin. Ze kunnen elkaar troosten, elkaar rustig maken nu. Eindelijk.

Nog maar een paar meter. Ze kijkt over haar schouder, hij is niet stilletjes genoeg. Gelukkig kijkt ze de verkeerde kant op, kan hij nog net wegduiken in de hoek waar ze niet kijkt. Dat moet, anders kan hij haar niet verrassen.

Diep ademt hij in, hij knippert nog even flink om het motje te verjagen, en dan zet hij de versnelling in. Eén, twee, drie, vier passen en hij is vlak achter haar, zijn arm ondertussen omhoog, de kei in zijn hand geklemd.

Baf! Zo tegen haar achterhoofd. Vol verbazing ziet hij toe hoe ze stilletjes ineenzakt. Hij gaat door zijn knieën, vlug, om haar nog op te kunnen vangen. Ze vlijt zich keurig in zijn armen.

'Kom maar,' fluistert hij met een lieflijke glimlach. 'Kom maar, mooi meisje.'

Hij sleept haar een stukje het bos in, van het pad af. En dan omsluit hij haar nek met zijn handen. Toe maar. Het wordt vanzelf rustig. Het wordt vanzelf stil.

Zalig stil.

55

Op haar buik in bed. Het dagboek op het kussen naast haar. Een flauwe glimlach. Leo wordt gek als hij haar nu zou zien liggen, met bewijsmateriaal. Ze weet dat het een ernstige overtreding is, maar ze probeert iets te forceren in haar brein. Regeltjes zijn goed, maar in plaats van toestemming vragen, kun je soms beter achteraf sorry zeggen. Geleerd van Magnus, die altijd zijn eigen gang is gegaan. Ze voelt het. Ze voelt dat het antwoord tussen deze kaft verscholen ligt. Dit is zijn fantasie. Hier komt ze verder mee.

Dan pakt ze de kaart tevoorschijn die ze vanmiddag gemaakt hebben. De meisjes zijn allebei in hetzelfde gebied overmeesterd. In de omgeving van de bushalte van de begraafplaats.

Kippenvel op haar armen. Wat een plek om 's avonds laat te zijn. Lot zal wel verpest zijn, maar het lijkt haar bijna vragen om problemen, om daar rond te lopen. Even voelt ze de neiging om er zelf naartoe te gaan, om het te ervaren. Gewoon een tijdje daar zitten, in het donker. Maar waarom zou ze? Om de dader te lokken?

Weer kippenvel. Het is maar waar je op zit te wachten.

Dat gezicht van Leo op televisie. Hij is zichzelf niet, absoluut niet. De wartaal die hij uitsloeg, de inhoudelijke informatie die hij zomaar prijsgaf – het staat overal. Het fragment is trending topic, zag ze toen ze voor het douchen nog even op haar telefoon keek. Facebook, Twitter, nieuwssites: het gezicht van die arme Leo prijkt overal bovenaan. En ook de kop waar ze al bang voor was.

ZACHARIAS V. VERDACHTE IN ZAAK ZOMERMEISJES

Het lijkt wel alsof Leo de afdaling naar de goot heeft ingezet. Al vanaf het moment dat Lot hem leerde kennen, viel het haar op dat hij niet iemand is die goed voor zichzelf zorgt – op het zorgvuldige verbergen van zijn grijze haar na – maar het wordt almaar erger. Zijn ogen vermoeider, zijn huid grauwer, zijn postuur grover. Die buik van hem lijkt bovendien alles te hamsteren wat hij tot zich neemt, hij wordt met de dag dikker. En zijn psychische gesteldheid neemt ook af.

En dan nu deze flater. Ze houdt haar hart vast voor hoe het er morgen op het bureau aan toe zal gaan. Dick en Silvester zullen allebei not amused zijn. Bovendien is haar profiel nu helemaal niet gebruikt en hebben ze de hulp van het publiek niet kunnen inschakelen. Kostbare tijd die verloren gaat. Misschien moet ze morgen maar even contact opnemen met de redactie van *Opsporing Verzocht* om te vragen of zij het deze week nog kunnen meenemen.

Ze slaat het dagboek open. Er zijn nog zoveel pagina's die ze niet tot in detail heeft kunnen bestuderen, het zijn er te veel. Sommige tekeningen kent ze inmiddels uit haar hoofd, die kan ze zo natekenen als het moet, maar andere verwonderen haar steeds weer opnieuw.

De pagina's roetsjen door haar vingers. Van voor naar achter, en terug. Een ingeving, het moet haar toch iets vertellen. De adviezen van Magnus duizelen door haar bovenkamer.

Zijn boekenkasttheorie. Zijn focus op het trigger event van de dader. Dat is zo specifiek, zo persoonlijk. Het kan in elk geval weer anders zijn.

Haar oog valt op een bijna lege pagina, die ze al eerder heeft bestudeerd. Bovenaan staat slechts één woordje.

LIEVE

Ontzettend jammer dat hij die brief nooit heeft afgemaakt, het zou haar zoveel over hem kunnen vertellen. Tot wie zou hij zich hebben willen richten? Zijn liefde, zijn ouders?

Links, op de pagina ernaast, krioelen weer allemaal lijnen en tekeningen. En helemaal onder aan de pagina een miniatuurversie van de meisjes die hij steeds afbeeldt. Zonder dat haar. Het heeft wat weg van een baby. Liggend in een bedje. Of nee, denkt Lot dan als ze rechtop gaat zitten en het plaatje wat beter bekijkt. Eerder een kistje.

Gadverdamme.

Weer dat kippenvel. Ze moet dit ook niet doen, 's avonds laat in bed, alleen. Met een klap slaat ze het dagboek dicht. En legt het naast haar bed op de grond. Met open ogen staart ze naar het plafond. Ze wacht en wacht, tot de slaap haar grijpt.

56

Hij snuift de overweldigende geur van ammoniak op. De indringende lucht doet hem denken aan zijn eerste.

Even kijkt hij naar haar. 'Ja, ook jij blijft mooi,' fluistert hij.

Diep haalt hij adem. Die geur moet weg. Die hoort niet bij een gewone vriendin.

Uit de hoek van de kelder pakt hij stoffer en blik. In twee stappen is hij terug bij zijn nieuwe aanwinst – een knipoog – en dan richt hij zijn onverdeelde aandacht weer op het stroperige hoopje ingewanden. Het moet weg, en opgeruimd. Anders gaan de buren het ruiken.

In een paar vegen is de slijmerige smurrie bij elkaar. Rode strepen trekken een spoor op het grijze cement van de vloer. Hij pakt het blik. Hij krult een dubbele vuilniszak goed om en begint de massa dan op het blik te schuiven. De eerste lading kwakt hij in de zak. En algauw volgt een nieuwe lading. In vijf etappes heeft hij het wel zo'n beetje gehad. Hij knoopt de vuilniszak een paar keer goed dicht.

Dan volgt nog het grondige schoonmaakwerk.

Hij leegt de waterkoker met stomend heet water in een emmer en zet gelijk een nieuwe sloot water op. In de emmer spuit hij een fles chloor leeg. Zo, denkt hij, dat moet toch voldoende zijn.

Na een uurtje schrobben is de vloer veranderd in een donkergrijs palet van doorweekt beton. Dit moet een tijdje drogen, denkt hij bij zichzelf. Veel kan hij er nu niet meer aan doen. Hij controleert zoals elke dag of het raampje nog openstaat en of de horren goed vastzitten. Ventilatie is van groot belang als hij ze mooi wil houden.

Alles is weer schoon en god, o, god, hij gaat er even bij zitten op de klapstoel in de hoek van de ruimte, om het resultaat eens goed te bekijken. Wat is ze mooi. Wat is ze stil en rustig, hoe ze daar zo hangt. Vanbinnen en vanbuiten beeldig en schoon. Beeldschoon.

Hij aait haar borsten en stopt zijn vinger bij haar naar binnen. Hij voelt met een voorzichtige glimlach. Even kijkt hij naar haar gezicht. Ze lacht hem niet uit, ze slaat hem niet. Nee, ze vindt het allemaal goed, ze laat hem toe.

Zijn vingers weten de weg naar beneden algauw te vinden. Met een vlugge beweging maakt hij de rits open en wipt hij zijn harde geslachtsdeel uit zijn onderbroek. Dit is zijn moment, dit is waar hij het allemaal voor doet.

Binnen een paar seconden dient de ontlading zich al aan. Tevreden staart hij naar haar, met een scheve glimlach. 'Goed dan,' zegt hij. 'Ik heb nog tijd voor één glaasje Kuiernat, maar dan moet ik echt naar mijn werk, schoonheid. Tot vanavond.'

57

De stallen doemen op, de paarden verderop dansen op zijn netvlies, als een levende draaimolen. Even overweegt hij weg te rijden. Het drinken was te veel. Het is zo moeilijk, om te weten wanneer het net genoeg is en niet te veel. Net genoeg heeft hij nodig, te veel is een beetje lastig.

De baas zal hem zijn nek omdraaien.

De fles naar zijn mond, een laatste slok voordat hij de auto uit stapt. Het was de bedoeling dat de drank de gedachten aan zijn verloren vriendinnen zou wegspoelen, maar ze spoken alsmaar door zijn hoofd. Schimmen van meisjes, net als zij, alleen voor hem, alleen met hem.

Zijn hand naar de deurgreep, open, uitstappen. Een teugje lucht. Een zuchtje uit. Voet voor voet walst hij in de richting van de stallen. Hij probeert in een rechte lijn te lopen. Oké, in een golvende lijn dan. Maar wel rechtop.

In zijn ooghoek meent hij Henk te herkennen, die in een drafje op hem afkomt. Hoe langer je hier werkt, hoe meer je op een paard gaat lijken. Hij glimlacht. Grappig, zo had hij Henk nooit eerder gezien.

'Gast,' zegt Henk, 'gast, wat zie je eruit, dit kan echt niet. Je bent straalbezopen. Als pa je ziet, ben je de sjaak, dat weet je.'

'En jij bent Henk.'

Hij blijft stug doorwalsen, de stallen in. Hij is hier. Hij leeft. Hij kan best werken. Het is simpel werk.

'Nee, doe dit nou niet,' zegt Henk. 'Ga terug naar huis, ga je roes uitslapen in het bos, weet ik veel, maar je moet hier niet zijn nu. Hij is al chagrijnig vandaag.'

'Ah, joh, lul niet zo dom,' zegt hij en hij grijpt naar de bezem.
Mis.
Hij grijpt nog eens naar de bezem.
Mis.
Hij grijpt nog eens naar de bezem.
Weer mis.
'Gast, kijk nou naar jezelf.'
Zodra Henk hem aanraakt, krimpt hij ineen. 'Raak me niet aan,' jammert hij. 'Blijf van me af.'
'Ho, rustig maar,' zegt die geschrokken. 'Ik wil je alleen maar helpen, hoor.'
Hij grijpt naar de bezem. Hebbes.
De triomf lijkt naar zijn hoofd te stijgen, want ineens krijgt hij het intens warm. Een gloeiende stroom bloed kruipt onder zijn huid naar boven, tot aan zijn kruin. Met zijn hele gewicht leunt hij op de bezem. In gedachten veegt hij de vloer, maar in werkelijkheid verroert hij zich niet. Hij voelt het zweet druipen, overal. Hij hoort Henk praten, maar eigenlijk ook niet. Wat hij vooral hoort, is een dof soort klotsen, als van een wasmachine ergens in de verte. Het is alsof de geluiden vanbinnen in zijn lijf zich naar buiten proberen te dringen. Kolkende toestanden in zijn maag, rond en rond en rond, net als de was in de machine.
Minder gevoel in zijn benen. Iemand heeft gewichtjes aan zijn oogleden gehangen. Ergens ver weg hoort hij nog steeds die Henk. Gelukkig raakt hij hem niet meer aan, dat is fijn. Dat is fijn.
Leunen op de bezemsteel, dan gaat het allemaal wel voorbij. Het trekt zo wel weg. Gewoon blijven ademen, zoals hij doet. En stil blijven staan, vooral niet bewegen.
De stem van Henk klinkt ineens weer helder. 'Wat heb je nou toch voor luchtje op?' vraagt hij. 'Het lijkt wel wc-eend.'
Dan vervaagt alles weer. Zijn hoofd tolt, hij wankelt. Zijn benen zwabberen als elastiek, waarop hij zijn balans strompelend terug probeert te vinden. Niet vallen, absoluut niet vallen, want dan is het gebeurd. Dan is het over, allemaal.

Misschien was het idee van Henk toch niet zo slecht. Slapen wil hij, slapen in het bos. Slapen overal, het maakt hem niet uit waar, als hij zijn ogen maar sluiten mag. Ze vallen al dicht, maar hij knippert ze weer open, met alle energie die hij nog heeft.

Eén, twee, drie stappen en hij stapt een lege stal binnen. Het ruikt er naar kak. Muffe kak. Het zat eraan te komen, maar toch verrast de golf braaksel hem als die zijn mond uit spuit. In een rechte straal klettert het zo op het stro. En nog eens, en weer. Henk is er niet meer, of die ziet hij niet meer. Het zijn alleen nog hij, zijn kots en het stro.

Kwijl druipt uit zijn mond, die hij voor de zekerheid open laat hangen. Voor als er meer komt. Zijn ogen wijd open, betraand en wazig. Zo blijft hij staan, voor een tijdje, tot hij zijn besef van tijd kwijt is.

En dan, voorzichtig, doet hij zijn mond weer dicht, veegt zijn lippen langs zijn mouw en haalt zijn neus op. Hij gaat rechtop staan. Kan hij dit nog ongedaan maken? Wegvegen, schoonmaken, doen alsof het niks was.

Pas dan draait hij zich om en hij ziet een rijtje collega's op afstand naar hem kijken. Dichterbij, veel dichterbij, staat de baas. De man die zijn vader is.

Hij begint driftig te knipperen, in een poging zijn blik weer helder te krijgen. Hij weet niets te zeggen. Hij wil verdwijnen. Naar een plek waar niemand is. Hij wil alleen zijn. In het donker.

Hij wil zijn op een donkere, stille plek waar niemand zich met hem bezighoudt, waar niemand hem beoordeelt. Waar niemand lelijk doet. Waar niemand naar hem kijkt.

Waar niemand is.

'Dit is gewoon zíélig,' zegt de man die zijn vader is. Hij tuft naast hem op de grond. 'Henk!' roept hij dan. 'Jullie zijn toch vriendjes? Jij ruimt deze rotzooi op.'

Dan, met een ernstige blik naar hem: 'En jij, gast. Jij bent ontslagen. Dat had ik al veel eerder moeten doen. Laat me je hier nooit meer zien. Oprotten, nou! Goorlap.'

58

Ontslagen. Hij is gewoon ontslagen.

Hij spuit zich nog eens vol met de bus lavendel tegen vieze geurtjes. Een beetje onder zijn shirt, nog wat bij zijn kruis. Goed, dan. Zo moet het maar.

Hij is toe aan een borrel. Hij denkt terug aan hoe hij weleens met zijn collega's naar het café ging. Dat ging best goed. Alleen moet hij dat toch ook kunnen. Ze hebben er drank, hij heeft wat geld op zak. En misschien is er wel een meisje naar wie hij kan kijken.

Zijn collega's gingen dan altijd ook echt met meisjes praten. Dat durft hij niet.

Met een brok in zijn keel opent hij de deur. Hij twijfelt nog eventjes of hij hier wel goed aan doet. Zijn ogen knipperen, wild en ongecontroleerd. Als hij het waagt om naar binnen te stappen, doet hij een beetje alsof hij aan het donker moet wennen, om het knipperen te verklaren. Terwijl, als iemand daar niet aan hoeft te wennen...

Niet zo gek druk in het café. Een groepje mensen aan de ronde tafel achterin. Drie jongens aan het darten. Wat mensen aan de bar. Twee vrienden spelen een potje biljart.

Meisjes! Daar staan meisjes, aan een statafel in de hoek van het café. Ze lachen hard, de meisjes. Hij nestelt zich op een barkruk en draait zich zo dat hij nog net een glimp van de meisjes kan opvangen. Hun gesprek is niet te volgen, vanwege de luide muziek.

Rotmuziek.

Wat een dag. Ontslagen. Een kater van hier tot gunter. En nu ook nog eens die herrie aan zijn kop.

Hij bestelt een pint. Voor iets anders heeft hij niet genoeg op zak. De barman tapt met snelle halen, gehaast, terwijl er niemand anders om zijn aandacht vraagt. Het vocht druipt van het glas in het ronde, smoezelige karton en laat donkere kringen achter. Het knipperen is nog niet gestopt.

Hij tikt met zijn vinger op de bar, zachtjes, zonder aandacht te trekken, maar wel in de hoop daarmee het motje te verjagen. Laat me toch. Laat me.

Een van de meisjes kijkt naar hem. Ze fluistert, een paar andere meisjes kijken om. Even stil, even niks en dan een indringend hard geschater. Hij kijkt omlaag, zo ver dat hij zijn eigen wangen kan zien.

Gulzig zet hij zijn lippen aan het glas en drinkt het in een paar teugen leeg. De barman kijkt vragend, hij knikt instemmend. Nog ééntje dan.

Het geschater komt in golven, maar de golven worden hoger. Hij verdrinkt erin, krijgt er geen adem meer door. En plotseling, bij de volgende uitbarsting van hoge tonen, trekt hij het niet meer. Hij staat op van de kruk, legt wat geld op de bar en vlucht naar buiten.

Zo gauw als het gaat, begeeft hij zich naar de auto, geparkeerd tegenover het café. Terug achter zijn dashboard, terug bij zijn muziek.

Zachtjes fluit hij mee met *New World in the Morning*. Zijn handen om het stuur geklemd, zijn blik vastgekleefd aan de deur van het café.

59

Na een dag spoorloos te zijn geweest, is Leo vanmorgen vroeg gespot in de gouden gang. Lot hoeft er geen moeite voor te doen om dit kersverse gerucht tot zich te krijgen. Gisteren moest ze de godganse dag aanhoren dat niemand hem kon bereiken, vandaag is het nieuws dat hij wél naar zijn werk is gekomen.

Alsof ze niet wat belangrijkers te bespreken hebben met zijn allen.

Op haar route van de archiefkamer, waar ze het dagboek weer netjes heeft opgeborgen, naar haar bureau, hoort ze ook over niets anders. Iedereen speculeert en papegaait er een eind op los, al sinds gisteren. Over de gênante vertoning, over de afgang. De pers die opnieuw dankbaar is gevoed met een kluif.

'Is die lijst van de manege er al?' vraagt ze aan Jaap, maar hij schudt al van nee terwijl ze nog praat. Hij zit er net zo ongeduldig op te wachten als zij.

'Ze zijn er druk, druk, druk mee bezig,' verzucht hij met zeurderige, zware stem, in een poging hun collega's na te praten. Niets zou snel genoeg zijn als het aan hen ligt. Ze willen doorpakken, maar alles lijkt te stagneren. Iedereen is maar bezig met dat waardeloze televisieoptreden van Leo – ze zijn drukker met speculeren en roddelen dan met hun recherchewerk, iets waar Lot zich kapot aan ergert.

Ze leunt met een knie op haar bureaustoel. 'Wacht even.' Haar vingers ratelen over het toetsenbord. 'Twee mailtjes.'

De eerste mail schrijft ze aan de groep collega's die met de manegelijst bezig zijn.

Collega's,
Lukt het om einde dag de lijst van Manegebedrijf Altena bij ons aan te leveren? Dat zou fijn zijn. Zo niet, dan kan ik de korpschef namens ons vragen om wat meer 'handjes' voor deze klus.
Dank!
Lot

Zo, dat was er weer een in de categorie 'handig naïef'. Natuurlijk gaan ze niet zeggen dat ze meer handjes nodig hebben, zeker niet als ze weten dat die informatie direct bij de korpschef terechtkomt. Nee, ze gaan die lijst vanmiddag op haar bureau leggen.

Soms moet de druk gewoon wat meer opgevoerd worden.

De tweede mail tikt ze aan Dick.

Beste Dick,
Ik wil mijn daderprofiel vanavond bij *Opsporing Verzocht* onder de aandacht brengen. Collega van persvoorlichting kan het toelichten. Ik lever aan. Akkoord?

Zodra ze die mail verstuurt, voelt ze al wat meer rust op zich neerdalen. Toch lekker, om nog voor acht uur 's morgens al wat zaken te regelen. Dan houdt ze het kaartje met ondergelopen kelders op naar Jaap. 'Zullen we dan maar?'

Hij grijpt zijn sleutels van het bureau en springt op. 'Graag.'

Wat dat betreft zijn ze hetzelfde. Stilzitten is niet hun stijl, roddelen bij de koffiemachine al helemaal niet. Zij willen graag wat doen, aan de slag, voor voortgang in het onderzoek zorgen. De straat op om de meldingen van ondergelopen kelders langs te gaan, ook al zijn dat er tientallen? Prima. Beter iets dan niets.

Bij de uitgang kruisen ze een timide vrouw, met angstige ogen. Ze heeft gelegen, te zien aan de platte plekken in het haar dat ooit krulde en nu in kroezige plukken omlaaghangt. Maar geslapen heeft ze niet, denkt Lot, als ze de donkere kringen onder haar ogen ziet.

Het is maar een seconde, of een fractie daarvan, dat ze elkaar aankijken, de vrouw en Lot. In het voorbijgaan, in het alledaagse passeren, zoals dat gaat. Maar in die fractie van die seconde schreeuwt de vrouw naar haar, zonder woorden. Ze roept naar Lot. Wanhopig, in paniek.

Dan, de hand, die haar arm pakt. Het slikken, het zoeken naar woorden. Lot stopt Jaap met haar vrije hand – wacht even – en draait zich naar de vrouw toe. Wat gaat er door deze vrouw heen, wat is er met haar aan de hand? Wordt ze niet goed? Moet ze een ambulance laten bellen?

'Mevrouw,' zegt Lot, 'kan ik iets voor u betekenen?'

Ze knikt, in stilte, ze knikt onophoudelijk.

Lot pakt haar klamme hand en knijpt er zachtjes in. Ik ben er, zegt ze in dezelfde taal als de vrouw. In stilte. 'Kom maar, word maar even rustig.'

Jaap komt aan de andere kant van de vrouw staan. 'Waar kunnen we u mee helpen, mevrouw?'

Zijn ogen, ze kijkt net zo angstig in zijn ogen als hoe ze naar Lot keek. Ze knikt, weer, en zegt dan met een bibberende stem: 'Mijn dochter Joanna, ze is vannacht niet thuisgekomen.'

'Vannacht niet thuisgekomen,' herhaalt Lot. 'Hoe oud is uw dochter?'

De vrouw begint te snikken. 'Nog maar zestien.'

Routinematig voeren ze de vrouw mee, verder het bureau binnen. Een verhoorkamer in. Water, rust. Pen en papier.

Ze kijken elkaar niet aan. Want dan zou de paniek nog weleens kunnen toeslaan. En het laatste wat ze moeten willen is dat deze moeder nog ongeruster wordt dan ze al is.

'We gaan u wat standaardvragen stellen, mevrouw,' legt Jaap uit.

'Ze heeft dit nog nooit gedaan,' zegt de vrouw. 'Nooit. Ze is altijd op de afgesproken tijd thuis, ook in het weekend. Dan mag ze altijd wat later omdat de rest dan ook later ma...'

'Waar was uw dochter gisteravond? Waar is ze voor het laatst gezien?'

'In het café,' fluistert ze, met een hand voor haar mond, alsof ze nu pas de ernst van de situatie beseft. Dan nogmaals, knikkend: 'In het café.'

'Welk café? Met wie was ze daar?' vraagt Lot.

'Hoe laat ging ze? Hoe laat zou ze thuiskomen?' vraagt Jaap.

'Met vriendinnen. Ze gingen een drankje doen om een verjaardag te vieren. Omdat het vakantie is, vond ik het goed...'

Jaap schuift een briefje over tafel. 'Kunt u de namen van die vriendinnen noteren?'

Met trillende vingers pakt ze de pen die hij aangeeft aan en begint te schrijven.

De stilte gebruikt Lot om heel even tot bezinning te komen. Ze ademt diep in. Dit hóéft niet een vermissing te zijn die met hun zaak te maken heeft. Het hoeft niet. De meeste pubers duiken binnen enkele uren vanzelf weer op.

Ze knakt met haar vingers.

Als de vrouw klaar is, vraagt Jaap: 'Is er recent iets gebeurd of veranderd in haar leven?'

'Nee.'

'Dit is misschien een vervelende vraag, maar ik moet hem stellen. Hebben jullie onenigheid gehad thuis?'

Resoluut schudt ze haar hoofd. 'We zijn maar met zijn tweetjes,' zegt de vrouw. 'We zijn heel close, bijna als vriendinnen. Komend weekend gaan we naar de sauna, we hebben er allebei zoveel zin in...' Nu barst ze in huilen uit. 'Maar waar is ze nou? Waar is Joanna?'

Ondertussen blijft Lot innerlijk in dubio. De vrouw kan wel zeggen dat ze geen ruzie hebben gehad, maar wil je dat als ouder niet veel liever onder het tapijt moffelen in een geval als dit? Er komen zo vaak pubers niet opdagen thuis, na een fikse ruzie, of gewoon door een rebelse bui. En dan is er niets aan de hand. Het meisje is zestien, precies de leeftijd waarop je dat soort dingen gaat uitproberen.

Er is geen reden om aan te nemen dat ze slachtoffer is geworden van hun dader.

Echt niet. Toch?

Dan grabbelt de vrouw in haar tas en geeft de twee een mobiele telefoon met gebarsten scherm. 'Dit vonden haar vriendinnen op weg naar huis. Ze denken dat Joanna die verloren is. Vanochtend kwam haar vriendin hem terugbrengen, voordat ze met de bus naar haar bijbaantje vertrok. Ze dacht dat ze gewoon thuis zou zijn.'

'Had zij een idee waar uw dochter kan zijn?'

Ze schudt haar hoofd. 'Nee. Joanna ging wat eerder naar huis, omdat ze last had van hoofdpijn. De anderen wilden meegaan, maar ze stond erop dat ze zouden blijven. Ze wilde het feestje van de jarige niet verpesten.'

'Heeft ze een vriendje? Misschien zonder uw medeweten?'

'Ja, ze heeft een vriend, maar die is op vakantie met zijn familie.'

Jaap schuift het papier weer terug naar de vrouw. Ze begrijpt het en noteert zijn naam.

Lot kucht voorzichtig in haar hand. 'Mevrouw, waar hebben haar vriendinnen die telefoon gevonden?'

'Op het fietspad, toen ze een paar uur later naar huis fietsten.'

'Waar precies?'

'Ter hoogte van de begraafplaats.'

60

Moeder had al die tijd gelijk. Hij ís een loser, en niemand wil hem. Hij is tot niks in staat, nee, correctie, hij is wel ergens toe in staat: om zijn baan als strontschepper kwijt te raken. Sterker nog, wat hij heel goed kan is alles kwijtraken. Zijn zusje, zijn moeder, zijn meisjes, zijn baan. Wat hij ook doet, ze gaan toch altijd allemaal weer weg. En dat komt door hem, dat begrijpt hij ook wel.

Hij functioneert alleen maar goed als onderwerp van flauwe grapjes. Hem uitfoeteren, dat doen mensen graag. Moeder deed niet anders, Nadia deed het en zo zal het gaan met iedere vrouw die op zijn pad komt. Ze lachen gewoon om hem. Ze kleineren hem, ze krenken hem, ze doen hem pijn. Het liefst wordt hij door het donker opgeslokt, als hij terugdenkt aan al die vernederingen.

Terwijl hij juist zo ontzettend naar een normaal meisje verlangt. Niet knap, niet heel slim, gewoon, een meisje, zoals in zijn fantasie. Zoveel is dat toch niet gevraagd?

Niemand wil je, zei zijn moeder. Niemand zal je ooit willen.

Zelfs zíj wilde hem niet.

Eindelijk gaat de deur open, eerst een stukje, dan helemaal. Een van de jonge meiden komt in beeld, ze zwaait door het caféraam naar haar vriendinnen. Hij gaat verzitten, een beetje minder rustig, een beetje strakker in de billetjes.

Ze loopt naar het fietsenrek vlak voor het café en steekt haar sleuteltje in het slot.

Klik.

Het knipperen was gestopt, maar daar is het weer hoor, in

alle hevigheid. Deze keer vindt hij het niet erg, deze keer snapt hij het wel. Hij herkent de opwinding, een prettige extase, gevoed door zijn verwachting en verbeelding. Misschien lukt het dan met haar wel.

Ze zwaait nog eens, lacht en stapt dan op haar fiets. Dat kind kan flink trappen, hoe ze zo wegspurt. Hij twijfelt geen moment, wacht even tot ze een stukje op weg is, start de motor van zijn busje, geeft een goede dot gas en volgt haar. Ze is al bij de weg nu, slaat af naar links, zijn vertrouwde kant op.

Hij is bang, maar hij voelt dat hij niet anders kan. Hij mag en zal niet alleen achterblijven. Dit voelt als zijn allerlaatste kans.

In een rotgang passeert hij haar, zij links van hem op het fietspad dat langs het bos loopt, hij rechts, op de provinciale asfaltweg. Als hij bij de begraafplaats is, ziet hij haar in zijn spiegel, als een klein, schattig poppetje op een klein schattig fietsje.

Hij slaat af, dooft onmiddellijk zijn lichten en rijdt een stukje het wandelpad van het bos op. Dan stapt hij uit, opent de achterdeuren en pakt de schep die hij zichzelf vorige week cadeau deed – omdat die van de buurman voorgoed verloren is.

De deuren laat hij alvast open.

Hij begeeft zich terug naar de weg, legt een grote tak dwars over het fietspad en verschuilt zich achter de dichtstbijzijnde boom. Voorzichtig werpt hij een blik op het fietspad en daar, daar komt ze al. Net op tijd ziet ze de tak liggen en remt. Ze kijkt om zich heen en stapt af. Fiets op de standaard. Ze bukt, wil de tak pakken, maar bedenkt zich dan en schopt ertegen met haar schoen.

Dit is zijn moment.

Hij besluipt haar van achteren, de schep in zijn hand. Stap voor stap dichterbij. En dan, zodra het kan, zwaait hij de schep in een flits tegen haar achterhoofd.

Baf!

Dat bekende, vertrouwde, heerlijke geluid van een klap op een schedel. Zo fijn klinkt dat, omdat hij inmiddels weet wat erop volgt.

Rust.

Al is het maar tijdelijk, voor even. Die zalige rust, waar hij zo naar verlangt.

Ze valt voorover en blijft stilliggen. Hij buigt zich naar haar toe, de schep nog in zijn hand, terwijl zij gestrekt op het fietspad ligt, met haar neus op het rode asfalt. Lieflijk legt hij zijn hand op haar haar, dat nat aanvoelt.

'Meisje, toch,' fluistert hij. 'Zie je nou, je wilt wel bij me zijn. Je wist het alleen nog niet.'

61

Agenten met honden speuren de omgeving af. Politielinten kleuren de nacht. Het circus is al de hele dag aan de gang.

Zonder resultaat.

Verdomme, denkt Lot gefrustreerd, gewoon geen resultaat. Die fiets is spoorloos verdwenen. Er zijn wat vage bandensporen aangetroffen, maar verder hebben ze niks. Helemaal niks.

Jaap is thuis, want die heeft morgen nachtdienst en wilde vast wat voorslapen. Er is niets meer wat ze kunnen doen, de hele omgeving wordt al uitgekamd. Haar vriendinnen zijn verhoord. Het vriendje vliegt morgenochtend met zijn familie terug uit Spanje.

Ze neemt wat afstand van de hectiek, wandelt naar de bushalte waar de eerste twee slachtoffers waarschijnlijk op de bus hebben gewacht. Het is geen toeval dat hij hier opnieuw toeslaat. Deze plek is hem vertrouwd. Hij komt hier vaak langs. Het was verdorie te verwachten.

Ze hadden permanente beveiliging moeten regelen. Alle meisjes uit de omgeving moeten waarschuwen.

Maar voor hoelang? De laatste keer dat hij toesloeg is alweer een jaar geleden.

Lot leunt met haar hand tegen het glas en staart naar de bedrijvigheid in de omgeving van de begraafplaats. Zaklampen flikkeren vanuit het bos. Ze moeten toch iets vinden, een spoor, iets van bewijsmateriaal dat hem erbij lapt. Alsjeblieft, toch.

Ze denkt aan Joanna, het meisje van zestien. Zou ze nog leven? Alsjeblieft, zou ze nog leven?

Met heel haar hart probeert ze het te geloven, maar als ze

naar de modus operandi en de handtekening van de dader kijkt, heeft ze er maar weinig vertrouwen in. Het is al een wonder om een fikse klap op je achterhoofd te overleven. Laat staan als je vervolgens ook nog eens wordt gewurgd.

De enige kans die dit meisje heeft, is dat zijn fantasieën de afgelopen tijd bruut zijn verstoord. Door de natuur, door mensen. Dat kan hem doen afwijken van zijn gebruikelijke handelswijze, hij zal meer risico's moeten nemen, fouten gaan maken. Hij is wanhopig. Maar aan de andere kant maakt hem dat misschien wel nog gevaarlijker dan hij al is. Onvoorspelbaar.

Het blauwmetalen bankje in de bushalte lokt haar te gaan zitten. Direct vraagt ze zich af of de slachtoffers hier ook hebben gezeten. Een rilling. Niet aan denken.

Op haar telefoon opent Lot het Facebook-bericht dat is aangemaakt door de politie. Het bericht is al meer dan honderd keer gedeeld. Reacties uit het hele land stromen binnen. Ze slikt even als ze de foto vergroot op haar scherm. Wat een knappe meid. Lieve ogen. Nee, denkt Lot, dat geloof ik wel, dat jij geen ruziemaakt met je moeder. De vriendelijkheid straalt ervan af.

Ze besluit de reacties te lezen, om de tijd te doden, in afwachting van een nieuwtje – of wat dan ook – uit dat donkere bos achter haar. De meeste mensen wensen de familie sterkte en uiten hun afschuw. Hier en daar wagen mensen te typen: 'Joanna zal toch niet ook een zomermeisje zijn?????' Woedend schudt ze haar hoofd, alsof haar moeder niet al ongerust genoeg is. Moeten mensen het er dan echt in wrijven, dat wat al als een zwaard van Damocles boven hun hoofd hangt? Natuurlijk vermoeden ze het allemaal. Natuurlijk weet Lot het vrijwel zeker, dat die knappe Joanna het volgende slachtoffer is van hun seriemoordenaar. Maar *damn*, laat die familie met rust. Ze bewaart de opmerkelijkste reacties om die nader te onderzoeken op het bureau. Het kan maar zo dat de dader ook op Facebook zit, en ook dit bericht bekijkt.

Ze blijft scrollen, met de toewijding van een moeder die haar kind probeert te vinden. Ze leest alle berichtjes, hoe eentonig ze soms ook zijn.

Ene Chantal van Berk zegt: 'We zullen voor jullie bidden.' Een berichtje dat de meeste likes tot nu toe heeft gekregen. Bidden is kennelijk populair in de omgeving. Verder naar onderen leest ze een reactie van Lieve Schoonheim, die schrijft: 'De pijn van haar moeder kan niemand zich echt voorstellen, maar we voelen allemaal met haar mee.'

Als verstijfd blijft Lot hangen bij deze reactie. Ze leest het nog eens, en nog eens.

'Shit...' fluistert ze. 'Shit!'

Ze staat op en begint te rennen. Naar haar auto. Achter het stuur. Starten. Lichten aan, en gassen. Ze rijdt als een gek naar het bureau om te checken wat ze vermoedt.

Het bureau is uitgestorven. Er zitten wat mensen bij de balie, maar op haar afdeling treft ze geen hond. Ze zoekt naar een knop om de verlichting aan te doen, maar herinnert zich dat het allemaal centraal gestuurd wordt. Het geduld om eerst weer terug naar de balie te lopen om te vragen of ze vanuit daar het licht aan kunnen doen, kan ze niet opbrengen. Direct loopt ze naar de archiefkamer. Door de haast typt ze haar toegangscode verkeerd in en even verliest ze haar beheersing. Ze haalt uit en geeft met vlakke hand een keiharde klap op de deur.

'Verdomme!'

Au.

Oké, oké, rustig nou, spreekt ze zichzelf toe. Met een pijnlijk gezicht wrijft ze over haar kloppende hand. Driftig worden heeft nog nooit iemand geholpen. Diep ademhalen, rustig uitademen. Opnieuw proberen.

Deze keer lukt het en de deur klikt open.

De route naar de doos van 'haar' onderzoek kent ze inmiddels. Daar heeft ze het dossiernummer niet eens meer voor nodig. Ze grist de doos van een van de onderste planken in de torenhoge stellingkast en opent de deksel.

Daar. Gelukkig.

Ze pakt het eruit.

Terug bij haar bureau. Computer aan. Ze kijkt om zich heen, speurt naar iets wat ze kan gebruiken als lichtbron. Ah, daar, Jan heeft zo'n kitscherig bureaulampje, omdat hij door zijn slechte ogen vaak wat extra licht nodig heeft met lezen. Ze pakt het ding, rukt de stekker uit het stopcontact en sleept het mee naar haar eigen bureau. Daar knipt ze het aan.

In het bescheiden bundeltje licht nestelt ze zich op de stoel, terwijl ze het dagboek opent. Jachtig bladert ze naar de lege pagina, die ze voor zich op tafel legt. Ze staart en knikt. Ze staart en knikt.

Lieve.

Lieve is geen aanhef van een nooit geschreven brief.

Lieve is een naam.

Haar oog trekt naar de tekening van het baby'tje die haar zo heeft beangstigd. Een baby in een kistje. Ze knikt. En knakt met haar vingers. De intense stilte op haar afdeling maakt dat ze haar hersenen kan horen razen. Ze draven maar door en door, op zoek naar een antwoord.

Wie is Lieve?

Zijn vriendin, zijn dochter, zijn moeder, zijn zusje?

Wie. Is. Lieve?

Dan staat ze op, geen geduld om te zitten. Het moet daar ergens liggen, tussen die enorme stapel papier op de hoek van haar bureau. Het dossier is allang geen dossier meer. Het dossier is een fort. Een verzameling belangrijke papieren op een grote hoop. Ze weet zeker dat alles daar ligt, maar ze weet alleen niet precies wat waar ligt. Er zit niets anders op, ze moet de hele stapel door. De lijst is door haar handen gegaan, dus het is een feit dat die bestaat.

Ja, daar. De vuistdikke dodenlijst van de begraafplaats die zo'n bijzondere plek in het leven van hun dader lijkt te vervullen. Op dit moment is ze dankbaar dat ze zo helder is geweest om te vragen of haar collega's de lijst wilden printen.

Gealfabetiseerd op achternaam.

Shit.

Lieve. Die achternaam, die wil ze nou juist zo graag weten.

Er zit niks anders op. Ze loopt door de donkere gang naar de koffiemachine en drukt op het knopje DUBBELE ESPRESSO. En dan, terug bij haar bureaulampje, gaat ze ervoor. Met haar vinger langs al die namen. Alle doden langs.

Uren later heeft ze nog niets. Haar ogen draaien weg, de slaap probeert haar voor zich te winnen, maar ze geeft het niet op. Nog een koffie, en nog een en nog een; wat er ook gebeurt, ze blijft doorgaan.

Totdat haar oog blijft steken op de eerste Lieve die ze treft.

LIEVE DEN HOLLANDER (* 19 AUGUSTUS 1995 – † 19 AUGUSTUS 1995)

Deze Lieve is twintig jaar geleden dood geboren. Ze heeft nog geen dag geleefd.

Lot kijkt naar de tekening van het baby'tje. Dit zou heel goed dé Lieve kunnen zijn.

Ze logt in op de computer en opent de gemeentelijke basisadministratie. Haar vingers zijn ijskoud geworden. Zachtjes blaast ze in haar handen om ze wat te verwarmen en typt dan Lieve den Hollander in het zoekbalkje.

Daar is ze.

Overleden bij geboorte, hier staat het. Dochter van Constance den Hollander.

Constance?

Waar heeft ze die naam eerder gehoord?

Nerveus trommelt ze met haar vingers op het bureau. Dan weet ze het. De galeriehoudster. De al dan niet overleden galeriehoudster, die maanden geleden verdwenen is.

Ze zoekt op Constance den Hollander in de basisadministratie. Daar is ze.

Vlug selecteert ze het tabblad met geregistreerde kinderen.

Ja, kijk, daar staat weer de naam van Lieve. En daaronder nog een naam, die van een zoon, René den Hollander, geboren op 3 januari 1987. Ingeschreven op het ouderlijk adres. Niet overleden.

De vader van beide kinderen is onbekend.

Als een razende opent ze het politiesysteem en voert René den Hollander in. Even zoeken op geboortedatum, maar dan heeft ze hem.

Strafblad?

Ja.

In 2005 is er aangifte tegen hem gedaan. Hij was minderjarig ten tijde van het delict, zeventien jaar al, maar toch, officieel is dat minderjarig.

Lot staart een paar seconden lang geschrokken naar het scherm.

De aangifte betreft aanranding. Aanranding.

In gedachten zet ze een vinkje in haar profiel.

'Holy shit,' fluistert ze.

De telefoon aan haar oor. Jaap, ze moet Jaap hebben, ook al is het midden in de nacht.

Een slaperige, krakerige stem als hij opneemt. 'Ja...'

'Jaap!' gilt Lot. 'Jaap! Je moet nú komen!'

Pas dan hoort ze het gekuch achter zich.

62

Hij kucht nogmaals. Ze hoort zichzelf vloeken. De telefoon, die ze tussen haar wang en schouder had geklemd, glipt weg en klettert op de vloer. 'Jezus!' roept ze. 'Wat doe jij nou hier?'

Zijn buik lijkt nog groter nu hij zijn pak heeft verruild voor een makkelijk zittend T-shirt en een joggingbroek. Zijn ogen smal, als spleetjes.

Alsof hij net wakker is.

Dan kijkt ze naar zijn handen. Een tandenborstel, een handdoek.

Nog verder naar beneden. Blote voeten...

'Wat,' zegt ze nog eens, 'wat doe jij hier?'

Hij staat zo stom te kijken, dat ze haast medelijden met hem krijgt. Ondertussen hoort ze Jaap haar naam schreeuwen vanaf de vloer. Vlug pakt ze het toestel weer op.

'Ja, ja, hier ben ik,' haast ze zich te zeggen. 'Sorry, Leo is hier blijkbaar ook.'

'Wat is dit allemaal? Waarom maak je me wakker? Je weet dat ik vanavond nachtdienst heb, toch?'

'Natuurlijk, ik bel niet zomaar.'

Ze laat de kamperende onderzoeksleider voor nu even staan waar hij staat – op blote voeten in zijn huispak. Later bedenkt ze wel wat ze daar nou weer van moet vinden.

'Jaap, open je laptop.'

'Dat heb ik allang gedaan, natuurlijk. Wat zei je nou, waarom moet ik komen?'

'Weet je nog, die brief, op die blanco pagina in het dagboek?'

'Die onaffe brief?'

‘Jep, die. Waarschijnlijk is dat helemaal geen brief. Met mijn stomme kop heb ik nooit eerder aan de optie gedacht dat Lieve ook een naam kan zijn.’

‘Nee,’ zegt Jaap, ‘ik eigenlijk ook niet.’

‘Door de combinatie met het gekke tekeningetje op de bladzijde ernaast, van een baby’tje in een soort doodskistje, ben ik de namenlijst gaan doorspitten van de begraafplaats.’

‘En…’

Leo komt achter haar staan, legt zijn handdoek en tandenborstel op het bureau van Jaap en rolt een bureaustoel naar haar toe. Met een schuine blik volgt ze wat hij doet. Allemaal prima als hij het wil volgen, goed zelfs, maar hij moet niet te dichtbij komen zitten met die meurende kegel.

‘In 1995 is er een doodgeboren baby’tje begraven onder de naam Lieve den Hollander.’

‘Wauw…’

‘Ik heb haar nagetrokken in de gemeentelijke basisadministratie, ze blijkt het dochtertje te zijn van Constance den Hollander, de galeriehoudster bij wie ik na Zweden langs ben geweest om met haar te sparren over de tekeningen in het dagboek. Ze bleek niet thuis te zijn. Volgens de buurman is Constance zomaar verdwenen, maar eerder vertelde mijn verhuurster dat zij dacht dat ze was overleden. Enfin, er staat niets over geregistreerd, dus we weten niet waar ze zich echt bevindt.’

‘Heeft die mevrouw Den Hollander nog meer kinderen?’ vraagt Leo naast haar.

‘Wacht even, Jaap,’ zegt ze. ‘Ik zet je op speaker, zoals ik al zei: Leo is hier ook.’

In zijn joggingbroek.

‘Wat blijkt, mensen, Constance den Hollander heeft ook een zóón, geboren in 1987, dus nu achtentwintig jaar. Zijn naam is René den Hollander. Hij staat nog steeds ingeschreven op het adres van zijn moeder.’

Er klinkt wild getyp aan de andere kant van de lijn. Jaap googelt iedereen altijd gelijk, dat is zijn tic.

'Luister nog even, Jaap,' probeert Lot hem bij de les te houden. 'Tegen die René is in het verleden aangifte gedaan van aanranding. Die melding is net langer dan tien jaar geleden. Vandaar dat die niet eerder onder onze aandacht is gekomen.'

'Lees de verklaring van de aangeefster eens voor, wil je?' vraagt Leo.

'Even kijken, aangeefster is Nadia Vermeer, destijds zestien jaar. In haar verklaring zegt ze dat hij vaak met haar probeerde te praten op school, ze waren klasgenoten. Hij keek vaak naar haar, hij staarde. Hij heeft een keer gevraagd of ze mee uit wilde. Zij heeft daar nee op gezegd. En toen stond hij ineens achter haar bij de kluisjes, in een verlaten gang. Hij pakte haar, zoende haar, zat aan haar borsten. Ze werd net op tijd gered door de conciërge die er toevallig liep.'

'Zo zeg,' mompelt Jaap. 'Die past even lekker in je profiel.'

Lot knikt langzaam, ook al weet ze dat hij haar niet ziet. 'Afwijzing,' zegt ze. 'Het klopt met het gevoel van afwijzing dat de dader heeft. Afwijzing door dit meisje. Maar ook door zijn moeder. Ik herinner me dat de buurman vertelde dat Constance vaak plotseling een tijd verdween, huis en haard achterliet, zonder dat iemand wist waar ze was gebleven. Als we daarop voortborduren, zou je kunnen denken dat ze ook haar zoon achterliet. Afwijzing,' herhaalt ze nog eens. 'Afwijzing door zijn moeder.'

'Zijn leeftijd,' zegt Leo, 'klopt ook met je profiel.'

'Tussen de vijfentwintig en vijfendertig,' knikt Lot. 'Klopt.'

Dan pakt Lot het lijstje medewerkers van Manegebedrijf Altena erbij. Ze gaat langs de namen, zoals ze uren achtereen heeft gedaan de afgelopen nacht. 'Ja hoor,' zegt ze dan. 'Ja hoor, jongens, dit is bizar. Hij werkt verdorie als staljongen op de manege.'

'En hij is blank,' voegt Jaap toe – die eindelijk zijn gegoogelde foto bekijkt. 'Maar wacht even,' zegt hij. 'Wacht eens even... Open je mail, Lot, ik stuur je nú een foto.'

Lot volgt zijn instructie op. Het is een groot bestand dat even moet laden, maar terwijl de foto streepje voor streepje op haar scherm verschijnt, zegt Jaap: 'Lot, is dat niet die knakker die de boodschap voor Bob Altena van ons aannam?'

'Ja...' zegt Lot, terwijl ze alleen maar naar haar scherm kan kijken.

'De paardenfluisteraar,' zegt Jaap lacherig en verbaasd tegelijk. 'Die godvergeten paardenfluisteraar.'

'Jaap,' zegt ze dan. 'Hij was links.'

'En?'

'De dader is ook links, dat kun je zien aan hoe hij schrijft.'

'Mijn hemel, zeg!' roept Leo. 'Mijn hemel!'

Geïnspireerd door Jaap, googelt Lot op Constance den Hollander. Het beeld dat op haar scherm verschijnt, doet de tranen in haar ogen springen. Ze kan het niet helpen haar hand voor haar mond te doen. 'Jongens,' fluistert ze. 'Kijk nou.'

Ze kan alleen maar staren.

'Dat haar,' weet Leo uit te brengen. 'Dat haar...'

'Wat?' roept Jaap opgefokt, aan de andere kant van de lijn.

'Googel maar,' zegt Lot. 'Googel op Constance den Hollander.'

Driftig getik aan de andere kant.

'Jezus,' fluistert Jaap een seconde later. 'Jezus.'

De artistieke vrouw zal hem aanstaren vanaf zijn beeldscherm. Met groene, haast katachtige ogen. En met karakteristiek, abnormaal lang, zwart haar.

Leo vliegt overeind, in alle staten. Hij zal niet weten wat hij eerst moet doen. Een team bij elkaar roepen, normale kleren aantrekken, in de auto stappen.

'Verdomme,' vloekt Jaap. 'Hoe laat is het?'

'Halfzeven,' zegt Leo.

'Dan zijn de staljongens al begonnen,' zegt Lot. 'Dat staat hier op de lijst, die beginnen al om zes uur.'

'Wat doen we?' vraagt Jaap.

'Voorzichtigheid is geboden,' zegt Leo, weer enigszins voor rede vatbaar. 'We moeten er nu niet als dollemannen op afstormen. Een rustige, weloverwogen aanpak. Laten we niet vergeten dat hij Joanna misschien heeft. En dat meisje kan nog in leven zijn.' Hij knikt om zichzelf te overtuigen. 'Ja, zolang we nog geen ander bewijs hebben, kan ze nog in leven zijn.'

Lot kijkt naar Leo, die haar vervolgens toeknikt. Ze hebben hetzelfde plan.

'Oké, Jaap,' zegt ze, 'als jij je nou klaarmaakt om naar het bureau te komen, dan gaan Leo en ik René ophalen bij de manege. Met een beetje mazzel kunnen we hem daar rustig oppikken. We bellen je in de auto. Regel vast een verhoorkamer en begin aan een verhoorplan.'

'Goed,' zegt hij, nog enigszins twijfelend. 'Weet je het zeker, Lot? Ik kan ook meegaan, ik kan er binnen een halfuur zijn.'

'Nee, het is goed, Jaap. Wij zitten op tien minuten afstand,' zegt Lot. 'We zien je daarna wel op het bureau.'

'Oké,' verzucht Jaap. 'Maar doe alsjeblieft voorzichtig.'

63

Ze ademt nog. Bewusteloos. Hij veegt de tranen van zijn wangen. Met trillende lippen probeert hij zijn deuntje te fluiten, maar het lukt niet deze keer. Zijn vingertoppen strelen haar blote lijf, dat hij vastbond aan de lange tafel. Ondanks de striemen van het bos, van de wilde tocht die ze samen hebben gemaakt, is haar huid nog zo zacht, zo warm en zo teer.

Nog lang geen leer.

Absoluut prachtig. Beeldschoon. En van hem.

Even sluit hij zijn ogen. De angst komt op, als een oude bekende. Ze zijn hem inmiddels vast op het spoor, ze hebben al zoveel van hem, eigenlijk alles. Zijn dierbare dagboek, zijn meisjes. Hij moet ze wel een stap voorblijven.

Ogen weer open. Al knipperend laat hij zijn vingers langs haar borsten glijden, langs haar hals – even stoppen daar – en verder, langs haar wangen, door haar haar. Zo warm.

Hij heeft ze nog niet eerder zo warm gehad. Net echt.

Zijn beide handen om haar hals nu. Hij heeft haar in zijn macht, hij kan het stoppen zodra hij maar wil, het ademen, het leven, het warme. Hij kan het allemaal laten stoppen, als hij wil.

Ze is zijn derde meisje, maar toch is alles anders. Het liep niet zoals het moest. Zoals in zijn hoofd. Ze maakte hem in de war doordat de klap op haar hoofd niet genoeg was. Hij had haar al helemaal uitgekleed en mooi neergelegd, nog voor hij er met zijn handen definitief een eind aan zou maken, en toen ontwaakte ze. In een moment van onoplettendheid was ze gaan staan. En ze rende weg.

Pfoe, deze kon rennen. Dat had hij niet verwacht.

Hij checkt of de tape nog strak genoeg om haar gespierde benen zit. En op haar mond, zodat ze niks gemeens kan zeggen. Hij checkt of haar armen nog steeds stevig zijn vastgebonden aan de tafelpoten. En dan neemt hij een pas of twee afstand. Even kijken, gewoon. Even kijken hoe ze daar ligt, zo vredig, zo helemaal van hem. Rustig, zalig rustig.

Hij neemt een slok Kuiernat, rechtstreeks uit de fles, en laat het goedje brandend zijn strot in zakken. Lekker, dit is het dan, het leven. Dit is zijn leven.

Of wás dit zijn leven?

Met zijn vuist bonkt hij tegen zijn hoofd. Die verwarring, die chaos in zijn kop, hij wordt er gek van.

Waar hij bang voor is, is wat er straks gebeurt, als ze wakker wordt. Zal ze dan voor hem kiezen, of wil ze alleen maar bij hem zijn als ze in eeuwige slaap verkeert, net als de twee meisjes die haar voorgingen? Hij neemt een risico door haar te laten ademen. Nog even dan.

Te veel risico?

Ja, misschien wel. Hij doet gauw wat passen naar voren, omsluit haar hals en drukt. Hij drukt en drukt en drukt, maar net als eerder, in het bos, lukt het hem niet om door te zetten. Iets in hem twijfelt en dat iets begint te schreeuwen zodra hij bezig is er een eind aan te maken.

Kan hij dan niks normaal doen? Verdomme.

Hij pakt nog een stuk tape en plakt het strak over haar mond, als extra beveiliging. Als ze dan wakker wordt, dan kan ze in elk geval niemand waarschuwen.

Hijgend gaat hij zitten op de stoel achter hem. Zijn ene hand op haar warme, zachte borst. En met de andere hand pakt hij zijn piemel.

64

Het voorspelt een warme dag te worden, ziet Lot als ze kijkt naar de scherpe zonnestralen die tussen de bomen door piepen. Ze zit naast Leo, die de auto door het laatste stukje bos stuurt, vlak voordat ze bij de manege arriveren. De serene, zachte ochtend staat in schril contrast met de aanhouding die ze zo gaan doen. Hoe zal het verlopen? vraagt Lot zich af. Zal hij gewillig meekomen? Gaat hij geweld gebruiken?

Ze herinnert zich hem als een kwetsbaar mannetje. Ze kijkt even opzij, naar het enorme lijf van Leo. Dat moet wel goed komen.

Ondanks het poetsen van zijn tanden hangt er nog steeds een muffe lucht om de man heen. Ze durft er niets van te zeggen, uit medelijden. Voor nu moeten ze focussen op de goede afloop. Ze wil Joanna vinden, liefst levend, maar in elk geval lijfelijk. Er moet een team naar zijn huis. Dat zal ze gelijk in gang zetten zodra ze hem in de boeien hebben.

Nu is het nog te risicovol.

Leo parkeert de auto niet netjes in de daarvoor bestemde vakken, maar recht voor de ingang. Lekker makkelijk, denkt Lot, zoals sommige politiemensen dat goed kunnen. Ze haalt haar schouders op en stapt uit, net als Leo.

Het zweet glinstert al op zijn voorhoofd en het is nog geen zeven uur. Die alcohol, denkt ze bij zichzelf, die zoekt hoe dan ook een weg naar buiten. Ze vraagt zich af of ze er iets mee moet, met haar observaties. De man lijkt wel steeds opvallender af te takelen. Is het niet ook haar verantwoordelijkheid om als collega iets te ondernemen in zo'n geval?

Ze zal het eens met Dick opnemen.

Samen lopen ze naar binnen. Algauw komt meneer Altena op hen afgelopen. 'Goedemorgen,' knikt hij kortaf – minder praatgraag dan de vorige keer.

'Goedemorgen,' zegt Leo, terwijl hij zijn hand uitsteekt.

Lot houdt het bij een afzijdig knikje en kijkt alvast rond, op zoek naar de paardenfluisteraar. Ze krijgt er de kriebels van als ze eraan denkt dat hij kan ontsnappen zodra hij hoort dat ze naar hem vragen. Dat wil ze voorkomen. Dus haar ogen gaan van links naar rechts, en ze wandelt een stukje bij de mannen vandaan. Iets wat Leo niet alleen goedvindt, maar ook van haar verwacht, zonder dat hij dat uitgesproken heeft. Het heeft totaal geen zin om met zijn tweeën zo'n gesprekje te gaan voeren, en daarmee geef je de verdachte ook nog eens ruim gelegenheid om ertussenuit te knijpen.

'Wij zijn op zoek naar...' hoort ze Leo zeggen.

Maar dan worden ze opgeschrikt door een hard geschreeuw. Met een ruk draait ze zich om en ze staat oog in oog met de verwilderde Bob Altena. 'Wel godverdomme!' schreeuwt hij. 'Jij hebt wel lef, zeg!' En dan richting Leo: 'Jullie hebben wel lef, zeg! Waarom is zij nog niet ontslagen?' En weer richting Lot, met een dreigende blik: 'What the fuck kom jij hier doen? Hoe haal je het verdomme in je hoofd om je hier nog te vertonen?' Ze legt haar hand op haar wapen, haar instinct als ze behoefte heeft aan een gevoel van veiligheid. 'Ga je weer schieten, ja?' schreeuwt hij. 'Kom op dan, schiet dan! Hier,' hij wijst op zijn voorhoofd. 'Schiet hier!'

'Even rustig, Bob,' zegt zijn vader met een ongemakkelijke uitdrukking. 'Kom op, jongen.'

'Rustig? Zij!' Hij tikt tegen Lots borst. 'Dit wijf heeft mij bijna afgeknald, pa! Ze heeft Zacharias neergeknald!'

'Ja, ja, dat weten we nou wel,' zegt meneer Altena. 'En nu rustig.'

Weer tikt hij tegen Lots borst.

'Blijf je even van me af?' zegt ze. 'Nu!'

Ze kan die gast wel een klap verkopen, maar houdt zich rustig. Nog wel.

Puur om te zieken blijft Bob doorgaan met tikken, met duwen. Totdat Leo zich in de situatie mengt. Met twee flinke passen is hij bij hen. Zijn postuur torent intimiderend boven het zwerverachtige scharminkel uit. 'Hé!' buldert hij door de stallen. 'Nu blijf je met je poten van haar af!'

Even is het stil, en gebeurt er niets. Er is oogcontact tussen Leo en Bob en daar speelt het zich af. Er worden zwijgend afwegingen gemaakt, kansen berekend.

Dan ineens geeft Bob zich gewonnen. Hij draait zich om en loopt weg, met zijn middelvinger in de lucht. 'Kutwijf,' mompelt hij nog.

'Goed,' zegt Leo. 'Meneer Altena. We zijn dringend op zoek naar René den Hollander. Ik heb begrepen dat hij een van uw medewerkers is. Kunnen we hem even spreken? Is hij aanwezig?'

'René?' mompelt de man hoofdschuddend. 'Dat meen je toch niet? Wat heeft híj nou weer gedaan?'

'Waar is hij?' vraagt Lot ongeduldig.

'Ik had het kunnen weten,' fluistert de man. 'Al mijn zoons zijn een stelletje mislukkelingen.'

'Zoons?'

De man schudt zijn hoofd. 'Nee, niks, laat maar.'

'Waar is René?' vraagt Leo opnieuw.

'Joh,' zegt de man, 'moet je luisteren. Hij is een beste jongen. Je hebt meestal geen last van hem, maar het werd steeds maar erger. Met zo'n stinkende dronkenlap kan ik hier niets. Kijk, als die jongens gaan lopen kotsen in de stallen...'

'Waar is hij?'

'Geen idee,' zegt hij dan. 'Ik heb hem twee dagen geleden ontslagen.'

65

Ze zijn op hetzelfde moment gaan rennen, de manege-eigenaar in verwarring achterlatend. Ze rennen over plukken stro, glibberen vlug maar voorzichtig door verse plassen met bruisende zeepbellen. De auto als doel. Ze moeten snel zijn. Zo snel mogelijk.

Portieren open. Allebei zitten. Gordels om.

'Rijden!' roept Lot. 'Gaan, kom op!'

'Ja,' zegt Leo, terwijl hij nerveus de sleutel in het contact steekt. 'Ik ben bezig.'

Ze belt ondertussen Jaap en zet hem op speaker.

'Jaap, hij is ontslagen, twee dagen geleden.'

'Shit...' zegt hij. 'Ik ben net op het bureau.'

'We zijn onderweg naar de galerie.'

'Ik kom daar naartoe en neem Stefan mee. Die is er ook net. En ik breng de meldkamer op de hoogte.'

'Thanks, tot zo.'

Als het gesprek eindigt, begint haar bovenkamer te ratelen.

'Dit was voor hem het laatste zetje,' zegt ze. 'Zijn trigger event, zou Magnus zeggen. Het ontslag, dat was te veel, weer iets verloren, stress, hij kon de drang niet weerstaan om een nieuw meisje te pakken.'

Leo knikt. 'Dat kan inderdaad geen toeval zijn.'

'Hij had niets meer,' gaat ze verder. 'Geen baan, geen meisjes. De kelder waar hij ze bewaarde liep onder – de galerie is vlak bij de Dinkel. Het kan niet anders, daar moeten ze ook getroffen zijn door overstromingen. Nee, wacht,' ze probeert zich het kaartje weer voor de geest te halen, 'wacht, ik weet het zeker, er waren meldingen daar in de buurt. Dat water was funest voor zijn slachtoffers, het verval trad in, hij kon ze niet meer mooi houden daar, dus hij besloot ze te verplaatsen. Naar het zouthuisje, waar hij kennelijk iets mee heeft. Maar wat? Misschien kwam hij er vroeger vaak. Hij is een loner, dus hij zondert zich graag af. Misschien was het de plek waar niemand hem kon vinden. Waar hij zijn fantasieën de vrije loop kon laten. Waar hij tekende in zijn dagboek.'

Leo neemt wat gas terug. 'Hier naar links!' roept Lot. 'Links, links, links!'

Net op tijd neemt Leo de goede afslag. Als ze doorrijden zijn ze er tegelijk met Jaap en Stefan. Als ze doorrijden. Het gaat haar niet snel genoeg, maar ze heeft er ook een handje van om ongeduldig te worden als ze niet zelf achter het stuur zit. Ze voelt haar rechtervoet drukken op de bodem van de auto, als plaatsvervangend gaspedaal.

'Beetje sneller mag in dit geval wel, hoor,' zegt ze voorzichtig.

Dan gaat ze verder met haar samenvatting, meer voor zichzelf dan voor Leo. 'Het lukt hem om het eerste meisje te verplaatsen, op te hangen. Hij legt er wat spullen neer en gaat het andere meisje halen. Dan slaat het noodlot toe. De boom op het huisje, wij vinden haar. Hij weet niet wat hij met het tweede slachtoffer moet doen, dus besluit hij haar een paar dagen later dan maar te begraven, als pure noodgreep. Niet goed voorbereid, niet goed uitgedacht, dus het mislukt. Er is een getuige, die hij in een waas ombrengt – niets voor hem, helemaal niets voor hem, dus hij takelt af, het gaat slecht met hem, steeds slechter. Hij is uit balans en dat merkt zijn baas op de werkvloer. Hij grijpt steeds vaker naar de drank. Dat wordt de genadeklap, want hij wordt ontslagen.'

'En dan besluit hij maar een nieuw slachtoffer te grijpen, uit wraak?' zegt Leo.

Lot schudt haar hoofd. 'Nee, nee, niet uit wraak. Uit een intens verlangen naar menselijk contact, naar een gevoel van veiligheid, naar hoe het was, naar het samenzijn met een vriendin.

Als alles om hem heen afbrokkelt, kan hij het niet meer bolwerken om met die fantasieën in zijn kop rond te blijven lopen. Die moeten eruit, die moeten in de praktijk gebracht worden.'

Leo slaat af naar rechts, op haar aanwijzing. Een lang stuk rechtdoor nu en dan zijn ze er bijna. Gassen, Leo, predikt Lot in gedachten. Gassen nou.

In plaats daarvan merkt ze dat de auto ineens vaart mindert. Nog langzamer en nog langzamer. Ze ziet de teller teruglopen, ze kijkt naar Leo – die strak voor zich uit staart. Ze kijkt naar zijn voet.

Van het gaspedaal af.

'Leo?' zegt ze. 'Leo? Wat doe je, Leo?'

Hij reageert niet. Hij reageert de hele tijd al nauwelijks, maar nu zegt hij helemaal niets meer.

'Leo?' roept ze nu wat harder. Ze onderdrukt de neiging om hem door elkaar te schudden. 'Kom op nou, we moeten gassen! Straks staan die jongens daar alleen!'

De auto rolt nog eventjes door op de landweg, maar komt dan bijna helemaal tot stilstand. Lot ziet het met lede ogen aan. Ze weet niet wat ze moet doen. Leo achter het stuur vandaan trekken en het overnemen? Zie dat maar eens te bereiken met dat gewicht.

Hij laat zijn hoofd op het stuur zakken en begint te snikken. Leo de Graaf. Onderzoeksleider. Inspecteur. Huilend in de auto op weg naar een arrestatie in de zaak van zijn leven.

'Wat is er aan de hand?' vraagt Lot zo kalm als ze kan. 'Vertel het me, voel je je niet goed?'

Hij schudt zijn hoofd.

'Zal ik rijden?'

Hij schudt zijn hoofd en staart weer vooruit. En dan ineens realiseert Lot zich wat er aan de hand is. Leo, de oude bureaustoeltijger, die vrijwel nooit op straat te vinden is, die Leo is zo bang als een surveillant bij zijn eerste aanhouding.

Hij is bang. Bang!

'Durf je niet?' vraagt ze. 'Is dat het?'

'Het spijt me,' fluistert hij. 'Ik kan niet meer, ik ga door een vreselijke periode. Mijn vrouw wil scheiden, ik slaap op het bureau, zoals je merkt.'

Drie keer slikken. Aardig blijven. Lot kan wel uitschreeuwen dat ze op dit moment echt geen tijd hebben om eens op hun gemak privétoestanden door te gaan nemen, maar ze weet ook dat ze er goed aan doet om dit zo rustig mogelijk af te handelen. Als ze dan tijd verliezen, liefst zo min mogelijk.

'Leo,' zegt ze. 'We doen het zo. Jij stapt uit, en gaat hier zitten, ik neem het stuur over. En dat gaan we nu doen. Oké? En dan hebben we het er later nog over. Dit kan zo niet.'

Hij kijkt haar stilletjes aan en knikt. Lot geeft het voorbeeld, hij volgt. Sjokkend loopt hij om de auto heen en neemt plaats op de passagiersstoel. Ze zijn kostbare minuten verloren door dit grapje. Lot wil er niet aan denken wat er in die tijd allemaal misgegaan kan zijn op locatie.

Niet. Aan. Denken.

Ze neemt de moeite niet meer om haar gordel om te doen. Ze zijn er toch bijna. Met de behendigheid van een coureur start ze de auto en rijdt weg. Gassen nu!

Plankgas scheurt ze over de zanderige weg, tot het punt dat ze al de hele tijd op haar netvlies had. Daar moet ze eraf. En dan zijn ze er.

66

Zijn wangen gloeien, hij stikt haast van de hitte. Zweet druipt van zijn slapen. Hij knarst met zijn kiezen en knippert met zijn ogen. En dan begint hij te knijpen, in dat ding, dat slappe, waardeloze ding van hem.

Het wil niet. Het wil verdomme niet!

Hij krijgt zijn piemel niet eens meer omhoog. Hij is niets waard. Hij kan niets goed doen.

Niets, niets, niets.

Niets!

'Kijk nou,' snauwt hij naar zijn leuter. 'Kijk nou wat een mooi meisje daar ligt, lul.' Knijpen, harder, knijpen, nog harder. Totdat het hem te veel zeer doet, dan laat hij los en kijkt toe hoe het bloed de witte afdrukken in traag tempo van zijn geslachtsdeel verjaagt.

Dat meisje daar maakt zijn piemel niet eens hard. Wat heeft hij dan verdomme aan haar, als hij die ontsnapping niet mag maken, als hij die ontlading niet mag voelen? Wat heeft hij dan aan haar?

Niets, verdomme! Niets!

Hij tuft op de grond, vlak naast de tafel waarop zijn nieuwe vriendin ligt.

Een hele tijd blijft hij zo zitten, met dat slappe ding in zijn hand, dat maar niet wakker wil worden. Moet hij dan geduld hebben? Wachten, tot het weer lukt?

Nee, hij wil het nu. En anders hoeft het allemaal niet meer.

Het is een vloek, hij weet het zeker, het is de vloek van zijn moeder. Hij had haar toch niet moeten begraven, zo vlakbij. Ze probeert nog steeds alles te regelen, alles te dirigeren.

Hij is niets. Hij is niets waard.

Moeder had al die tijd gewoon gelijk.

Hij is alles kwijt, zijn vriendinnen, zijn moeder, zijn zusje en Nadia. En zelfs die baan als strontschepper kon hij niet behouden. Hij heeft geen vrienden.

En zij. Apathisch tuurt hij naar het meisje. Zij probeerde ook al te ontsnappen. Met zijn vingers trekt hij langs het opgedroogde bloed op haar benen. Ze had er pijn voor over zelfs. Bloed. Ze heeft gevochten, omdat ze ook niet bij hem wilde blijven.

En nu, nu is ze dan hier, bij hem, voor hem. Maar wat als ze wakker wordt?

Hij vreest het ergste.

Wie zegt dat ze niet zal proberen te rennen, zoals ze in het bos deed? Wie zegt dat ze niet opnieuw zal proberen te schreeuwen? Wie zegt dat haar ogen hem niet zouden verafschuwen?

Ze wil hem niet. Ze wil niet hier zijn, ze wil zijn vriendin niet zijn.

Niemand wil hem. Niemand heeft hem ooit gewild, zijn hele leven lang al niet. Niemand.

En de kans die de man die zijn vader is hem gaf, om voor hem te komen werken, heeft hij nu ook verprutst.

Hij kijkt nog even naar het meisje, liggend op de tafel, vredig en stil. Er is niets meer voor hem over om voor te leven.

Dan legt hij zijn hoofd in zijn nek en staart naar de lege haken in het plafond. Een laatste slok Kuiernat vindt branderig de weg naar zijn maag.

De fles rinkelt als hij hem uit zijn handen laat glippen. Langzaam staat hij op uit de stoel en ritst zijn broek dicht. Hij neemt een besluit.

Ja, denkt hij, zo moet het gaan.

67

Net uit het zicht van de galerie staat de Volvo van Jaap geparkeerd. Een vluchtige blik opzij, naar de hoop ellende op de passagiersstoel. Leo is als een uit de kluiten gewassen peuter die zich geen raad met zichzelf weet. Weggedoken in de hoek, een bleek gezicht. Roodomrande ogen.

De kleur van schaamte.

Er worden weleens grapjes over gemaakt, binnen de politie, maar als je daadwerkelijk je voet van het gaspedaal haalt op weg naar een aanhouding, dan ben je geen knip voor de neus waard. Het is het ergste wat je kunt doen als politieman. Dát is niet waar je voor bent getraind. Scheiding of geen scheiding, moe of niet moe, je gaat er altijd voor om je werk goed te doen. Beter dan goed. Je bent er om mensen te helpen. Om daders te pakken.

En dat doe je niet door de angst te laten winnen.

Leo heeft niet alleen zijn angst laten winnen, maar die ook gastvrij ontvangen in zijn hele lichaam. Hij beeft, van top tot teen – alsof het niet al dik vijfentwintig graden in de auto is. Hij heeft zich overgegeven aan de duivelse neiging – en tegelijkertijd het menselijke verlangen – om zijn rug naar de angstaanjagende situatie te keren. Angst voelen mag, je eraan overgeven niet. Je hoort mentaal weerbaar te zijn bij de politie.

Lot is nog nooit zo blij geweest om die oude Volvo te zien. Stefan en Jaap stappen tegelijkertijd uit, als ze achter het bakbeest parkeert.

Als ze de motor afzet, hoort ze alleen nog het zware ademen van de man naast haar. De angst, die komt met herladen munitie op hem afgestevend. 'Blijf maar hier, Leo. Het komt wel goed. Hou jij de omgeving maar in de gaten.'

Ze moet het overnemen, alles, helemaal. Er is nu echt geen tijd meer te verliezen. De ervaren onderzoeksleider is veranderd in een ziek vogeltje, en zij, dat gekke hocuspocusmens uit Amsterdam, moet de klus zien te klaren.

Het zou absoluut onverantwoord zijn om hem het veld in te sturen, je moet blindelings op je partner kunnen vertrouwen, te allen tijde, en dat kan nu niet. Maar toch zal het feit dat hij hier blijft zitten ook een absolute lijdensweg voor de man zijn. Het zal hem voor altijd tekenen en de rest van zijn carrière achtervolgen.

Geen prioriteit.

Lot opent het portier. 'Rustig aan,' zegt ze nog, met medelijden, en met een bescheiden klopje op het dak sluit ze het portier.

Ze schudt haar hoofd op een vragende blik van Jaap.

'Waar bleven jullie?' vraagt hij toch. 'We staan hier al minuten te wachten...'

'Later,' zegt ze. 'Dat vertel ik later wel.'

Stefan en Jaap kijken allebei met een argwanende blik naar de auto, ze knijpen hun ogen tot spleetjes om Leo beter te kunnen zien. 'En hij dan?'

'Hij houdt de boel hier even in de gaten,' zegt ze dan.

'De boel?'

'Later. Focus, mannen. Laten we naar binnen gaan.'

Tot haar opluchting laten ze het voor nu zitten. Met zijn drieën lopen ze op de galerie af en ze nemen de opgang van het woonhuis.

'Niet aanbellen,' fluistert Lot. 'Breek in. Met beleid.'

Ook al hebben ze geen officiële last tot binnentreden, deze situatie is uitzonderlijk.

Jaap pakt het stukje plastic van een colafles dat hij altijd bij zich heeft uit zijn achterzak. Zijn gereedschap. Zo geruisloos mogelijk probeert hij het slot van de voordeur te openen. Gelukkig zit er geen anti-inbraakstrip op de deur. Stefan speurt ondertussen de omgeving af, om zich ervan te verzekeren dat er geen nieuwsgierige buren komen kijken. Lot denkt aan de buurman. Die verscheen vorige keer ook zomaar uit het niets.

Het gerommel bij de deur duurt langer dan haar lief is. Ze trekt het haast niet meer.

'Ik ga wel even achterom,' fluistert Stefan. 'Even kijken hoe de situatie daar is.'

Lot stemt in, maar wijst op zijn wapen. Als hij dat maar gereedhoudt.

Als Stefan is verdwenen, ademt Lot diep in. Daar is ie dan. Ondanks de adrenaline dient de angst die Leo zo overmeesterde, zich ook altijd even bij haar aan. Waar gaan ze naar binnen? Wat treffen ze aan? Wat moeten ze verwachten? Bloed, of leven? René en zijn slachtoffer, of niemand? Kippenvel op haar armen.

Al haar zintuigen staan op scherp. Hoort ze wat? Ziet ze wat? Ruikt ze wat?

Dan weet Jaap de deur uit het slot te wippen. En als een buldog blaft de adrenaline de angst haar lijf alweer uit. Joanna kan hier zijn, levend of dood. Het is aan hen om allereerst dat meisje levend terug te vinden, voor haar moeder, voor het dorp. Voor het land zelfs, dat massaal meeleeft met deze zaak. En dan de dader aan te houden.

Even kijkt hij om, even een onderlinge blik, en dan gaan ze voorzichtig naar binnen. Haar hand rustend op het wapen, klaar om het te trekken als dat nodig is.

Het is de geur die haar het eerst opvalt, een enorme stank die als een sluier van lucht in het huis hangt. Ze ruikt lavendel en zweet, maar ook een indringende rioollucht. De geur van rotting.

Haar voeten lopen over een oud tapijt, bedolven onder stof en zand. In de gang is niks te zien. Ze schuift de deurmat over de drempel zodat die op een kier blijft staan als ze verder lopen. Je weet maar nooit, zo kunnen ze er altijd snel weer uit.

Nu de woonkamer. Zij als eerst, Jaap volgt. Hand op wapen.

De stank wordt sterker hier, nog indringender dan die al was in de gang. De gordijnen verduisteren de hele kamer en belemmeren een degelijk zicht. Ze overweegt een licht aan te doen, maar ze wil nog geen onnodige aandacht trekken. Voor nu is het donker wel prima. Ze zien wel iets, niet veel, maar iets.

Donker kan ook een voordeel zijn.

Ze sluipen rond, Jaap en zij. Jaap checkt zachtjes kastdeuren, een deur naar de trap. Zij kijkt om zich heen. Haar oog valt op een boek over mummificeren, op een soort standaard, zoals mensen een kookboek neerzetten op het aanrecht. Ze gebaart naar Jaap om zijn aandacht te trekken. Ze wijst naar het boek, zijn wenkbrauwen gaan eventjes omhoog. En dan gaan ze allebei weer door.

Als ze nog niet zeker wisten dat ze goed zitten, dan nu wel. Het voert de spanning op. De urgentie wordt alsmaar groter. Dit is hun man. En hier, en nu, nu moeten ze hem pakken.

Het heeft iets euforisch, om eindelijk te weten dat je hem hebt, maar ook iets heel verdrietigs. Het toont maar weer eens aan hoe naïef en kinderlijk het is om stug te blijven geloven in het goede van de mens. Sommige mensen zíjn nu eenmaal niet goed, ze moeten worden gestopt. Wat ze zelf ook voor vreselijks hebben meegemaakt, de maatschappij moet worden beschermd tegen dit soort mensen. En zij tegen zichzelf.

Dan gebaart Jaap naar haar, op zijn beurt. Ze volgt zijn grote ogen naar een vrijstaande kapstok, waaraan lange, zwarte haren hangen. Het is een provisorische pruik.

Goeie gok, denkt Lot, die is gemaakt van paardenhaar.

De aanblik van het harige ding, de gedachte dat die jonge meisjes dit op hun levenloze hoofd hebben moeten dragen, dat deze dader, zo ziek in zijn hoofd als hij is, hier een vreemdsoortige vorm van bevrediging uit haalde, dat alles beneemt haar even de adem. Dit is zo echt, en zo dichtbij, maar tegelijkertijd zo ver weg van alle realiteit die ze kennen, dat het haast niet te plaatsen is.

Dan klinkt het zachte getik bij het raam.

68

Zijn voeten keurig naast elkaar, op de zitting van de klapstoel. Zijn hoofd door de strop gestoken, die hij zorgvuldig heeft geknoopt. Een driedubbele knoop, extra strak aangetrokken. Nee, die gaat er nooit meer uit.

Laat hem dan in elk geval íéts goed doen.

En daar staat hij dan, met gestrekte armen. Veel van waar hij precies mee bezig is, snapt hij niet. Het enige waar hij vol verlangen aan kan denken is de donkere bevrijding van de kwelling die zijn leven al achtentwintig jaar is. De mislukking. De teleurstelling. De peilloze diepte van de eenzaamheid.

Het zal allemaal voorbij zijn. Stilte. Rust.

Hij verlangt ernaar om zijn zusje te ontmoeten, na al die jaren fantaseren over hoe zij het moet hebben, daar, in dat dode niemandsland. Eindelijk zullen ze samen zijn, zoals het hoort.

Zijn laatste uitzicht is beeldig. Intens tevreden laat hij zijn blik op haar naakte lichaam neerdalen, dat in de puurste staat van rust verkeert. Zijn ogen glijden van haar tenen, via haar enkels, zo ietsjes naar boven. Ze blijven steken op haar dijbenen, die al net zo zacht zijn als ze eruitzien, en dan haar vagina. Hij zou willen dansen op die onderbuik.

Even voelt hij leven in zijn broek.

Zou het dan toch? Zou het dan toch werken?

Maar nee. Toch niet.

In zijn mooiste fantasieën had hij niet durven dromen van een uitzicht als dit, tijdens het verlaten van deze aardbol. Het geeft hem een sprankje vreugde, een greintje voldoening, na een leven vol mislukking. Zijn ogen trekken verder, naar die donzige borsten, haar prachtige hals en gewillig gestrekte armen.

Ja, denkt hij nog eens. In elk geval heb ik een mooi uitzicht. Een gelukzalige kalmte maakt zich van hem meester. Helder wordt zijn geest, licht voelt zijn hart en weg is de angst. Het motje is gevlogen.

De aanraking van het touw in zijn nek. Het kraken van de stoel onder zijn gewicht. Het trekt hem terug naar waar hij mee bezig is. Hij zal kennismaken met het eeuwig voortdurende donker, het allesomvattende niets.

69

‘Dat is Stefan,’ fluistert Lot. ‘Ik laat hem binnen.’

Ze loopt naar de achterdeur, door de keuken, terwijl haar ogen de kamer actief blijven onderzoeken. Ze mag niets missen. Het mag haar niet gebeuren dat ze ineens René den Hollander om haar nek heeft hangen, die zich tot dan toe in een of ander hoekje heeft schuilgehouden.

Vooralsnog geen René. Daar staat wel Stefan, bij de achterdeur.

De sleutel steekt in het slot, zoals in zoveel huishoudens. ‘Moet je kijken,’ fluistert Stefan en hij wijst naar een plek in het gras achter hem. Er is duidelijk kleurverschil te zien in het zonnige gras. Een rechthoekige vorm, als van een graf, kleurt lichter dan de rest.

Ze loopt ernaartoe en knielt neer, haar hand op de grond gedrukt, alsof ze een teken verwacht van het mens of dier dat daaronder ligt. Het geeft haar de kriebels. Ze hoopt met heel haar hart dat het niet Joanna is die hier begraven ligt. Er zijn genoeg doden gevallen. Er is genoeg jong leven onnodig beeindigd.

‘Laat het alsjeblieft over zijn,’ fluistert ze zacht. ‘Laat het nu over zijn.’

Stefan staat in de deuropening van de keuken en verbergt zijn neus in zijn arm. Ze volgt hem en laat ook deze deur op een kier.

Verwonderd bekijken ze de lege drankflessen in de gootsteen. Leeggeschraapte pindakaaspotten op het aanrecht. Beschimmelde restanten van supermarktpizza’s. Lege zakjes instantnoedels. Ingedeukte bierblikjes. Een asbak met de restanten van een paar jointjes. Als ze een aanmaning pakt van een stapel papier op het aanrecht, schiet er een muis onder vandaan.

Ze onderdrukt een gil.

Dan naar de woonkamer, waar ze Jaap treffen, gehurkt voor een paar stapeltjes kleding.

'Die linkerstapel,' fluistert hij. 'Dat is de jurk van Krista, dat weet ik zeker. Ik herinner me de beschrijving in haar dossier, bordeauxrood met witte bloemetjes, lichtblauwe gympjes. Kan niet missen.'

Lot knikt. Ook zij herinnert zich die beschrijving.

Stefan snift, als een soort zenuwtrekje, of om de stank te kunnen verdragen.

Het derde stapeltje trekt haar aandacht, maar ook weer niet. Ze wil er niet aan, althans, nog niet, ze wil niet geloven dat Joanna ook de dood heeft gevonden bij deze verschrikkelijke man. Het mag gewoon niet.

Ze kijkt weg en loopt naar de deur vlak bij de keuken. 'Mannen,' fluistert ze. 'We moeten naar de kelder.'

Daar staan ze dan, met zijn drieën, voor die beladen kelderdeur. Wie doet het, wie waagt het de deur te openen? Wie gaat er als eerste die trap af? Wat treffen ze er aan? Dader en slachtoffer? Alleen dader? Alleen slachtoffer? Of niemand?

Is René gewapend en vuurt hij erop los zodra ze de deur openen? Is hij bang?

Ja, denkt Lot, eerder denkt ze dat hij bang is voor mensen als zij, voor indringers. Voor de enge buitenwereld. Voor mensen die hem zullen benaderen. Voor mensen die hem zullen aanrekenen wat hij heeft gedaan. Voor mensen die zullen vragen waarom hij dat heeft gedaan. Voor mensen. Hij is bang voor mensen.

Ze weet alleen nog niet wat die angst op dit moment met hem doet. Dat weet je nooit. Angst kan de politieman met de grootste bek lamleggen. Maar het kan ook een verlegen katje veranderen in een tijger.

Naast haar voeten vuilniszakken vol afval van maanden oud. De geur vergiftigt haar gedachten, slaat op haar ogen. Het is niet te harden, echt niet. Alle drie moeten ze kokhalzen, maar ze weten het in te houden.

Dan pakt Jaap de deurklink vast, met zijn hand op zijn wapen. Langzaam, tergend langzaam duwt hij de klink naar beneden. Even wacht hij af, een reactie, een geluid, maar niks, ze horen niks.

Dan gaat de klink verder omlaag en hij trekt de deur open. Weer even wachten. Maar weer niks, behalve een nieuwe dimensie aan de stank die hen al zo tergde. Het is nu niet alleen meer de lavendel die ze ruiken, en het zweet, de ziekmakende lucht van rottend voedsel en de rioollucht. Een penetrante urinestank mengt zich in het spel.

'Gadverdamme...' fluistert Lot.

'Ik ga eerst,' zegt Jaap. 'Ga jij mee?'

'Ja. Jij blijft hier, Stefan?'

Stefan knikt. Waarschijnlijk is hij niet eens zo ontevreden met zijn taak om een oogje in het zeil te houden op de begane grond.

Haar hart gaat als een razende tekeer zodra Jaap de eerste trede van de keldertrap af stapt. Ze weet dat ze moet volgen, maar haar benen voelen week. Dit is bij uitstek het engste wat ze in haar hele leven heeft moeten doen. Adrenaline giert door haar lijf, stijgt naar haar hoofd. Al haar energie, elke cel in haar lijf focust zich op dit moment en op deze situatie. Ze is in hoogste staat van alertheid. Het schouderklopje van Stefan helpt. Geeft haar kracht.

Dat is waar collega's voor zijn, echte, goede collega's.

Ze hoeft hem niet aan te kijken om hem te bedanken. Hij weet dat ze het waardeert.

De hoge, steile trap leidt het tweetal naar een donkere diepte. Vanaf haar positie boven aan de trap ziet ze wel een flauw bundeltje daglicht schijnen in de ruimte.

Wennen aan de stank lukt niet. Ze zullen het ermee moeten

doen. Stapje voor stapje gaan ze lager, heel langzaam, terwijl ze overal rekening mee houden. Allebei hun hand op dat wapen. Dat levensreddende wapen in geval van nood.

Met elke stap die ze zetten, lijkt de stilte toe te nemen. Het zenuwachtige sniffen van Stefan hoort ze niet meer. Er is alleen nog maar het doffe, verlaten niks.

Ook al is Jaap het eerst beneden, ze zien het bijna tegelijk. De walgelijke walm is hier op zijn ergst. En niet zonder reden, want daar bungelt hij.

Daar bungelt René. René den Hollander.

De omgevallen klapstoel onder hem. Zijn voeten een halve meter boven de grond.

Achter in de kelder een tafel, met daarop het blote lichaam van een meisje. Een meisje dat op Joanna lijkt. Jaap snelt eropaf. Hij rukt de tape van haar mond en voelt in haar nek. Dan maakt hij haar armen en benen los.

Ondertussen loopt Lot gebiologeerd op haar dader af. Dit is hem dan, denkt ze.

Dit bén je dan.

De paardenfluisteraar, het dorpsmonster, de seriemoordenaar van Twente. Ze bekijkt zijn modderige schoenen, zijn broek, de merkwaardige fleecetrui die hij draagt terwijl het snikheet is.

'Pols!' roept Jaap. 'Ik heb een pols!' Hij brengt een soort oerkreet voort, van opwinding, van ontlading. 'Ze is buiten bewustzijn, maar ik heb een pols. Stefan, hoor je mij? Bel 112!'

'Heb ze aan de lijn!' klinkt van boven. 'Hebben jullie hulp nodig?'

'Warmtedekens,' roept Lot. 'Haal warmtedekens uit de auto. En iets van water, voor als ze bijkomt.'

'Ik heb een pols!' roept Jaap in de herhaling, tegen niemand in het bijzonder. 'Ik heb een pols! Ik heb een pols!'

Lot kijkt hem aan. Hij blijft hangen op de zin waarnaar ze allemaal zo verlangd hebben, alsof hij er geen genoeg van kan krijgen. Overduidelijk, denkt Lot als ze naar haar lieve partner kijkt, hij verkeert overduidelijk in toestand van shock. Hij beseft wat dit betekent en handelt zoals hij zou moeten.

Een vreemde kalmte maakt dat ze alles heel helder kan observeren. Het meisje, goddank nog in leven, en haar partner. Deze kelder, als de lugubere set voor de fantasiefilm van de dader, waarin hij zijn eigen wereld heeft gecreëerd.

Dan richt ze zich weer op hem, op de hoofdrolspeler in de zaak, die vredig bungelt aan zijn eigen haak. Ze had het wel gedacht, dat hij deze uitweg zou kiezen. Dit past in zijn profiel, de overweldigende angst voor afwijzing, krenking en om uitgekotst te worden door de samenleving is te groot geworden om mee te dealen.

Ze is te laat.

Hij voelt nog warm. Een kwestie van een paar minuten, hooguit.

Ze knakt haar vingers als ze denkt aan de autorit hiernaartoe. Ze is te laat. De donkere urinevlek in zijn broek vertelt haar dat het nog niet eens zo lang geleden is dat hij de stoel onder zich vandaan heeft getrapt. Maar ze zal nooit weten of ze op tijd was geweest als zij zelf achter het stuur had gezeten.

Ze is te laat. Feit.

Het gezicht, verlaten van al het bloed, ietsjes naar beneden geknakt. De slappe armen, de vingers die recht naar de grond wijzen. De open ogen.

Ze stapt op hem af en reikt met haar hand naar zijn pols, voor de formaliteit.

'Geen pols,' fluistert ze. En omdat Jaap haar zo aankijkt, herhaalt ze het nog eens. 'Geen pols.'

Ze zijn te laat.

Dankwoord

Ik bedank Joost van den Ossenblok, Robin Goudsmit en Eline Heeremans, die mijn oude idee om een thriller te schrijven samen nieuw leven inbliezen en mij de kans gaven *Zomermeisjes* te realiseren; Jan Wilzing, oud-hoofdcommissaris van politie, voor het meelezen, je goeie tips en je aanstekelijke passie voor ons prachtige recherchevak; Carlo Schippers, gedragskundige bij de nationale politie, de beste profiler van het eerste uur, voor het meelezen en je goeie tips, en voor het delen van de geheimen van het fascinerende profilingvak; Maria van Lieshout, mijn oudste vriendin, voor al die gezamenlijke inspirerende uurtjes die hieraan bijgedragen hebben, voor je steun en aanmoediging, en je goede adviezen; Jet van Basten Batenburg, vriendin en thrillerlezer van het eerste uur, voor het meelezen, meedenken en je goeie tips; Margot Coenraads, vriendin en jaargenoot aan de politieacademie, voor de vergeten details en anekdotes uit onze politieacademietijd; Frank van der Goot, forensisch patholoog, voor je deskundige inbreng zodat ook de gruwelijke feiten kloppen; Milou van der Will, voor je professionaliteit, je geduld en de ontzettend fijne samenwerking; Marc en Bruno, voor jullie onvoorwaardelijke steun, liefde en aanmoediging om *Zomermeisjes* te schrijven.